新時代を生きる劇作家たち

2010年代以降の新旗手

西堂行人 *Nishido Kojin*

シライケイタ
Shirai Keita

古川　健
Furukawa Takeshi

瀬戸山美咲
Setoyama Misaki

長田育恵
Osada Ikue

中津留章仁
Nakatsuru Akihito

野木萌葱
Nogi Moegi

横山拓也
Yokoyama Takuya

作品社

新時代を生きる劇作家たち
——2010年代以降の新旗手

西堂行人

第4章 長田育恵

劇作家という生き方

1977年生、てがみ座 主宰

第5章 中津留章仁 人間のドラマの方へ

1973年生、TRASHMASTERS 主宰

第6章 野木萌葱 綺想を紡ぐ

1977年生、パラドックス定数 主宰

［序論］

新時代を生きる劇作家たち

西堂行人

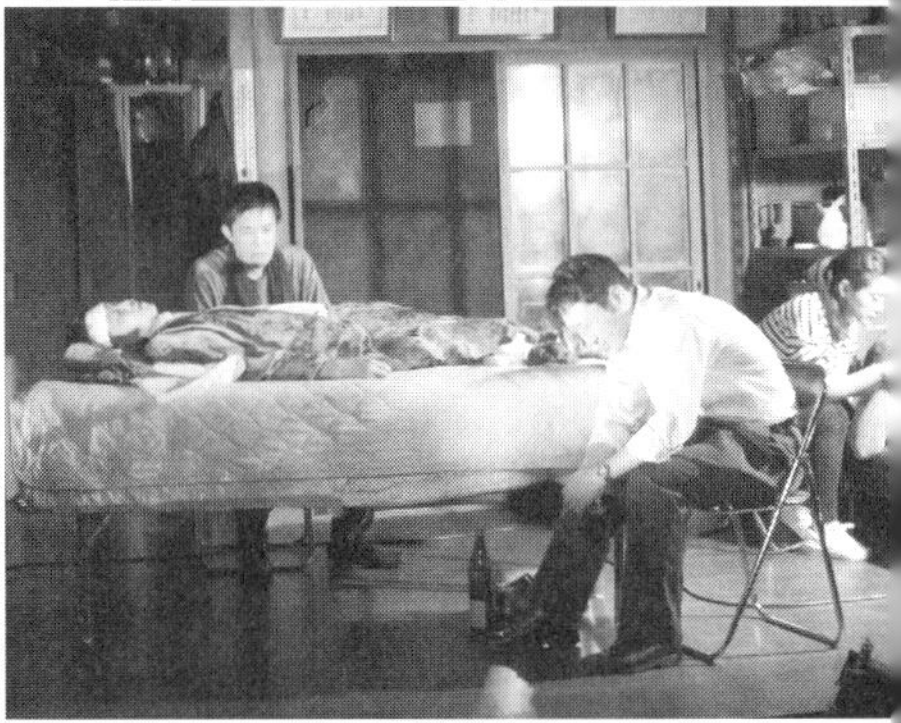

1……二〇一〇年代を切り開く七人の劇作家たち

二十一世紀に入って、時代は世界的規模で大きく動いた。二〇〇一年に起こった9・11、ニューヨーク貿易センタービル同時多発テロに始まり、二〇一一年の東日本大震災、および福島原発事故は世界中に放射能危機を再認識させた。二〇二〇年に始まった新型コロナのパンデミックに続き、二二年にはロシアによるウクライナ侵攻。この四つの出来事は、その「異状さ」で二十一世紀前半を特徴づけるだろう。

日本も「激動の歴史」を迎えた。二〇一二年の第二次安倍政権誕生以降、その「異状」なプロセスが顕著になった。特定秘密保護法案、安保関連法、共謀罪。もはや引き戻せないほど政治は劣化し、語ることを拒否し、何も説明しないという論法により国会は失語状態に陥った。対話の拒絶と説明責任の放棄は民主主義の否定である。政治の死も省みず、自らの地位にしがみつく政治屋に対して、われわれはどう闘ったらいいのか。こうした事態にあって、頼もしい人材が現われた。二〇一〇年代に登場した劇作家たちである。

ここ数年、わたしはその何人かと連続的に対話を行なってきた。二〇一八年のシライケイタ氏に始まり、古川健、瀬戸山美咲（以上一九年）、長田育恵（二〇年）、中津留章仁（二一年）の各氏、そして二二年には、野木萌葱氏と横山拓也氏。野木氏を除き、いずれも明治学院大学で開催したトークイベントである。公開授業の一貫として行なったため、多数の学生が聴講し、そのすべての対話を学生の協力を得て原稿化し、演劇雑誌『テアトロ』に掲載してきた（ただし二二年の二人を除く）。この七人との対話をまとめたのが本書である。

郵便はがき

料金受取人払郵便

麹町支店承認

6246

差出有効期間
2024年10月
14日まで

切手を貼らずに
お出しください

102-8790

102

[受取人]
東京都千代田区
飯田橋2－7－4
株式会社 作品社
営業部読者係　行

【書籍ご購入お申し込み欄】

お問い合わせ　作品社営業部
TEL 03(3262)9753／FAX 03(3262)9757

小社へ直接ご注文の場合は、このはがきでお申し込み下さい。宅急便でご自宅までお届けいたします。送料は冊数に関係なく500円(ただしご購入の金額が2500円以上の場合は無料)、手数料は一律300円です。お申し込みから一週間前後で宅配いたします。書籍代金(税込)、送料、手数料は、お届け時にお支払い下さい。

書名	定価　円	冊
書名	定価　円	冊
書名	定価　円	冊
お名前	TEL　(　　)	
ご住所 〒		

フリガナ
お名前

男・女　　　　歳

ご住所
〒

Eメール
アドレス

ご職業

ご購入図書名

●本書をお求めになった書店名

●ご購読の新聞・雑誌名

●本書を何でお知りになりましたか。

イ　店頭で

ロ　友人・知人の推薦

ハ　広告をみて（　　　　　　　）

ニ　書評・紹介記事をみて（　　　　　）

ホ　その他（　　　　　　　　　）

●本書についてのご感想をお聞かせください。

ご購入ありがとうございました。このカードによる皆様のご意見は、今後の出版の貴重な資料として生かしていきたいと存じます。また、ご記入いただいたご住所、Eメールアドレスに、小社の出版物のご案内をさしあげることがあります。上記以外の目的で、お客様の個人情報を使用することはありません。

ゲストに迎えた劇作家たちは二十歳前後の若者たちの前で、自らの演劇人生について真摯に語ってくれた。その熱意は学生の心に届き、貴重な体験になったろう。一方ゲストたちは、学生に直接語りかけることを通じて、若き日の記憶が引き出され、初心に立ち返った思いがしたのではないか。

この対話シリーズの構想は、すでに六年前からあり、対話する劇作家たちもほぼ決めていた。いずれも一九七〇年代に生まれ、小劇場を出自とする彼（女）らは、3・11を契機に評価を得、二〇二三年現在、まさに絶頂期にある劇作家たちである。

2……新時代とは何か

彼（女）らが登場した二〇一〇年代以降、わたしは「新時代」と規定した。その背景には、特別な意味が込められている。

現代演劇が始まった一九六〇年代後半から二〇二三年の現在に至るまで、この五十年余りの演劇史を、大きく分けて三つのブロックに分割できるのではないかとわたしは考える。アングラ・小劇場のムーブメントが始まった一九六〇年代は、唐十郎、寺山修司、鈴木忠志らをはじめ、多くの才能を輩出した。さまざまな方向で新しい実験を探った前衛的な演劇運動は欧米の演劇革命と連動しながら、それまでの近代演劇を解体していった。新しい演劇は既成の新劇にとって替わっていった。やがて八八年から九〇年代にかけて、状況劇場、転形劇場などが相次いで解散し、アングラ・小劇場のパラダイムはひとまず完結したと考えられる。これまでの小劇団による前衛的な活動に質的転換を迫られ、徒手空拳で挑む冒険的な活動は、このままでは立ち行かない事態に遭遇していたからである。

背景にあったのは、ベルリンの壁崩壊、昭和天皇の死、天安門事件など時代の切断を画する変化だろう。東西の冷戦はソビエト連邦の解体と社会主義陣営の市場経済化を招き、社会主義という実験はひとまず幕を降ろした。新自由主義やグローバリズムといった米国一強時代の始まりである。

一九九〇年代から二〇〇〇年代は、資本主義化と商品化が世界中を覆った。それは若い世代から新劇団に至るまで、ゆるやかに覆い尽くした。これが第二のブロックに相当する。「小劇場運動」への反動が開始された。「リアリズム回帰」や若い世代による文学性への偏重が見られるようになったのだ。

二〇〇〇年代の「成果」と見なせる舞台は、新国立劇場や世田谷パブリックシアターなど公共劇場から生まれた。永井愛の『こんにちは、母さん』や鄭義信の『焼肉ドラゴン』、あるいは松本修演出のカフカ三部作など、創立十年足らずの公共劇場にはまだ勢いがあった。蜷川幸雄や野田秀樹も商業的な大劇場に拠って、多くの好舞台を生んだ。「失われた十年」後の演劇界は、経済や社会の低迷とは裏腹に、まだ活力を保っていたのだ。静岡県舞台芸術センター（SPAC）も演劇五輪を開催するなど、今とは違った展開を見せていた。しかしこのような資金力のある公共劇場は例外で、小劇場を主戦場とする演劇創造の現場は商業化の波に洗われた。小劇場の現場でも、娯楽的なエンターテインメント志向が強まり、失敗を避けて、実験的な演劇は後退した。七人の劇作家たちの小劇団は皆、商業化の渦中で苦戦した。

そこに二〇一一年、東日本大震災と福島原発事故が起こる。それまで社会の表面で伏せられていた矛盾のマグマが一気に表出した。だが事故処理をめぐって、当時の革新政権（反自民党政権）は対応を誤り、大きな失態を演じた。替わって登場したのが第二次安倍政権だった。対抗軸の不在をつき、新政権は憲法改正をめざし、特定秘密保護法案、安保関連法、共謀罪など、次々と実現させた。平和憲法の肝である「九条」が骨抜きになりつつある中で、反戦、非戦を旗幟としていた民衆側は、崖っぷちに立たされた。民主主義の危機が取り沙汰されてきたのも一〇年代の半ばである。こうした局面で登場したのが、七人の劇作家たちだった。

3……多様な劇作家たち

ここで彼らを安易にひと括りに論じることは本意ではない。彼らは一人一人、異なる作風を持ち、二〇一〇年代以降の「新たな現実」に即応して創作活動を展開しているからである。共通点があるとすれば、「失われた三十年」特有の土壌から生まれた演劇であり、旺盛な批評＝批判意識を発揮していることである。個別に見て行こう。

シライケイタは劇作を始めてまだ十年ほどだが、韓国演劇との出会いは、大きな影響を及ぼした。強烈な身体性を持つ韓国の俳優たちには、柔な文体では太刀打ちできない。この出会いは彼自身の作家性を鍛えていったと言っても過言ではない。韓国という「他者」は、乗り越えるべき衝立として彼の目標となった。その彼が今では日韓演劇交流センターの会長を務め、ハードボイルドから人形劇、米国喜劇の演出まで幅広い守備範囲を持つ気鋭の劇作・演出家となった。温泉ドラゴンという骨太な俳優を揃えた劇集団は彼にとって最大の財産であり、その肉体に当てて書きされた言葉は強靭だ。

古川健は当代きっての多産な劇作家だ。とくに戦争や歴史を素材とする作品の評価が高く、昨年の『帰還不能点』は一つの到達点とも言える。過去の検証を基に想像力を膨らませ、もしありえたらという発想のもとに未来予想図を描く構想力は、戦争を今の問題として捉え直す仕掛けをつくり出した。大正天皇を扱った『治天ノ君』は絶妙な角度から天皇制の問題に切り込んでいく。ヒトラーを描いた『熱狂』、ナチに加担したユダヤ人を描いた『ある記憶の記録』はファシズムやジェノサイドの問題を現在形で提示した。客観的な視線から放たれた歴史批判劇は、構造的としても見事である。

客観的なまなざしで問題を顕在化させる手法は瀬戸山美咲も共通している。加害者と被害者の双方の視点から描く作品は、声高に正義を訴えたりしない。とかく被害者の側から描かれがちな犯罪を瀬戸山は複数の視点から捉えることで、個別の事柄に留まらない問題の広がりを描き出す。当事者の立場では言いにくい言葉を演劇という代理行為を用いながら取り組むのが瀬戸山の方法だ。この姿勢は大劇場の公演から、小さなワークショップまで演劇を多様な活動形態として均等に手掛けることに通ずる。バランスの取れたポジション取りは彼女の真骨頂である。

横山拓也にも共通しているのは、多数の視点から多角的に物事を捉えることだ。世相を彩る問題に独自の問いを立てる。現在進行形の問題は概して解決がつかない。横山は自分の関心から出発し、問いを観客と共有することで、劇を発進させる。劇作は問いを発すると同時に、その回答の手がかりになる素材を提供する。横山はつねに現在と向き合い、「今」の手触りを観客に届ける。精緻な対話文体と独特の関西弁を駆使して、人と人の間にひそむ見えにくい襞にさりげなく言葉を落としこむ。それは身体性に裏打ちされた言葉群である。

中津留章仁もまた、現代の問題に真っ向から挑む劇作家だ。彼の剛腕とも言うべき筆力は、日常に潜む些細な行き違いから、資本主義に浸潤された現代の根底にある矛盾を鷲掴みにする。正義の根底にある欺瞞にも容赦なく彼の批判の刃は向けられる。東日本大震災以降の中津留の行動力はめざましい。つねに弱者の側に寄り添い、演劇を「世直し」になぞらえる彼の姿勢は、新しいタイプの演劇運動家像を思わせる。

現代社会の渦中にある中津留に対し、独自の評伝劇を手がけてきたのが長田育恵だ。彼女はいささかクラシカルな文学的戯曲の書き手でもある。徹底した資料の採集と現地取材による体験性は、対象となる人物の隠された面にまで視線が及ぶ。もともと小説家志望だった長田は、言葉へのこだわりは尋常ではない。言葉が安く切り売られていく昨今、彼女は美しい日本語の彫琢に心血を注ぎ、執拗に言葉を磨きこむ。現在から距離をとった分、長田の言葉は流行から一線を画した文学性を獲得している。

本書の中で、もっとも異色なのは野木萌葱だろう。彼女は自分というレセプターから世界の断片を採取する。そこに独自の味付けを施し、架空の世界を観客に届ける。日常のすぐ隣にある異世界。演劇はそうした世界と親和的だ。リアリティを持ちながら、どこにもありえない世界に観客を連れ出す。それは観劇することでしか得られない、固有の世界を体験させる。「私と演劇」にどこまでもこだわる野木の劇世界は、類例を持たない独自の魅力がある。

4……共通項と特徴

一つの世代でこれだけ有望な劇作家たちが登場するのは、一九六〇年代のアングラ草創期以来だと言っていい。その根幹には時代の「転換」がある。「ロストジェネレーション」と呼ばれる彼らにとって、すでにそこにある演劇はメディアによってつくられた、ショー化した娯楽商品だった。小劇場が切り開いてきた演劇は、想像力を駆使してつくり上げた自由で闊達な劇世界ではなかったか。そう考えた劇作家たちは流行に背を向け、多方向への挑戦に向かった。その結果、実に多彩な切り口と問題意識を持つ作風が生まれ、その多様性こそが、この世代を特徴づけることになった。

七人の劇世界は、必ずしも目新しい形式を売りにしているわけではない。日本風に粉飾された「ポストドラマ」とも違う。緻密な台詞を組み立て、論理で物語をつくり、抑制の効いた作風を保ち、飛躍や破天荒な破壊的想像には向かわない。

ここで彼（女）らに共通する特徴を二つ挙げよう。一つは、言語の探求である。

二〇〇〇年代の日本の現代演劇は、口語体の台詞で語る傾向があった。日常そのままの言葉は、肩の力を抜いた演劇に向かわせ、従来の劇言語のあり方をゆさぶった。それまでの力を込めた熱演と大げさで感情移入した物言いは、たしかに観客の興を削ぐ一面があった。だが、劇言語が日常と一致してしまうと、その縮み志向は劇的高揚を消滅させた。そこには演劇のダイナミズムはなかった。

言葉は扱われる対象とともに選択される。大きな歴史や事件に相対する時、それを伝えるには相応の言葉の熱量を要する。だが日常に近い世界では、熱量はいらない。「小さな世界」を表わす言葉は縮小せざるをえないのだ。二〇〇〇年代の東京を語る口語体は、たしかに日常を正確に切り取ったかもしれないが、それは平和な日常を表層的に提示したにすぎなかったのではないか。

こうした日常を一変させたのが、二〇一一年の東日本大震災とそれ以降の危機的事態である。日常からにわかに非日常が出現し、現実が地肌を露呈した。それを十分に伝えることができるのは、「小さな世界」の言葉ではない。それに拮抗する言葉と肉体が必要だ。

これが七人が登場し、評価された背景である。わたしは彼らの作風に、一九六〇年代の「アングラ演劇」との親和性を見出す。スケールの大きな物語と詩的な言語だ。寺山修司や唐十郎は、この時代の劇言語を代表する。

対話を超えた詩的な言語によるモノローグ、劇宇宙を立ち上げる言葉の励起力は、この二人の特徴だった。歌人の寺山の言葉は物語の時間を停止させ、垂直的なイメージを喚起する。唐の詩的な台詞は俳優のからだから生まれてくるイメージに溢れ、俳優を駆動するパワーで充填した。観客もまた俳優の行為に力を借り、冒険の旅に出立するのだ。

歴史や大きな物語を扱う七人の劇作家たちは、骨太で論理性の高い言語に向かった。彼らは人間の根源的な本質に向かう人間のドラマを志向した。それは六〇年代の演劇が志向したものと同根である。だが両者の違いは、六〇年代演劇がシュルレアリスムや夢のドラマトゥルギーを用い、非リアリズムに向かったのに対し、七人は一貫して現実から離れなかったことだ。それがために、一部には狭義の「リアリズム」と誤解され、新劇の後継者とみなされたのである。

もう一つの特徴は、歴史の描き方である。戦争を直接的にも間接的にも体験していない彼らは、当事者性の意識を持つことはありえない。そのため、戦争を客観的に対象化しやすい立場にある。戦争体験者に見られる当事者ゆえの「被害者意識」に対して、彼らは懐疑的だ。歴史の教科書に綴られる日本の近代史は、かなり捻じ曲げられている。それは日本のアジア侵略や朝鮮支配、中国侵略が見過ごされているからだ。この「加害者」性に着目することから、彼らの戦争劇は始まる。

例えば、新劇世代を代表する井上ひさしは、『父と暮らせば』で被害者の父娘を描いた。優れた反戦劇ではあるが、その視点はあくまで被害者側にあった。一方、アングラ世代の唐十郎や佐藤信が描く戦争には、現在形の加害者意識が投影されている。戦後、日本の資本主義の先兵たる企業戦士がアジアの市場に向かう時、それはアジアへの加害の反復を意味する。そのために唐や佐藤らの世代は、自己批判的に歴史に関わろうとした。佐藤信の『喜劇・昭和の世界』三部作は、加害の歴史から見返された昭和の暗黒の歴史劇だ。一九七〇年代になって、ようやく加害の側から戦争を描く作品が生まれたのだと言っていい。戦争当事者より一世代下の唐、佐藤だからこそ、獲得できた批評意識である。

さらに古川健になると、この加害者性はより自覚的になっていく。戦争を見るまなざしは、すでに歴史の対象であり、明確な距離をもって扱われた。

戦争のみならず、災害や事件の数々で、加害の側からアプローチしていくことは、彼らの特質でもある。「ロスジェネ」世代は、若い頃から現実を客観的に見てきた。彼らの視点には一点の曇りもない。例えば、戦争の歴史を知り、その本質を見極め、今なお行なわれている戦争を直視する。そこから始めなくてはならないと考えているのが彼らなのである。

二〇一〇年代の第三ブロックの劇作家たちには、アングラ演劇が志向した言語と歴史意識の親和性が見出され、それを二一世紀にふさわしい自立した強固な言語と思想性の獲得をめざしていると考えられる。第二ブロックを踏破して、もう一つ前のアングラの思想と連なるとわたしが考えるのはそれゆえである。

そこに演劇史の褶曲を経て、螺旋階段を一つ積み上げた現在性がある。

第1章

シライケイタ
演劇人として生きる

シフイケイタ

1974年、東京生まれ。演出家、劇作家、俳優。劇団温泉ドラゴン代表。桐朋学園芸術短期大学演劇専攻在学中に、蜷川幸雄演出の『ロミオとジュリエット』パリス役に抜擢され俳優デビュー。その後、数々の舞台やテレビ、CMに出演。2011年より劇作と演出を開始。劇団温泉ドラゴンの座付き作家・演出家として数々の作品を発表。劇団外での演出や脚本提供も多い。新劇、アングラ劇団、プロデュース公演など様々なジャンルで創作を行う。社会における人間存在の在り方を、劇場空間における俳優の肉体を通して表出させる演出手法に定評があり、生と死を見つめた骨太な作品づくりが特徴。

「若手演出家コンクール2013」において、優秀賞と観客賞。2015年、韓国の密陽《ミリャン》演劇祭において、『BIRTH』が戯曲賞。2018年『実録・連合赤軍 あさま山荘への道程』(若松プロダクション)、『袴垂れはどこだ』(劇団俳小)の演出において第25回読売演劇大賞「杉村春子賞」。2019年度の読売演劇大賞において、上半期の演出家ベスト5に選出。

2018年度から21年度までセゾン文化財団シニアフェロー。

桐朋学園芸術短期大学、非常勤講師。

日本演出者協会副理事長。日韓演劇交流センター会長。

著書に、『BIRTH × SCRAP』(2019年)がある。

[扉の写真] 上:『続・五稜郭残党伝——北辰群盗録』より／
下:『渡りきらぬ橋』より(ともに撮影:宿谷誠)

第1部 演劇人になる

西堂　劇作家・演出家ならびに俳優のシライケイタさんです。
シライ　こんにちは。（拍手）
西堂　シライさんは、桐朋学園芸術短期大学で二年間学ばれた後、専攻科に進んで合計四年間桐朋で学びました。
シライ　中退してるんで……合計三年間学びました（笑）。
西堂　そうですか。一九九八年に蜷川幸雄◆さんの『ロミオとジュリエット』で俳優デビューし、その後ずっと俳優を続けてきて、二〇一一年に初めて劇作家になりました。そのあたりのことからおうかがいしたいと思います。ここにいる学生たちは芸術学科の学生で、その中で演劇を志望する人もいれば、音楽や美術、映像を志望する人もいるので、演劇だけに特化せず幅広く芸術と人生について語ってもらえればと思います。それから学生はだいたい十九歳か二十歳くらいです。その年齢の頃、シライさんがどんなことをやってきたのかも聞かせてもらえればと思います。
　今シライさんは大変な売れっ子の劇作家です。今年一年で八本？　十本？

◆**蜷川幸雄**　一九三五～二〇一六。日本の演出家、映画監督、俳優。桐朋学園芸術短期大学名誉教授。現代劇から古典劇まで演出作品は多岐にわたる。文化勲章、読売演劇大賞をはじめ、さまざまな賞を受賞。

シライ　どうかな、脚本と演出を合わせたらそれくらいになりますかね。

西堂　現場の第一線で活躍されている劇作家が今何を考えているのか、どういう人生を送ってきたのか、実際に自分が表現活動に携わらなくてもいろいろ参考になるのではないかと思って、大学にお招きした次第です。

演劇との出会い

西堂　さっそくですけど、演劇との最初の出会いは何だったんですか？

シライ　僕は子供の頃、今年でいったん閉鎖された青年座劇場に、母親に連れて行かれてよく芝居を観ていました。僕の母親と父親は、中学の同級生で結婚したんですけど、同級生に青年座の俳優になった人がいて、その人の芝居をずっと観に行ってたというのが僕の最初の演劇体験です。僕が演劇に興味を持ちだしたのは小学校高学年くらいからで、何となく舞台はいいなあって思っていました。高校生になったら一人で芝居を観に行くようになって、俳優になりたいと思って桐朋学園に入ったのが演劇との本格的な出会いです。その時、父親は朝日新聞の記者をやっていたので猛反対されました。そんなヤクザな稼業につくんじゃないって。高校は都立の青山高校という進学校で、進路相談なんかでも「馬鹿なこと言ってるんじゃない」って先生に怒られました。世の中ってそうなんだ、ちゃんとした大学じゃなきゃだめなんだ、俳優になりたいっていうのはアウトローなんだって、初めて知りました。皆さんくらいの十八、十九歳くらい時です。大人は本当に反対する、学校も、親も。俳優なんかで飯が食えるわけないだろうって言われて。家から出てけ、勘当だって言われましたもんね、父親に。だから、本当は桐朋学園も行くつもりなかったんですけど、頼むから大学と名のつくところに行ってくれって言われて、それで入学したのが桐朋学園。

西堂　自分一人で観に行っていた時、どんな舞台を観ていたんですか？

シライ　青年座の『ブンナよ、木からおりてこい』が最初に観た舞台ですね。一人では青年座しか観に行っ

てないですよ、

西堂　ああそう。珍しいね。

シライ　珍しいんですよ。

西堂　一九八〇年代後半くらいだと、野田秀樹◆とか当時の小劇場は全然観てないんだ。

シライ　観てないです。

西堂　かなり偏った演劇体験……（笑）。

シライ　かなり偏ってますね。

西堂　いわゆる新劇って呼ばれる舞台しか観ていない。

シライ　新劇の中でも青年座しか観てないです。

西堂　それで大学に入ったのが一九九四年。そこからどういう修行をしたんですか？

シライ　桐朋学園というのはもともと俳優座養成所から大学になったので、先生たちは基本的には新劇を教えるので、新劇を習ってました。その中に蜷川幸雄さんが先生で来ていた。蜷川さんに「こんなとこやめて俺の芝居に出ろ」って言われて大学をやめたんですよ。桐朋学園は外部出演が禁止だったのでやめざるをえなかったんです。

◆**青年座**　一九五四年に当時の「劇団俳優座」準劇団員たちで旗揚げ。日本を代表する劇団。
◆**『ブンナよ、木からおりてこい』**　水上勉の小説。青年座により一九七八年初演。
◆**野田秀樹**　一九五五年生まれ。劇作家、演出家、役者。多摩美術大学教授で、東京芸術劇場の芸術監督を務める。演劇企画制作会社野田地図の設立者。

華やかなデビューと挫折

西堂　じゃあ、蜷川さんに嘱望されていたということ？

シライ　すごくかわいがってもらいました。さいたま芸術劇場のシェイクスピアの第一弾『ロミオとジュリエット』でパリスというジュリエットの婚約者の役でデビューさせてもらったんですよ。嘱望されていたといえばそうですね。まだ大学三年生くらいの時、そこで中退。

西堂　その時のやめる覚悟ってどうでした？

シライ　四年生になってすぐやめたんです。覚悟と言っても、学校にあと一年いるより、「世界のニナガワ」と言われる人の芝居で、しかもメインキャストで出ることの希望のほうが大きかったです。みんなに羨ましがられてやめたので。二年間の短大も終了してたし、その時は親も何も言わなかったですね。

西堂　一九九七年にやめてそのあとは？

シライ　ここからが不遇の時代になるんです。最初は華やかに見えた。だって当時二十一歳でいきなりテレビカメラが何台もまわっている稽古場なわけですよ。とくに蜷川さんがシェイクスピア・シリーズを始めるというので、埼玉（彩の国さいたま芸術劇場）をあげてやってたし、ドキュメンタリー番組の撮影で、毎日、セリフ喋るとカメラが寄ってくるような稽古場で。ある意味華やかにキャリアをスタートさせたわけですが、『ロミオとジュリエット』が終わってもう一本蜷川さんに呼んでもらいました。第二弾の『十二夜』という作品に。それっきりでした。二回で終わり。三回目はなかった。どれだけ僕が蜷川さんの稽古場に行って使ってくださいって言ってもだめだった。そこからでした。初めての何もない生活。だって仕事なんてあるわけないから、オーディション受けて落ちて、たまに受かっても、舞台は年に一本かな、二十代半ばくらいまで。

西堂　その頃は結局フリーター？

シライ　フリーターというか、工事現場の土方バイト。
西堂　でも演劇をやめようっていう気はなかった？
シライ　まったくなかったです。
西堂　就職しようとは？
シライ　思わない。思ってたら土方バイトやんないですよ。工事現場っていうのは基本的にその日暮らしなので、いきなりオーディションが入っても自由がきいた。体も鍛えられるしで一石二鳥だと思って。だから、俳優のためにやっていたので、やめようとは思わなかったですね。
西堂　劇団をつくる、または劇団に入るって発想はなかったの？
シライ　これはね、今と世の中の状況が違っていて、僕にとって魅力的な劇団がなかった。つまり、劇団と呼ばれるものは、青年座を観て育っていて何なんですけど、面白くなかったんです。面白いと思うところはユニットだったんです。当時僕は、鐘下辰男さんの演劇集団「THE・ガジラ」に出演させてもらっていて、劇団ではなくてユニットで毎回俳優を変えてやっていた。蜷川さんがやっていた「ニナガワ・カンパニー」もあったけど、そこの人たちと一緒にやりたいとは思わなかった。蜷川さんは好きだったけど、生意気だったんです、僕。本当に尖ってて、嫌われてたんですね、蜷川組のスタッフに(笑)。群れるのが嫌いだったし、みんなと何かつくるっていうのも嫌いだった。演劇やりたいんだけど群れたくないっていうおかしな感覚でした。一匹狼で俳優として生きるんだって、何か矛盾してたのかな、二十代。
西堂　でも、シライさんのプロフィールを見ると、出演リストすごいよね、本数は。テレビとかCMとか。
シライ　二十代後半に事務所に入ったんです。年に一本くらいでしたけど、地人会◆とかガジラにも出させてもらった。蜷川さんの芝居に出た時にコマーシャルのキャスティング担当の人が楽屋に訪ねてきて、オー

◆**地人会**　一九八一年に演出家・木村光一が設立した演劇制作体。現「地人会新社」。

ディションだけは受けて、コマーシャルには出させてもらっていた。で、テレビドラマの仕事なんかもやらせてもらった、二時間ドラマとか。

西堂　主役クラスはあったの？

シライ　ないですよ。良くて二時間ドラマのゲスト主役と呼ばれるもの。その回だけの主役、犯人ですよ。その回の犯人はレギュラー以外では一番のポジションなんですよ。ドラマではそこまでです。刑事モノだったらいつも刑事部屋にいる刑事みたいな、たまにセリフもあったりとか。

西堂　そういう生活は二十代から三十代？

シライ　三十代前半までですね。二十代は若いサラリーマンの役。二十代後半になると世の中的には結婚してお父さんになっていく年齢なんです。でも俳優には生活感がないから、お父さん役をやれるのは三十代後半とか、実際の世の中の年齢とずれていて、一番仕事がないんです、二十代後半から三十代前半は。新入社員でもないし、若いはつらつとしたサラリーマンでもないし、かといって子持ちの家庭人という見た目でもない。みんなそこでやめていく。コマーシャルなんて爽やかさが売りなのに爽やかもない。三十くらいになると、仕事がなくなってくるんです。

西堂　その頃どうやって生きていこうと思ってました？

シライ　今後どうなっちゃうんだろうって毎日思ってました、工事現場で青空見ながら。

西堂　ちょうどシライさんの世代は、就職氷河期と言われてましたね。同世代の方でも、法学部とか経済学部を卒業しても就職が困難だったんじゃないですか。

シライ　ただね、僕がいた都立青山高校というのは、本当に僕以外みんな優秀で、大学に行っても就職できない同級生はいなかったですね。だからなおさら屈辱的でした。友達がみんな世の中で活躍してましたから。就職できなくてフラフラしてるのもいなかった。ただ、一年間まったくアルバイトしないで暮らせる年もあったんですよ。例えば、コマーシャル一本で百万円もらえた頃でしたからね。いい世の中でした

（笑）。そういうのが何本も決まると生活できる。そういう感じで、一年間アルバイトしてない時もあって。でもそれは宝くじと一緒で、当たらなくなった途端に困窮する。それでまた工事現場に戻る。だから、「これで俺はバイト生活から抜け出せる！」って思えても、すぐに逆戻りっていう生活を繰り返してました。精神的に本当にしんどかったですね。

西堂　ある程度自分の中で、演劇人として、俳優としての目処が立ち始めたのはいくつぐらいの時ですか？

シライ　俳優として目処が立ったことはないです。金銭的なことは、本当になかったですね。俳優の仕事という意味では、本当に小さな評価だけど少しずつ良い役にキャスティングしていただけるようになってました。「それなりに自分もうまくやれたかな」、「次はもっとステップアップできる！」って自信はついてきて、スキルが身についてきたと思ってました。でも実際には、金銭的な意味での結果がともなわなかったんですよ。そのことのジレンマに十年くらい悩まされました。売れてる俳優と何が違うのか、ずっと自問してました。

劇作家になって

西堂　シライさんは二〇一一年に初めて劇作をされますが、ここで何か新しい転機が訪れたのでしょうか？

シライ　転機というか、もう三十五歳になってたんです。もちろん四十超えてても五十超えてても売れていく俳優は見てましたけれど、もう結婚して子供もいたし、どこまでギャンブルみたいな生活を続けるのか、人生って目をつぶってやるチキンレースみたいだなと思ってた。チキンレースというのは、壁や崖に向ってバイクや車で走っていって、先にブレーキ踏んだほうが負けっていうゲームです。壁にぶつかると危ないからブレーキ踏んで、みんな演劇のレールから降りていくわけです。でも僕は壁がどこにあるのか、……崖が見えたらブレーキ踏んで止まってしまう、目を開けなければ壁はない、僕は目をつぶってどこまでいけるかと走っていたんです。でも、そのまま目をつぶってアクセル全開のチキンレースを四十、五十になっても続けていけるのかと思った時、三十代の半ばに強烈な葛藤があったんですね。それで、酒を飲んだ勢いで、「脚本書く」って宣言したのかな。

西堂　何か出会いがあったのですか？

シライ　温泉ドラゴン◆という劇団と出会いました。それを旗揚げしたのは二人の俳優なんです。僕よりもちょっと後輩で流山児★事務所◆にいた当時三十代前半の阪本篤◆と筑波竜一◆が、事務所を辞めて二人で劇団を立ち上げるという話を僕にしてきたんです。旗揚げ公演は男の二人芝居をやりたいんだけど、何か良い台本知らないかと聞いてきた。いくつか教えたんですけど、何かピンとこなかったみたいで、自分たちで本を書くって言った。僕はずっと国語だけは成績が良くて（笑）、小学生の時、作文が世田谷区の文集に載ったりしたこともあった。それで、「俺、おまえらより作文の成績は良かったと思うから、俺に書かせてみない？」って酔った勢いで言っちゃったんですね。たぶん僕自身も人生変えたいって思ってたんでしょうね。そんな感じで、最初は彼ら二人の一世一代の大勝負に乗っからせてもらった感じですね。二人もよく承諾したなあと思うんですけど、台本を書いたことのない僕に旗揚げ公演の脚本を任せると、その場で決まりました。

西堂　それが第一作？　それまで大学時代に授業で書いたことはなかったんですか？

シライ　五〜十分の短編はありました。

西堂　じゃあ本格的な一〜二時間ドラマは初めてですか。どこの劇場でやられたんですか？

シライ　ＳＰＡＣＥ雑遊◆です。演出はその二人がやったので、台本を書いただけです。

西堂　その時、作家としての手応えは感じましたか？

シライ　えーとね、封印したい過去になりました（笑）。

西堂　何というタイトル？

シライ　『escape』、逃げる、というタイトルをつけて、ここではない別の場所へ行きたいんだという、今もずっと追いかけているテーマを最初にやったんですよ。彼らが今いる場所に疑問を持っている、自分たちの足で進んで行きたいという熱い思いを僕がすくい上げて、ここではないどこかへ行きたい男たちの話を書いたんです。閉じ込められてしまった男二人の密室劇ですけど、全然上手く書けてないんですよ。でも何か、次に繋がるエネルギーはあったと思います。ただ流山児さんにはボロクソ怒られました。

西堂　それが二〇一一年、東日本大震災の後？

シライ　いや直前。二〇一〇年です。『escape』の打ち上げの席で第二回公演も書いてくれ、次は男四人くらい出したい、演出もしてくれと言われて書いたのが『BIRTH』です。これが僕の初演出です。

西堂　僕はその再演を初めて観た時、すごくびっくりしたんです。

シライ　あれは初演の時とまったく違う演出をしました。初演の時は初演出だったので、どこかで観たことのあるような凡庸な演出で、気に入らなかった。で、二人に再演をやりたいと頼みました。それが、あの冷蔵庫の演出です。その再演を観た上野ストアハウスの木村真悟さんがウチでやれって誘ってくれました。それが二〇一三年の再々演です。

西堂　あれがシライさんの出世作になりました。

シライ　出世作というか、西堂さんをはじめ劇評家の方が観に来てくださったり、韓国公演に行ったり、少

◆温泉ドラゴン　日本の劇団。筑波竜一と阪本篤によって二〇一〇年に結成。
◆流山児★事務所　日本の劇団、芸能事務所。一九八四年設立。
◆阪本篤　一九七八年生まれ。俳優。㈱へリンボーン所属。
◆筑波竜一　一九七六年生まれ。俳優。エビス大黒舎所属。阪本篤とともに温泉ドラゴンを旗揚げ。
◆SPACE雑遊　中東京都新宿区にある多目的自由空間、劇場。

し人生が動き出した感じはしましたね。

西堂　二作目の『BIRTH』で韓国公演をやるというのはすごい飛躍じゃないですか。

シライ　そうなんですけど、そこに至るまでに脚本・演出の新作も二本くらいつくっていたので、二作目という感覚ではなかったですね。その過程で、『BIRTH』自体がブラッシュアップしていったので、たぶん西堂さんに観ていただいた『BIRTH』は、すでにブラッシュアップされた段階だったと思います。その前、『BIRTH』で初演出をしたあと、温泉ドラゴン第三回公演でも作・演出をしてほしいと頼まれた時、僕は腹をくくりました。二〇一二年かな。その時にメンバーにも言いましたが、僕はこれまで俳優しかやるつもりなかったし、劇作家になるつもりもなかったので、悪いけど寄り道のつもりだった。演出も頼まれたからやったけど、演出家になるつもりもなかった。ただ、二度作・演出をするってことは、俳優が腰掛けでやっているという言い訳はもうできないし、本気で劇作家、演出家になるつもりでやるぞ、と。だから友達関係ではいられなくなるかもしれないし、厳しくなるぞ、と。その時に初めてそういう話をしました。

表現者になる覚悟

西堂　友達感覚を断ち切って自立した表現者になろうと覚悟をしたのがその時？

シライ　そうです。二度目に演出をすることになった時です。

西堂　そこから先は結構順調にきましたか？

シライ　順調じゃないんじゃないですか（笑）。だって、一番しんどかったですもん。アルバイトもしてたし。まず事務所を辞めました。芝居つくる度に事務所の仕事を一ヵ月は休むわけです。そしたら社長に、「おまえは何をやりたいんだ。演出家と契約した覚えはない」って言われて、「いや僕の人生じゃないですか」と、何とか説得しようとしたんだけど、「やめたいならやめれば」と言われて、もうテレビはいいやと（笑）。テレビというのは、マネージャーや事務所の営業が第一だから、他人の力に頼ってばかりで、自分の人生を思うように生きられないと思ってたんですね、当時。「今から衣裳合わせに行ってこい」とか、しょっちゅうだったんですよ。若い時は芸能界にいるって感じでよかったんだけど、でもだんだん、僕はいつまでこうやって振り回されるんだ、と。そりゃ、生きるためでもありますけど。自分の力で生きていくためには演劇しかないんじゃないか。だから一番しんどかったです。もちろん、自分の劇団の仕事でお金なんてほとんど入らないし。

西堂　それが三十代半ばをすぎてから？　その時はもう結婚してた？

シライ　三十歳で結婚しました。

西堂　奥さんは支えてくれたの？

シライ　いやあ、それがもう大変で（笑）。本当に女房に泣かれました。事務所辞めた時、他の事務所からお誘いが何件かあったんですよ。コマーシャルには結構出てたし、売れっ子だけを抱える事務所ばかりじゃなくて、細かい仕事をもっているところもあって、そういうところからすると、コマーシャルに出てる俳優って「おいしい」わけですよ。だから何ヵ所から「うちに来ないか」って誘われたんです。でも、同じことになると思って断ったんです。それを見ていた奥さんが、「何で断るの？　いいじゃない、ちょっと信念曲げても。ちょっとでも足しになれば」って言われたんだけど、「すまん。もう嫌なんだ。マネージャーなしで自分でやりたいんだ」って言いました。「一年で芽が出なかったらやめる詐欺」みたいなのを更新していって、今に至る、みたいな（笑）。

西堂　表現をやるというのは、家族との関係は結構大きいよね。まず親との問題、それから結婚したあとは奥さんとの問題。そこで自立できるかどうか。蜷川幸雄さんも演出家になるって言った時、奥さんに「私は俳優と結婚したのであって、演出家と結婚したのではない」ときっぱり言われたそうです。

シライ　ああ、同じこと言われてるんだなあ。

西堂　それで蜷川さんは結局、子育てに専念したんですよね。奥さん（真山知子）が女優業で稼いできて、自分は子供を育てると。それが写真家の蜷川実花さんなんですけど。そういうやり方で彼も不遇の時代をしのいできた。
シライ　僕の奥さんはダンスの先生なので、毎月キチンと稼いで支えてくれてました。僕もその時は工事現場じゃなくて、掃除屋さんのアルバイトを温泉ドラゴンのメンバーと一緒にやってました。
西堂　そうやって温泉ドラゴンという劇団が立ち上がり、作品が注目されるようになってきたのはここ三、四年？
シライ　ここ三、四年ですよ、本当に。三十代後半からですね。
西堂　だいたい三十五歳までに芽がでないとやめるんだよね。
シライ　やめますよそりゃあ！
西堂　しかも家庭があったらなおさらだ。「三十五歳定年説」というのを僕は唱えてるんだけど。
シライ　僕、俳優定年したの三十五ですよ。
西堂　そこから奇跡的に飛躍した？
シライ　奇跡的にですね、ほんとに。いや、ありがたいですよ。でも言ってたんですよ、最初から。三十五歳になって新しいこと始める俺らを、周りは斜めに見てるわけですよ。
　売れない俳優が演出やって、劇団や事務所で活躍できなかった負け組同士が劇団つくってやってると見られてる。その当時、僕ら世代で活躍している創り手がたくさんいたんですよ。だから、日本の演劇界の一角に食い込むくらいでなければやってる意味はない。世界に出て行くつもりでやるぞって。だから友達関係ではいられなくなる、と言ってやっていました。
西堂　同世代って、例えば誰ですか？
シライ　その時たぶん意識していたのは蓬莱竜太◆とか、田村孝裕◆とか。あの二人は商業演劇を書いてたんですよ、自分の劇団飛び越えて。あの二人かなあ、その時は。

西堂　前川知大◆さんは？

シライ　前川さんもそうです。

西堂　長塚圭史◆さんも？

シライ　もちろんそうです。あのへんかなあ。

西堂　同世代との付き合いは？

シライ　ないです。まったくないです。

西堂　あえて孤立していた？

シライ　演劇界にいなかったんです、その頃は。テレビのほうが多かったし、演劇は年に一本やってたくらいで、演劇界にまったく縁がなかったんです。流山児★事務所は一回出たくらいで、ほとんど同年代の作品を観てなかったんです。それが初めて台本を書くようになってから観に行くようになった。やっぱり台本なんて書けないわけですよ。一本二本書けても次からは。そこから、みんなどうやって書いてるんだろう、同年代の創り手は何を考えて、どうやって世の中を見てるんだろうって急激に知りたくなった。要はやり始めてからです。

西堂　なるほど。それは結構特異なケースなのかなあ。

シライ　そうかもしれないですね。作・演出家になってる人間は、基本的に最初から……。

西堂　蓬莱さんにしても田村さんや前川さんにしても、早くから自分で劇団をつくって作・演出をやり

◆**蓬莱竜太**　一九七六年生まれ。日本の劇作家、脚本家、演出家。劇団モダンスイマーズの座付き作家。
◆**田村孝裕**　一九七六年生まれ。日本の劇作家、演出家。
◆**前川知大**　一九七四年生まれ。日本の劇作家・演出家。イキウメ、カタルシツ主宰。
◆**長塚圭史**　日本の劇作家、演出家。

徐々に評価が出てきて、七、八年ぐらいたってやっと名前が知られるようになってくる。そういう小劇場の出方とかなり違う経路ですね。

シライ　全然違います。俳優業というのは、基本的に自分にしか興味がないわけです。自分にしかって言うと語弊があるけど、自分と世の中の繋がりなんてあまり考えてない。演技とか、自分の体で何をやるのかしか考えてないんですよ。でも彼らは違う。二十代から作品を書いて、演出して、世の中に問うているわけですから。自分よりも他者とか、自分と世の中についてずっと考えている人たちですからね。僕は三十五、六でやり始めたことに強烈な劣等意識があったことも事実です。

西堂　劣等感？

シライ　これから太刀打ちできるのかなあ。今から世の中と自分を考えて間に合うのか、ってずっと思っていたんです。

西堂　なるほど。要するに劇作家と演出をやるということは、客観的に自分を見るということ。他人との関係、社会を見ていく。それまで全然関係なかったんだ。

シライ　関係なかったんです。ただ、世の中のおかしなことには憤ったりはしていました。何にも考えていなかったわけではないけれど。それが今の劇作のテーマにもなっている。ここから飛躍したい、これを書いて売れたい、世の中がどうこうというよりもそっちのほうが切実でしたね。

西堂　演劇ってそもそも集団でやるものですよね。集団というのは、他人との関係をいかにわたり合いながら、言葉を紡ぎ出すか、という社会化された作業ですよね。

シライ　そうですね。

西堂　じゃあ、個人のことしか考えない俳優は、実はそこから取りこぼされた存在なんだ。

演劇人とは？

シライ　これも特殊なんですけど、僕はそもそも「演劇人」じゃなかったんですよ、テレビで売れたいと思ってたから。つまり資本の論理の中に組み込まれなきゃいけない。でも演劇人は違いますよ、たぶん。他者との関係を考えることに非常に長けてると言いますか。
西堂　じゃあ温泉ドラゴンという集団と出会い、自分で創作を始め、ようやく一人前の演劇人になれたと。
シライ　温泉ドラゴンでも、最初の頃はかなり自分勝手でした。舞台はやってはいたけれど、同じメンバーとやる経験なんてないし、「俺の演技はおまえらより上手い」と思っていたから、最初の頃は「何でできないんだ！」って叱りっぱなしでしたね。建設的に、みんなで同じ方向を見るというより、俺のほうを向け！というふうにやっていた感じがします。
西堂　ものすごく独裁的な演出家……
シライ　……になりかねなかった。ならなかったのは、そこが僕の集団じゃなく、彼らの集団だったからです。
西堂　客人みたいな意識だった？
シライ　そうです。実際そうなんです。
西堂　大家がいて、自分が客として来て、ちょっと関わるみたいな。
シライ　毎回毎回そうやってやっていました。
西堂　そういう中から住人になったのは、どれくらいたってからだった？
シライ　韓国公演の時だから、二〇一三年とか二〇一四年かな。三年くらいたってました。だんだん取材やインタビューを受ける機会が増えていった時に、僕だけスポットライトが当たるんですよ、作・演出だから。でも僕はみんなに気を遣うわけです。僕の劇団じゃないから。僕ばっかり注目されるのが悪いなーと思ってた。「主宰のシライさん」って言われるけど、「主宰じゃないんです」って言ってた。そこで二人に、「メンバーになろうと思うんだけど、おまえらさえよければ」って言って、向こうも是非と言ってくれてメンバーを名乗るようになりました。

西堂　いろいろな葛藤があった上で、ようやく劇団員も受け容れてくれたわけね。シライさんは結局主宰？代表なの？今は。

シライ　肩書きは去年から一応代表って言っています。

西堂　一応代表？

シライ　はい。ずーっと嫌だと固辞してたんです。三権分立をちゃんとやろう、権力の集中はやめようと。台本書いて演出して主宰だなんて言ったら、俺の劇団みたいで絶対節操ないって思われるし、乗っ取ったって周りが思うし。俺は絶対一劇団員でいい。作品の責任は作・演出家として負うけれども、代表と主宰者というのは別物で、その下でやっていたい。でも、どうにもならなくなって、逆に誰も責任とらない劇団になってしまった。いちいち四人集まって細かいところまで決めてた。一応合議制なので。だんだん忙しくなってくるし、「もういいよ、大事なことは別にして、ケイタさんが決められるものや良いと思ったことは、みんな文句言わないからやってよ」って。あーそうかって、とりあえず僕が知らないことはないようにしておこう、というふうにしたんです。それで一応代表という肩書きになっています。

西堂　非常に民主的な集団ですね。

シライ　そうです。超民主的です。

西堂　今時そういう原則を守るのは珍しいね。

シライ　珍しいと思います。

西堂　小劇場は、最初から「俺の芝居やるから集まれ」って感じでしょう。

シライ　そうです。作・演出が代表としてね。でもうちは違いますから、成り立ちが。

西堂　他の劇団と違う感じがしますが？
シライ　むちゃくちゃします。だってうちは作家をもう一人入れたんです。僕一人で書くものをやり続けているのは集団としての未来はない。僕の才能がなくなったら劇団がなくなる、それではダメだろうと。だから僕とまったく違うタイプの作家、原田ゆう◆を誘った。どうなるかわからないですけど、本当は演出ももう一人入れたいくらいです。
西堂　劇団を持続させたい、展開したいっていう意識が芽生えてるんですか？
シライ　あります。このメンバーでやっていきたいですね。
西堂　温泉ドラゴンって男っぷりの良い役者が揃っていて、今時珍しい男っぽい芝居をやる劇団ですね。
シライ　そうですね。最初がそうでした。ハードボイルドをやりたいんだ、そういうのを書いてくれって言われて始まりました。
西堂　今女優が中心というのが多い。そういう中でちょっと異色というか。
シライ　そうですね。狙ったわけじゃないんですけど、たまたまそうなりました。
西堂　それでここ二、三年の活躍がめざましいわけだけども、何か展開とかありましたか？
シライ　個人的には取り巻く状況がだいぶ変わりました。劇団も変わってきているけど、なかなか変化に追いつけない。あっという間に状況が変わったので、自分たちの実力が先にあって評価されたというよりも、何かわからないけど評価されてしまって、後から一生懸命追いかけてる。そういう感覚がここ数年あります。正直に言うとそんな感覚でしたね。
西堂　その頃に日本演出家協会や日本劇作家協会などの協会に入っていますね。
シライ　劇作家協会には今年（二〇一八年）入りました。演出家協会は二〇一四年の若手演出家コンクー

◆原田ゆう　一九七八年生まれ。劇団温泉ドラゴン所属。劇作家・脚本家・コンテンポラリーダンサー。

ルに出たんです、三十九歳で。自分が若手だと思えば誰でも出られる。僕まだその頃四、五年しかやっていなかったから若手だろと思ってコンクールに出た。周りはみんな二十代の劇団で、四人が決勝に残れる。一次審査、二次審査とあって、最終審査に残ると、自動的に演出者協会に入会になるんですよ。初年度だけ会費免除で。

西堂　協会に入って、いわゆる演劇界に入った感じ？

シライ　最初はそう思いました。知らない人たち、大人な演劇人がいっぱいいるなあと。

西堂　いわゆる先輩とか経験者とか、名前しか知らない人たちと出会って、そこでまた一つ抜けた感じがありましたか？

シライ　抜けた感じというか、最初は戸惑いでした。何となく優勝でもすればいいと。演出家コンクールだから、俳優やスタッフがついてきてくれないと出られない。で、決勝戦に残れるかわからないうちから、俳優やスタッフのスケジュールを確保するんです。そして残れなかったらバラすんですが、残ったら公演を打たなきゃならない。だけど、優勝しないと賞金がないから、ギャラ払えないんです。すごく過酷なコンクール。それでもみんな出てくれた。優勝したら五十万円の賞金からギャラ払えるんだけど、優勝しなかったらギャラ払えない、それでもケイタさんに賞をとらせたい、いいからケイタさん出なよって応募してくれたんです。劇団のみんながそう言ってくれたから頑張って優勝しなきゃって思ったけど、優勝できなかった。だから協会に入るなんて思ってもなかったわけです。協会に入って自分が一皮むけたとはまったく思ってないんですけど、コンクールで優秀賞を受賞して観客賞も取ったので、周りの見る目が勝手に変わるんですよ。簡単な言葉で言うと「ちやほや」されるんです。ちやほやされて、居心地が悪かったです。

西堂　ああそう、逆に。

シライ　今までちやほやされたことないので。でも、俺の名前をみんなが知っているっていう環境になったんですね、初めて。

西堂　へえ、そうなんだ。最優秀賞取れなくてもちやほやされるんだ。

シライ　で、だんだんちやほやされることに慣れていくわけなんですね。何か不思議な感覚ですね。こうやって人はちやほやされて、どこに行ってもシライさんって呼ばれて、だんだん偉そうになっていくのかなあなんて、すごく客観的に自分のことを見てました。

西堂　自分の力よりも名前が出てしまったと。

シライ　完全にそうです、最初は。

西堂　それから三、四年たって、どうですか？ 今は？ 溝は埋まりましたか？

シライ　今はね、まだ埋まってないかなあ。やんないといかんぞって感じかなあ。

西堂　シライさんの演劇人生を僕も初めて聞いたんですが、いわゆる学生演劇上がりで劇団をつくって、主宰者が自分の作品をつくって世に問うっていうのとずいぶん違う。二十代から三十代の生き方がずいぶん違うなと、改めて思いました。僕が観てきた小劇場は、みんな学生の頃から自分で主宰して自分の作品をやりたいと人を集めてきて、全部責任はとるわけだけれども、違う角度で入ってきたというのがちょっと新鮮でした。同じような体験をしてきた人っていますか？

シライ　近いのは日澤雄介◆くんかな、彼ももともと俳優で、劇団チョコレートケーキには作・演出がいたけど、やめちゃって、しょうがなく古川健くんが本書いて、日澤くんが演出しだしたっていうのが最初らしいです。

西堂　そうですか。それではここで第1部を終わりにしたいと思います。

◆**日澤雄介**　一九七六年生まれ。日本の演出家、俳優。劇団チョコレートケーキ主宰。

第2部　演劇で発信できること

新しい社会派？

西堂　第２部は、シライケイタさんが今どんなこと考え、創作家として何を目指しているのかを中心に話をしてもらおうと思います。現在、シライさんが置かれている位置づけみたいなことから話していきましょうか。ここ数年、よく言われるのは七〇年代生まれで、今四十代になり、二〇一〇年代から活躍し始めた世代が一斉に出てきた。その特徴は何かと言うと、非常に社会的なテーマを扱っていることです。二〇一一年に東日本大震災があり、福島で原発事故が起こって、これが日本の社会をものすごく大きく揺るがした。それを契機に日本はこのままでいいんだろうかと、問い直しが始まった。それに対応する社会性を持った演劇が評価されるようになってきた。今六人の劇作家たちが注目されています。男性作家で言うと、チョコレートケーキの古川健さん、TRASHMASTERSの中津留章仁さん、それからシライさん。女性だと、てがみ座の長田育恵さん。ミナモザの瀬戸山美咲さん。もう一人がパラドックス定数の野木萌葱さんです。そういった劇作家たちが四十代に入って、かなり充実した仕事をしている。そこら辺から話していきましょうか。

シライ　僕のことを言うと「社会派」って初めて言われたのは『BIRTH』◆かな。オレオレ詐欺を題材に書いた作品なんですけど、最初とても違和感がありました。「社会派」ってまさか自分が言われるとは思わなかったんです。西堂さんが最初に「社会派」って言ったのかな。

西堂　いやそうじゃないと思うよ。

シライ　じゃあ誰が言ったんだろう（笑）。

西堂　僕が「社会派」って言う場合は、演劇というのはそもそも社会に開かれた表現行為であって、個人的で自分の生活を描いたとしても、俳優という他人が演じる以上、自分だけに留まらない社会性を帯びるのは当然なんだ。つまり演劇をやってるからには社会派なのは当たり前であるということです。だけどそのときに使われた「社会派」っていうのは、例えば震災を扱っているとか、薬害エイズを扱っているとか、社会的・政治的問題《イシュー》を扱っているから、それを特定して「社会派」というレッテルを貼っているんじゃないかな。それはそもそもおかしいんですよ。

シライ　そうですよね。僕は一括りにされることに対して正直違和感があって。同じじゃないんですよね、みんな。結果として社会的なことを扱ってはいるけれども、描きたいのは社会問題ではない。社会問題を描くならイデオロギーとして描けばいいんであって、演劇の一番得意とするところはそこじゃない。社会問題を題材として扱っていても、そこに生きる人間のことをどう描くのかというところから始まっている。例えば、『BIRTH』では、人生どん底で生きる底辺の人間を描いてるんだけど、そこから一条の愛情とか希望に繋がっていく人たちの話でね。オレオレ詐欺をしようとして電話をかけたら一発目で、たまたま子供の頃に自分を捨てた母親にかかっちゃったていう話なんです。あの作品で描きたかったものは別にオレオレ詐欺を見せよう（告発しよう）としたのでもないしね。でも、だんだん「シライは社会派だ」って言われていくに従って社会派劇作家と対談したりとか、座談会とかに呼ばれたりする中で、何かちょっと違うって思ってるんです。

◆『BIRTH』　二〇一一年二月にSPACE雑遊にて上演。作・演出ともにシライケイタ。非常に高い評価を得た作品で、二〇一四年には韓国と日本で再演。翌年には韓国三都市ツアーを敢行。

西堂　たぶん「社会派」って言われて一番最初に反発したのは中津留さんだと思うんです。

シライ　反発してるんですか。

西堂　うん。彼も同じようなことを考えてる。社会的なものを扱うけど、自分が描きたいのは人間がどうやってこういう社会の中に生きているのかってことなんだと。まわりが「震災について一番最初に書いた劇作家だ」とかそういうレッテルを貼りたがる。

シライ　なるほど。

西堂　だから、自分がやりたいことと、レッテルとのズレがね、すごくみんなの中にあったんじゃないかな。

シライ　ありましたね。途中でそのことに抗うのもだんだん大人げないなと思ってね。周りがそうやって見えてるんだったら、「じゃあいいや」ってなって、「僕は社会派じゃないです」とか言わなくなった。

西堂　何で社会派というのが二〇一一年以降言われたかというと、ゼロ年代の演劇って僕に言わせると、「私とその周辺」を描く演劇が多かった。自分の家がなくなって寂しいとかそのノスタルジックなものを舞台で演じて、それに共感してくれる特定の観客さえいれば演劇が成り立つというような在り方の演劇が出てきた。例えばマームとジプシーの藤田貴大がその代表格です。そういう演劇には違和感があった。演劇っていうのは個人的で私的なことを描いても、もっと大きなものを扱ってるはずです。でもこの舞台にはそうした開かれ方をしていないいんじゃないか。閉じられた関係の中で身内的に共有されていく。そういうものを批判する意味も込めて実は「社会派」って言葉が使われたんじゃないかと僕は考えている。

シライ　それは大賛成ですね。もっと言うと、ゼロ年代以前からそうだった。そうだって言うのは、テーマだけじゃなくて、演劇自体がどんどん小さくなってしまっていた。僕が学生時代の時に観ていた演劇は、ホントにちゃぶ台ひとつでやる「静かな劇」とか、「半径一メートルの演劇」とかってその当時は言われてたけど、社会ということよりも、目の前の現実や自分を扱う感じで、演技自体がそうだった。その後、ゼロ年代になると、テーマもそうなっちゃった。静かなイメージの「等身大演劇」。それを観て僕は面白くないなあって思ってたことはたしかなんです。劇場のスケールとかサイズを超えられるのが演劇の特徴なのに、何で劇場の中に収まってんだって思ってましたね。半径三メートルとか一メートルとか言ってんじゃないよ、地球の裏側まで飛ばせるのが演劇だろって思ってたってのはあります。俺が演劇をつくるんだったら絶対にこういうものじゃないって思ってたのはたしかです。

西堂　九〇年代から二〇〇〇年代にかけて、世の中自体が「縮み」志向になったんだ。すごく縮んで身近で手に触れられることにしか触らない。自分を充足させる演劇になって、他人がいなくなった。

シライ　たしかに。

西堂　他人がいなくなった時代に日本中がすっぽり収まっていった。そういう需要とともに、平田オリザ◆的な演劇が出てきたんだと思う。

シライ　流行りましたね。

西堂　実はそんなに数多くやられてるわけじゃないんだけど、そういうふうに言うこと自体が「流行った」。そもそも「静かな劇」という言い方自体、僕はおかしな言い方だと思うんだよ。演劇の中では静的なものと動的なものとが折り合わさって、その矛盾の中に一本の舞台があるはずなんだけど、その片側だけ取り上げて言うこと自体が非常にジャーナリスティックな言い方で、批評言語としてはものすごく貧しいもの

◆**藤田貴大**　一九八五年生まれ。劇作家・演出家。二〇〇七年にマームとジプシーを旗揚げ。今日マチ子の「cocoon」を舞台化し、二〇一六年第二十三回読売演劇大賞優秀演出家賞受賞。演劇作品以外でもエッセイや小説、共作漫画の発表などさまざまな活動を行なっている。

◆**平田オリザ**　一九六二年生まれ。劇団青年団主宰。こまばアゴラ劇場支配人。一九九五年、代表作の『東京ノート』で岸田國士戯曲賞受賞。

だと思う。「静かな」とか言われている当人も気の毒だ。今の演劇を捉えていく時に、もっと違う言語が必要だ。それが「社会派」っていう言葉が使われた背景だと思う。でもそればっかりだと、他方の側を取り逃がしちゃう。そのジレンマの中に今の「社会派」という言葉がある。

シライ　言葉に創り手が引っ張られるわけですよ。「静かな劇」もたぶん、柳の下にドジョウが何匹も出てきてっていうことになってくる。「静かな劇」っていう言葉ができたものだから、それを追っかける人が出てくる。だから、世の中的に流行ってるかはわからないけど、それがスタイルになった。今もしかすると、「社会派劇作家」とか「七〇年代生まれの劇作家」って言われてるのもホントに同じ問題では？ つまり社会的なことを描いてさえいれば、何となく「社会派」として取り上げられる、みたいな本末転倒なことになりかけてるって思うところはあるんです。

危険な時代に生きて

西堂　演劇状況論としてはまさにそこなんだ。そこに創り手が逆に引っ張り込まれる。社会的なことを扱わないと演劇じゃないみたいな風潮になりかねない。そうすると何が今、社会的問題なんだっていうのを鵜の目鷹の目で探し始める。例えば、東日本大震災みたいな大きな事件が起こると、ネタとして考えちゃう。この大震災はもっと人間の情動とか社会の構造とか、いろんなことが根底から問われている。そういう体験をしていることに当事者としてもっと怯える必要がある。だから僕は３・11のあとの舞台で、ネタで扱ってる芝居を徹底的に批判したんだよ。ネタとして見たときに、もっと大きな問題を取り逃しちゃう。でも、二〇一一年以降の日本の社会って、すごく（悪い意味で）ヤバい時代になった。僕が生きてきた中でもたぶんここ五、六年は史上最悪に危険な時代だと思う。体感として。

シライ　演劇界が？

西堂　日本全体が。

シライ　ヤバいですよ。これは（笑）。危険ですよ、今の日本は。
西堂　でもさ、そのことを今ここにいる学生たちはわからないわけですよ。
シライ　そりゃそうですよ。だって過去と比べようがないもんね。
西堂　そういう時代の中で演劇がどうやられているかを伝えられるか。
シライ　こんな……。これはすごい授業ですね。これは大変ですよ。ホントに、今の世の中は。「これは危険だ」って思える感性を何とか卒業するまでに身に付けて欲しい。
西堂　（笑）
シライ　本当に戦争をするってなったときに、じゃあ演劇で何ができるか、とてつもない無力感に苛まれるというか。いくら「戦争反対」っていうことを演劇でやったところで、言うだけでは足りない。
西堂　でも、逆に困難な時代のほうが演劇は栄えるんですよ。表現って「ひどい」時代のほうが逆にいい表現が出てくる。たぶんゼロ年代は日本が何となくちんまりしながら平和な時代だったんで、やっぱり（演劇も）傑作が生まれにくい。
シライ　そもそも表現する動機がないですね。
西堂　そうそう。平和だったら、表現なんかする必要ないんだ。逆に「ひどい」時代だからこそ、表現しなくちゃいけない。僕はここ四、五年、演劇が面白いと思っている。それは天邪鬼でも何でもなくて、表現の歴史っていつもそうだと思う。
シライ　うん。たしかにそうですね。困難だから何をするんだっていうと、もうホントに大変。かと言ってどう時代に警鐘を鳴らすかなんて言い方がもうよくないな……。
西堂　そもそも表現って警鐘を鳴らし続けるものじゃない？　嘘をつく子みたいな存在じゃない？「地震がくるぞ！」とか「津波がくるぞ！」って言い続けてるのが芸術家なんじゃないかと僕は思う。ホントに来たらマズいからその前に止める、予防措置として表現ってあるんじゃないかな。

シライ　なるほど。
西堂　例えば今何が一番難しい問題なのかっていうことを突き止めなくちゃいけない。
シライ　何が一番難しいのか。

世代的特質

西堂　シライさんの世代が抱えてる問題って少なからずあると思うんです。シライさん世代は、「就職氷河期」と呼ばれた時代で、大学を卒業しても就職できなかった。だから若者が一番冷遇されてた時代ですね。その少し前はバブル世代で、内定四つ五つもらうのが当たり前でどこでも就職できるような時代。どの時代に生まれるかによって全然条件が違ってくる。シライさん世代の一つの特徴として、若者が不遇だった、ということがあると思うんですが。
シライ　冷めていましたね。冷めている人が多いと言われていた。
西堂　僕なんかはもうちょっと上の世代で、恵まれた時代に生まれたと思ってる。やっぱり生まれた年代によって浮き沈みがすごくある。シライさん世代で特徴があるとしたら何なのかな？
シライ　何だろう……。
西堂　それは作品にも現われるる気がするんだ。僕もシライさんも、日韓演劇交流センターの委員をやっていて、韓国の現代演劇をリーディングで紹介する事業をやっているんですが、韓国の研究者が面白いことを言っていた。韓国には「３８６世代」っていうものがある。九〇年代に三十代で、八〇年代に学生運動で戦って民主化を勝ち取った六〇年代生まれの世代という意味で、すごく力を持っている世代。日本で言うと、少し前の団塊世代に近い。だけど、最近３８６世代が低調になってきている。なぜかというと、彼らが見落としてきたもの、見逃してきたものが現代で一斉に浮上してきている。日本でも韓国でも、彼らは当時大学生というエリートたちで異議申し立てをしている運動だった。それは、インテリ層だけに通用する問題であって、もっと下層の労働者、今で言えば非正規雇用の人たちに対して目が届いていなかった。だから韓国の場合、民主化闘争によって八〇年代から九〇年代にかけて劇的に政権が変わっていった中、取り逃がしたものが今、浮上してきている。例えば、セウォル号事件◆。事故じゃなくて、事件って言われている。二〇一四年に済州島沖で船が沈没して、高校生が三百人以上亡くなった。これを「事件」っていうのは、要するに人災ということですね。

シライ　何人も高校生が亡くなって、船長だけが逃げ出したっていう事件。

西堂　まず最初に逃げたのが、船長だった。ただ、あの船長は雇われ船長で、非正規雇用なんだ。そういう非正規雇用の人が、多くの高校生を見殺しにして逃げていった、っていう話。要するに、下層労働者の問題が一気に浮上してきた。今、この遺族たちが事件究明を政府に申し出た時に、ネット右翼が「お前らは寄生虫だ、蛆虫だ」とか言って責めている。

シライ　これ、日本とまったく一緒ですよね。ネトウヨ◆って、どうなんだろう。どういう世代なんですか？

西堂　若者かと思ったら、意外と中高年らしい。

シライ　でも、若者もいるんでしょ？だって、安倍◆政権の支持率は三十代以下、二十代とかが一番高いんですよね。なぜ、あんな弱者を切り捨てるような政治をしている人たちを若者は支持しているのか、これ

◆**セウォル号事件**　二〇一四年に韓国で起きた事件。大型客船「セウォル号」が沈没し、修学旅行中の学生、一般客合わせて三百人もの犠牲者がでた。

◆**ネトウヨ**　インターネットの「ネット」と「右翼」を合わせた造語。広辞苑による右翼とは、保守派、国粋主義、ファシズムといった立場をとる人、または団体を指すが、「ネトウヨ」は、これらの主義主張を唱える人だけに留まらず、自分自身の思想に反するネット上の意見に対し、攻撃的なコメントを展開する人々全般を含むことが多い。

◆**安倍**　安倍晋三。自由民主党所属の衆議院議員。第九十代・第九十六代・第九十七代・第九十八代内閣総理大臣、第二十一代・第二十五代自由民主党総裁。

は謎じゃないですか。僕が思うのは、結局、ネトウヨって充実感が得られていない人で、強烈なリーダーシップを発揮する（麻生さんとかはただ偉そうなだけだけど）人たちの後ろ側に自分たちがいて、自分にある不満を、リアルの世界では言えない代わりに弱者に向かって言ってる、すごく歪んだ充足感を持った人たちなんじゃないかと思う。この問題は難しいから、簡単には解決しない。セウォル号事件だって、亡くなった高校生の遺族が賠償金を求めるのを叩く。日本だって、芸能人のりゅうちぇるやローラが辺野古を埋め立てないよう署名を呼びかけたらネトウヨに「反日」とか、テロリストって言われるんですよ。

西堂　でも、逆にＬＧＢＴＱとかマイノリティの問題が浮上してきた。ＬＧＢＴＱも、そういう問題がないと見すごされていたかもしれない。それが一方で意識化されてくるので、ネトウヨに対抗する勢力も出てきている。それが問題として可視化してきてるんじゃないか。でも、圧倒的に叩き潰す側の力が強いので、負け続ける動きにはなっている。でも、諦めないって言っているんでしょう。

シライ　諦めちゃいけないでしょう。僕も署名したけど、ネット上でトランプ大統領に直接請願する、っていうのが流行ってて、十万人を超すと政府は何らかのアクションを起こさざるをえない。一週間で十万筆集まった。今二十万筆を上回る勢いなのかな。こういうのを見ると、まだ捨てたもんじゃないなと思う。潜在的にはやっぱり良くないって思っている人たちもたくさんいる。でも、テレビなんかでそういう発言をすると叩かれる。逆に、松本人志とか百田尚樹とかがネットで政治的な発言をしても、まったく叩かれない。そういう人たちが政権擁護のコメントをテレビでする。本当に今、怖いよ。安倍政権が怖い。

西堂　何か、突然すごい話になっちゃった（笑）。高橋源一郎◆の授業かと思ったよ。

シライ　その中で僕は何ができるのか。まだ演劇界にはそういう弾圧とかは来てないですね。

西堂　わからないけど、そういうことはありうるかな、とは思うんだよね。

今、文化振興基金とか、助成金の問題ですごくナーバスになっているのは、文化庁がいくら思惑があっても、直接口出しができない。発言できるのは審査員で、審査員がこの劇団は頑張っているから助成金を出しましょうって言えば、一応は通ってしまう。でもそういうのを通すような審査員を国がすげ替えちゃうと、通らなくなる。だから誰を審査員にするかが大問題で、どんどん自分たち寄りの審査員にしていく可能性はある。僕がそこで一人で頑張っても……

シライ　いや是非頑張ってください！　これはまったく他人事じゃなくって、実際韓国ではすでにそういうことが起こっているわけだし。政治批判をする演出家は国立劇場の演出を下ろされる、とかね。日本でも、話題やニュースにもなりました。ブラックリストを政府が持っている、芸術家の。

韓国演劇人の行動

西堂　それは、二〇一三〜一七年のパク・クネ◆政権の時代ですね。でもすごいのは、パク・クネ政権の時にブラックリストが明るみに出てきた時に先頭に立って反対したのが、演劇人なんですよ。光化門《カンファムン》というソウルのど真ん中で蠟燭デモをやり、近くの芝生にブラックテントを張って毎日イベントやパフォーマンスをやって抗議した。そういうことをやっているうちにパク・クネ政権がポコッと倒れちゃった。

シライ　だから市民の力で倒しちゃった。例えば、日本の安保法制のデモに、僕も行ったけど、主催者発表で六万人。でも延べだから実際はもっと少ない。韓国は約百万人が集まって、実際に一つの政権を倒しちゃうわけですよ。それは自分たちの直接投票で選んでいるんだけど、正規の手続きで選ばれたから何やってもいいんだっていうのは違うよね。正規で選ばれたって、間違ったら、間違ってるって国民は言わなきゃいけない。それをやったのは韓国。文化も民度も日本よりすごく先に行っている感覚があります。

西堂　シライさんと韓国との出会いって、ここ五年位だと思うんですが、そこで得たものって何ですか？

◆**高橋源一郎**　一九五一年生まれ。日本の小説家、文学者、文芸評論家。明治学院大学教授。
◆**パク・クネ**　韓国の政治家。韓国第十八代大統領。

シライ　実は五年どころじゃないんですよ。二〇〇二年の日韓ワールドカップの時からですから。その時僕は俳優でしたけどね。彼らは民主化されたのが三十年前で、それまでは軍事政権で独裁政権の中を生きてきた人たちだから、日本よりもずっと世の中や社会状況を考えてますよ。今もそうかな。たぶん、日本の俳優たちよりも世の中を考えている。そして、当然男は、皆さんぐらいの年齢の時に兵役に行く。そして、北朝鮮っていうものがすぐ近くにある。自分たちと同じ民族の。日本で言えば福島辺りですよ三十八度線って。国が北と南に分かれているわけ。自分の田舎の町なのに、行けないわけだ。すごく複雑な状況に生きているから、日本人より、やっぱりものを考えているんですよ。当然、劇作家も芝居を書く時に、南北のことを抜きに書けない。戦争とかもね。だから、「困難な時代のほうが優れた表現が出てくる」っていう点では、そもそも日本とは土壌が違うんじゃないかな、って感じがする。あと、俳優の肉体が本当に強いっていうのは、兵役と関係あるのかな。どうなんだろう？　みんなすごく体が強い。銃一つ構えただけで、「ああ、怖え」ってなる。これは、日本の俳優にはできないことなんですよ。日本の俳優って、日本刀構えても様にならないでしょ。今の若い人が拳銃持っても様にならない。これを韓国でやると笑われるからね。「無理無理！　片手じゃ撃てない、両手でちゃんと持て！」って。

西堂　兵役があるから体が鍛えられて良いっていうのはまずいんだけど。十年ぐらい前にプロレタリア文学が流行して、『蟹工船』っていう小林多喜二◆の小説が劇化されて上演されたけど、その時に虐げられた労働者を演じる俳優たちの肉体がぽっこりしているんだね（笑）。

シライ　ぽっこりしている？

西堂　うん。肉付きが良いんだ。鍛えられている感じではない。でも本当は食い詰めた労働者たちはやせぎすで、目が血走ってるはずだ。そういうものが演じられないんだ。

シライ　それは日本ですよね？

西堂　日本の俳優座。だから、日本では軍隊の演技もできないし、本当に貧しい労働者の演技もできない。

すごく温和な家庭で育った、今の平和な世の中を生きる弱虫な男の子の芝居しかできなくなっている。
シライ　それは本当にそうですね。
西堂　「静かな劇」ってそれだよね。
シライ　それですね。自分のできること、やりたいことしか描かなくなっている。ただそこに特化すると、日本の俳優たちも上手い。この「等身大演劇」に限ると上手くって、それがたぶん新しいと思われて、流行ったんじゃないですか？　等身大は短歌や詩歌の世界でも言われたことだけど、どんどん等身大になっていく。例えば、アングラ演劇の時代は詩歌もアングラで、どうやって世界を壊すんだ、みたいなことがテーマだった。それが、例えば短歌で俵万智◆さんが登場して短歌の歴史を変えた。時を同じくして演劇もどんどん等身大になっていった。それが悪いことばかりでないと思うし、等身大の演技を面白いって思うところもあるんです。自分はやらないけど。世界的に見ても珍しいんじゃないかなと思っているんですけど、どうでしょう。
西堂　海外から見た時の今の日本の商品価値って何かというと、オタク文化だよね。だから等身大っていうのも、もしかするとオタク化されたサブカル演劇みたいなもので、ヨーロッパでもそういうのが今の日本イメージで需要があるんだ。こういうのはたしかに目新しい商品価値になる。それこそ韓国に行っても、肉体頑健な俳優の芝居ばっかりだと、日本みたいにひ弱な肉体がもてはやされたりする。
シライ　そうなんですよ。そう、そうなんですよ、思い出した。それで僕たちが韓国に行った時に、日本でまだこんな芝居をやってるのかって言われたんですよ。あのイ・ユンテク◆さんに。イ・ユンテクさんは韓国の演劇界の巨匠で、日本のアングラ演劇を知っているし、静かな演劇が流行ったのも知っている。そう

◆**小林多喜二**　一九〇三～一九三三。プロレタリア文学の代表的な作家、小説家。
◆**俵万智**　一九六二年生まれ。歌人。数々の賞を受賞している。代表作『サラダ記念日』。

いうものが韓国で流行ったんですよ。韓国にはないから面白いって。で、日本の演劇って全部ああいうひ弱なものになっちゃったと思ってたら、こんな体を張ったアングラ演劇をやってるのもあるんだって言って、逆に珍しかったみたいです。

西堂　うん、アングラに見られたんだ（笑）。だから、正統派が逆に異端に見られちゃう。

シライ　そう、本当にそう。

西堂　例えば、さっきの社会派と非社会派じゃないけど、演劇が非社会的な時代って本当に珍しいんですよ、演劇史をたどってみると。だから、九〇年代からゼロ年代の時代のほうが本当に反主流なんだよね。

シライ　なるほど。

演劇史の位置づけ

西堂　そのことを批評家が歴史の中できちんと分析しないで、今これが流行ってますって言っちゃうんだ。

シライ　そういうことか。でも本当にそうかもしれないですね。僕らや皆さんも、今何が流行ってるとか、今何が起きてるのかってことには敏感だけど、これがどういう歴史的文脈の中から出てきたか、みたいなことは先輩の話からじゃないとわかんないですもんね。今、西堂さんがおっしゃったみたいに、批評家の一部が、今流行ってるものとか今楽しいこととかは評価するんだけど、西堂さんはずっと「それだけじゃいけないんだ」っていうわけ。僕なんかにも、言ってる。でも、そういうことって僕は案外ピンと来なかった、今まで。「そうか、そういうことか」と、今初めて知りました。

西堂　この前『テアトロ』（二〇一八年十二月号）で、シライケイタも批判しているんです。日本劇団協議会の機関誌『join』で、「私と歴史」っていう座談会があって、さっきの六人のうち四人が出席していた。古川、瀬戸山、野木にシライケイタ。よくぞ集めた歴史的な座談会になると思ったら、これがまるで空虚なものだった。それで劇作家たちの歴史意識が欠如していることを批判したんです。

シライ　ボロクソ書かれた。

西堂　いや、ボロクソ書いてない。かなりオブラートに包んでるつもりですけど（笑）。

シライ　でも、すごく怒ってるなっていうのは伝わってくる。

西堂　その時の司会者は劇作家たちをもっと追い詰めてほしかった。そのとき僕が思ったのは、今ジャーナリズムって売れっ子の俳優、作家たちをインタビューして持ち上げるわけね。そうすると、彼ら劇作家たちは自分のやってることだけを喋ってればそれで済んじゃうんだ。そこには他人だとか自分を他者の視線で見るってことが入ってこない。だから、議論にならない。これがダメなんだっていうのが、あの時よくわかった。今回この企画をやろうと思ったのは、あれが一つの要因としてあるんですよ。つまりここ（大学）に一人ずつ呼び出して、議論をしていくということ。僕ね、この企画をあと五、六人くらい考えてるんですよ。

シライ　おお、うん。

西堂　来年から一人ずつ呼んで、「あなたのやってることは何なのか？」ということをきちんと議論していこうと考えている。まるで教育者だね。でも今、そういう経験が本当に足りないんだよ。

シライ　たしかに。だって、他人がつくってるものに意見を闘わせるってことは、基本的にはないですよ。劇作家同士が話をすることも基本的にないし、観に行ったときに「どうでした？」って言われても、そこで批判的なことってのはあんまりしてこなかった。座談会で集められても、他人の批判はしないですよ。

西堂　あの座談会で、そういう経験のなさっていうのが露呈した。僕はその時、四十年前のある座談会と比較した。それは『世界』◆っていう雑誌の座談会で、その時のメンバーが唐十郎◆と寺山修司◆と鈴木忠志◆と

◆**イ・ユンテク**　一九五二年生まれ。韓国の詩人、劇作家、演出家。二〇一八年、自身の劇団で性的暴行を繰り返してきたことが告発され、逮捕された。

別役実の伝説的な座談会なんです。その時の彼らは君らとほとんど同じ四十代。だけど、アングラ演劇が始まって十年、「俺達が十年間でやってきたことはこうだ」ってことを喋ってるんだ。それは、議論としてすれ違うんだけれども、ちゃんと演劇論としての差異が見えてくる。そういうことが重要なんじゃないかなって思う。

シライ　うん

西堂　で、やっぱり四十年前の四十代と今の四十代だとかくも違うのかと。彼らが四十年前に、なぜ力こぶを入れて喋んなきゃいけなかったのかと言うと、自分たちで自らの演劇を理論化したり擁護しないと誰も守ってくれなかったからだ。でも今は、シライケイタもそうなんだけど、守られすぎている。過保護なまでにお世話しすぎだ。この甘えた環境自体が今を表わしている。

シライ　まずああいう場所に引っ張りだされて話をするっていう機会が、そもそもなかった。それと、何だろうな、……ものつくってる土台となる時代が違うんじゃないんですかね。四十年前の演劇人と今の演劇人は。単純に比較して……どうなんだろう。

何と闘っているのか

西堂　自分が何を背負って何と闘っているかってことだよね。四十年前の演劇人って何を背負って何と闘っていたか。単に新劇と闘ってるんじゃないんだよ。日本の近代化百年みたいなものと闘ってるんだ。じゃあ、君らは何と闘ってんの？ってなるとどうなの。

シライ　それでいったら、数十年前と比べたら、世の中よりも、もしかしたら自分の中っていうことのほうが大きいのかもしれない。

西堂　そうすると、社会派ではないじゃない（笑）。

シライ　だから言ったじゃないですか、社会派じゃないって。だって、ものをつくる最初の動機がそこではないから。僕に関して言えばですよ。
西堂　でも、「私」っていうものを形成しているのは自分だけじゃなくて他者でしょ。
シライ　もちろん。
西堂　世間が自分をつくってるんだから、自分と闘うってことは、同時に社会と闘ったり、他人と闘ったり、歴史と闘っているっていうそういうことだよね？
シライ　そうですね。
西堂　そこに対するきちっとした眼差しを持ってなかったんじゃないかな。
シライ　持ってなかったですね、最初は。やり始めた時はね。でも、それではものはつくれなくなってくるんですね、すぐ。二本、三本書いたあたりで。そこからです、僕は。つまり、世の中的な眼差しを持たなきゃいけない。世界がどう動いてるのか、世の中がどう動いているのか、ということの中に自分の身を置いてみないと、劇作家なんて続けられないなあって思ったのが韓国と出会ったということですかね、僕は。
西堂　だからさ、安倍政権倒すって言うのは大した問題じゃないんだよ、実は。もっと自分の中にある他者と闘うっていうことのほうが、はるかに世界を覆ってるんだ。安倍がどうの麻生がどうのって、たかだか小粒な政治家と向き合ったって、大したことじゃないんだ、本当に。

◆**『世界』**　岩波書店が発行している総合書籍。一九四六年一月創刊。
◆**唐十郎**　一九四〇年生まれ。劇作家、作家、演出家、俳優。一九六二年に状況劇場を結成し新宿・花園神社で紅テント公演を行った。
◆**寺山修司**　一九三五〜一九八三。歌人、劇作家。演劇実験室・天井桟敷を主宰。
◆**鈴木忠志**　一九三九年生まれ。演出家。現在、富山県利賀村を中心に活動。劇団SCOTを主宰。
◆**別役実**　一九三七年生まれ。劇作家、童話作家、評論家、随筆家。日本の不条理演劇を確立した第一人者。

シライ　いや、本当そうです。だから、そこを断罪する演劇を僕はつくろうと思わない、直接ね。でも、安倍、麻生って言ったら小粒だけど、彼らが出てきた土壌である今の社会がどうなってるかってことですね。
西堂　今、（シライさんは）五十年単位で考えていたね。
シライ　うん。
西堂　ようやく今の時代になって、そういうことを対象化しなくちゃいけないっていう問題が出てきた。そこに手をつけないで、ただ趣味でやってます、好きなことやってますじゃダメだっていうことなんだ。だから、学生に劇評を書いてもらう時も、「好きで観てきたものを書いてきてもしょうがないよ」って言ってるんです。好きなことを書くのは趣味の領域で、学問として何かを対象化していくときには、それにどういう意義があるのか、社会的にどういう意味があるかってことを踏まえた劇評でなければ、って言っているんです。だから対象にすべきものが、でかい。そのでかさにどう気づくか、だと思うんだけどね。
シライ　そのでかさ。……例えば？
西堂　例えば、この前『安楽病棟』◆って作品を（シライさんは）書いたよね、青年座◆で。あれは「老い」っていう問題の中に、実はもっと大きな問題が入ってる。老人が死と向き合って、その死とどう付き合ってくのかって問題の中に、人間の生と死の問題、それは人類の生存に関わる問題にも繋がっていく。その根はやっぱりあると思う。同時に、彼らをそこまで追いやっている政治も透けて見えてくる。人間を描くことがどういう社会性や歴史性を批判することに繋がるのか。そういう問いがシライケイタの舞台には、確実にあると思う。
シライ　それは最初からやろうとしてることです。人間がどう生きて死んでいくのか、っていうことであって。僕はね、たぶん混乱したんですよ。ものを書いていく中で。やっぱり周りの評価とかね、自分のやってることとの辻褄が途中でわかんなくなってきて、混乱した。たぶん、今もその混乱の全部はなくなってないんだけども。最初っからやろうとしてる、人間がどう生きて、死んでいくとか。じゃあ、そのことと今の社会がどういうふうに動いているのか、とか、あと日本と世界との関係は、とかっていうのがうまく繋がらなかった。ずっと。

西堂　うん。

シライ　繋がらなかった中で、でも「社会派」とかって言われちゃって。じゃあ、同世代の社会派と言われる作家の書いたものを観ても僕は正直、ピンと来なかった。例えば、中津留さんの芝居で、もしかしたら一番いい芝居を観てないのかもしれないんですけど、それこそネタをネタとしてしか扱ってないようなものを何本か見たから、「うーん、そうなんだ。これが評価されるのか」って思ったのもある。

西堂　じゃあ、逆にシンパシー持つ作家って誰?

シライ　シンパシー持つ作家。……うーん、その六人の中であげるんだったら、瀬戸山美咲さんかな。

西堂　瀬戸山さんもすごくいい作家だと思うし、この前の『残り火』◆っていうのも、加害者家族と被害者家族が相似形であるっていう、すごくアクチュアルな問題を書いてるね。

シライ　そうですね。

西堂　それと『わたし、と戦争』◆でも、戦争に対して非常に真摯に向き合っているし、切り口がグッと迫ってくるよね。瀬戸山さんはすごく頑張ってる人だと思いますね。

シライ　好きですね。ただ、良いことを認めた上で、じゃあ『残り火』で加害者と被害者の関係をもう一

◆『**安楽病棟**』　二〇一八年に本多劇場で上演された劇団青年座による舞台作品。原作を帚木蓬生『安楽病棟』（新潮文庫）、脚本をシライケイタ、演出を磯村純が務めた。

◆**青年座**　一九五四年に当時の「劇団俳優座」準劇団員たちで旗揚げ。

◆**残り火**　二〇一八年に下北沢ザ・スズナリで劇団青年座によって上演された舞台作品。脚本を瀬戸山美咲、演出を黒岩亮が務めた。

◆『**わたし、と戦争**』　二〇一八年に下北沢ザ・スズナリで上演された舞台作品。演出、脚本を瀬戸山美咲が務めた。

歩踏み込めなかったのかなって、ちょっと思ったのも事実。

西堂　そこを（作者と）喋ればいいと思うんだよ。

シライ　そうなんですよ。そうだよ。それを座談会で話せって話。

西堂　いやいや、観終わったあとに「瀬戸山さん、ちょっとここ物足りない」って言ってあげればいいと思うんですよ。

シライ　そうなんですけどね。観終わった直後、そこまで考えがまとまってない。

西堂　そうかそうか。

シライ　何が物足りないと思ってんのかなって自分が考える時間がないから。でも俳優時代には観終わって、もの言うのよくやりました。ひとの芝居観たあと。それでけんかになるわけです。でも、大人になっちゃったんです、ちょっと今。酒飲んでけんかするほど議論しなくなった。したらいいってことなんですかね？

西堂　そういう議論から、何かが生まれてくるんじゃないかな。

シライ　たしかにね。

西堂　そこをみんな回避している。今、学生もそうだからね。自分の意見をぶつけ合わない。自分の意見は他人の顔色見て言うみたいな。それから、結構この傾向あるんだけど、芝居をやってる学生たち、僕に観に来てくれってあんまり言わないんだよ。

シライ　ふーん。

西堂　こっそりとやってる。観に来てくれるなって感じ。

若い世代への期待と大学という場

西堂　シライさんは桐朋学園芸術短期大学で教えてるけど、学生の気質とかってどう？

シライ　いや、世の中で言われてるほど若者って捨てたもんじゃないって僕は思うんです。ただ、演劇なんかやろうとしてるような学校だから教え方間違うと、ちょっとあれなんだけど……。教育側がよくない。学生はそこまで悪くない。学生はとても素敵だと思う。教育者が学校という組織で芸術を教えるっていうことにそもそも限界がある気がして。実技がね。

西堂　いい問いだね。うん、たしかに。

シライ　実技教える上で、学校っていうのは本当に管理された限られた小さな社会で、ルールを守ることをまず言われる、学生は。でも、その中で僕のような非常勤講師が外から来て、めちゃくちゃ言う。「何でもいい、自由にやって」って言って。学校のやり方と僕のやり方がぶつかるわけですよ。僕の授業で自由にやれって言われたから自由にやる子が別の授業で怒られるみたいな。すごく難しい。つまり、「表現って何ですか」、「演劇って何ですか」って聞かれたときに、どこまで自由にやれるか。どこまで自由にものを考えられるか、やっちゃいけないことはない。人は殺しちゃいけない。これだけは言います。あと演出的には、人を怪我させるな。できれば自分も怪我するな。それ以外は何やってもいいって言うんだけど、これが学生はびっくりする。演劇っていうのはこういうもので、こうしなさい、ああしなさいって一年生の頃から教わっている。それ全部捨てろっていうから学校とぶつかっちゃう。

西堂　そういうことも含めて今、全部すごい管理教育なんだよ。で、実は教員も管理されてる、大学に。もっと言うと文科省に管理されてるんです。だからそういうところからいかに脱却できるか。教師もそういう管理化に従うと、下手すると管理化したほうが良い先生って言われるんだ。

シライ　もちろん。そうなんですけど。

西堂　手取り足取り教えてるほうが良い先生って言われかねない。まあ、僕はほったらかして、放牧するんだけども（笑）。

シライ　ん？

西堂　放牧。

シライ　ああ（笑）。

西堂　ヤギを放牧するみたいに。ここの横浜キャンパスにヤギがいるんですよ。

シライ　へー、この学校に？

西堂　僕、ヤギってね、ギリシア悲劇の「悲劇」って「山羊の歌」が原義なんです。だから、このキャンパスはものすごく由緒のある演劇教育の原点の場なんです（笑）。そのヤギに毎週会えると嬉しい。

シライ　ここは自由なんですか。校風としては。

西堂　まあ、かなりリベラル。

シライ　大学って自由、不自由ないか。

西堂　それはなぜかっていうと、この大学は文学部が主要学部なんです。普通は理系や実学系の法・経学部が大学の自治を牛耳るんですよ。そもそも文学部っていうのはリベラルな教員たちが多くて、管理に向かない。これはね、みんな気づかないかも知れないけど、学び場としてすごく良いことだと思うんだよ。

シライ　なるほど。教員が管理されてるっていうのと、あと、すごく問題だなと思うのが、大学の経営者が、子供がどんどん減っていくから学生を確保するのに必死で。とにかく、何人いなきゃいけないのかって人数確保に汲々としているわけなんですね。僕の教えてる短大はちっちゃいから。本当に一人二人の学生を確保するために頑張らなきゃいけない。表現者を育てるっていうことと、大学経営っていうのはかなり距離がある。

西堂　大学のあり方と、芸術教育っていうのはかなり矛盾する。逆にだからここは面白いなって思う。僕は芸術学科が大学の変革の最先端に立ってると思ってるんだ。もっと言えば、世界の最先端を立つのはＩＴ産業じゃなくて芸術だと思ってる。

シライ　本当にそうです。だって、子供を育てる、学生を育てるっていうのは、社会の根幹ですからね。でも今、どうにかしようって思うと、本当に学校との板挟みになっちゃうんだ。世の中に出てからもう一回会おうぜ、もう一度出会い直そうって言ってるんです。

西堂　あんまり管理に組み込まれないで、付かず離れずみたいな距離でやっていくほうがいいと思っている。そういうことを許容するような風潮がこの明治学院には比較的ある。そんなところで時間が来ましたので、最後は大学問題、学生はどう生きるべきかっていう問題も触れられたかなということで、終わりにしたいと思います。

（2018・12・21）

第2章

古川 健
劇作への向かい方

古川 健（ふるかわ・たけし）

1978年、東京生まれ。劇作家、俳優。劇団チョコレートケーキ所属。

2002年、劇団チョコレートケーキに入団。第2回公演以降、全作品に参加。2009年からは脚本を担当する。

2014年に、読売演劇大賞・選考委員特別賞、テアトロ新人戯曲賞・最優秀賞、サンモールスタジオ選定賞・最優秀脚本賞を受賞。2015年に、紀伊國屋演劇賞・団体賞を受賞。2016年に、鶴屋南北戯曲賞候補、岸田國士戯曲賞候補となる。2018年2019年2022年にも、鶴屋南北戯曲賞候補となる。2014年2016年2019年2022年に、読売演劇大賞優秀作品賞を受賞している。

文学座・俳優座・青年座など外部への書き下ろしのほかに、ラジオドラマやテレビドラマの脚本も手掛け、2021年にはＮＨＫドラマ『しかたなかったと言うてはいかんのです』『倫敦ノ山本五十六』の脚本を担当した。

［扉の写真］上：『無畏』より／下：『ガマ』より
（ともに撮影：池村隆司）

第1部 集団にこだわる

演劇との出会い

西堂　今日は古川さんに演劇のこと、これまでの人生のことを存分に語っていただきたいと思います。第1部としては古川さんの演劇人生について語っていただきます。まずは演劇との出会いをザックリと聞いてみたいと思います。

古川　僕の両親は演劇を観るといったタイプではなかったので、演劇との接点はあんまりなかったんですけど、高校の時に演劇部に入ったのがスタートという感じです。もともとミーハーなんで、その頃よく聞いていたラジオのパーソナリティの岸谷五朗◆さんが、あまり知らないけど舞台によく出ている人という認識がありました。そのラジオ番組で演劇仲間がよく出演していて、すごく楽しそうだなと。しかも僕、運動が苦手で、部活を選ぶときに運動部という選択肢がなかったので、文化部の中で楽しそうな部活を探したときに演劇部が出てきたというわけです。

西堂　高校の演劇部って意外に運動部系じゃないですか？

古川　そうなんですよ。走らされてがっかりしたんですけど、それでも演劇の体の使い方と運動部の体の使い方って意味が違うというか。

◆**岸谷五朗**　一九六四年生まれ。俳優。『月はどっちに出ている』で日本アカデミー賞新人俳優賞を受賞。

西堂　そのときは俳優をされていたんですか？

古川　そうですね。

西堂　劇作とかは？

古川　劇作は引退して三年生の時に一本書いたんですけど、それ以外ではとくに。

西堂　高校は都立駒場高校ですね。

古川　そうです。今でも盛んにやってるみたいです。

西堂　じゃあ演劇部としては強かったんですね。

古川　そうですね。大会では都大会の常連でしたけど、都大会では残念な結果に……というのが多かったですね。

西堂　古川さんが高校から演劇をやっていたというのは意外でした。大学でも演劇をやっていたんですか？

古川　そうですね。大学では文学部だったんですけど、演劇部に所属してずっと授業には出ないで稽古には出るっていう生活を送っていました（笑）。

西堂　大学では何を勉強されたんですか？

古川　文学部の歴史学科で日本史を専攻していました。

西堂　歴史だったんですか！　古川さんの作品にはドイツのベルリンなどがよく出てくるので独文科かと思ってました。

古川　たしかにたくさん書いてるんですけど、日本史専攻です（笑）。

西堂　とくにどんな分野が？

古川　卒論は幸徳秋水でした。初期社会主義です。

西堂　その辺りの大正の時代を結構題材に使われますね。じゃあいちおう学問の成果というか（笑）。

古川　そう言っていいと思います。

劇団チョコレートケーキの成り立ち

西堂　大学の劇研に入って、今のチョコレートケーキの土台ができたと考えていいんですか？

古川　はい。もともと劇団チョコレートケーキはその演劇部のOBでつくった団体で。僕は本当は旗揚げメンバーではなくて第一回公演には参加してないんです。第一回公演は僕の一年上の引退記念公演のようなもので、名前も適当に付けたんでこんなふざけた名前になったんです。第二回公演から劇団化しようということになって、そのとき僕が大学を卒業した時だったので、そのまま劇団員になりました。

西堂　ほぼ創立メンバーですね。そのときに日澤◆さんはいらしたんですか？

古川　主宰が日澤なので。

西堂　日澤さんは学年はどれくらい上なんですか？

古川　一学年上です。

西堂　その時は別の作家がいたということですね。

古川　そうですね。主宰が日澤で、作と演出がまた別にいました。

西堂　その人のテイストがチョコレートケーキだったんですね。

古川　今と比べたらわりとライトなコメディ作品をつくっていました。どこそこの劇団のようにしようという感じではなかったです。自分のカラーがあって、少し私小説のような作風でした。コメディにしながら自分の心情を書き込んでいくという感じだったので。

西堂　卒業とともに劇団に参加されて、就職はされたんですか？

◆日澤　日澤雄介。一九七六年生まれ、東京都出身。劇団チョコレートケーキ主宰。

古川　僕一九七八年生まれで、ロスジェネのほぼど真ん中の世代で、ちゃんと就職したところで未来の夢を見られないという閉塞感があったんですよ。もともと両親は教師だったので教員志望だったのですが、就職したからといって幸せな未来が保証されるというわけでもないと思っていたので。そのままずるずると好きな芝居をやって生きていければいいと思ってました。

西堂　卒業は二〇〇〇年頃ですか？

古川　二〇〇二年の春に卒業しました。一浪ですね。

西堂　その頃は演劇界に打って出ようという意識でやってたんですか？　それとも好きなことをサークル的にやろうと思っていた？

古川　若さのせいにしたら今の若い人たちに失礼なんですが、いい芝居をやっていたら自然と客も入ってくるだろうし、売れてくるだろうという考えでした。当然そんなことはなく何年も鳴かず飛ばずだったんですけど、集客も三百人を超えずウジウジしてました。

西堂　そうすると、劇団員も減り、卒業生から人を補充という感じですか？

古川　そうですね。初期メンバーが最初の公演で二人やめ、しばらくして何回かの公演で一気にボコッと抜けて、それから後輩が入ってきて……という感じですね。三十歳ぐらいの時に、作・演出が急に辞めると言い出して、その前後あたりで人がいなくなってしまった。だから駒沢大学のメンバーは、今ではもう三人しか残ってないですね。

西堂　何か絵に描いたような小劇場の衰亡というか……（笑）。

古川　本当にそうですね（笑）。まあ、数多ある劇団は作・演出が辞めたところでみんな辞めるんですけども……。

西堂　だいたい三十歳くらいで打ち止めというのが小劇団のパターンなんですが、よくそこをしのいだというか。そこまではずっと（集客数が）三百人位だったんですか？

古川　例えば客演をいっぱい出したらお客さんがいっぱいくるんじゃないかとか、いろいろ試行錯誤しながらすごく低空飛行してたんです。
西堂　でも、劇場は結構いろんなところ転々としてますよね。
古川　そうですね、転々としてます。どこか安いところはないかとか、どこが使いやすいかということで（笑）。
西堂　志を持って演劇をやるという感じよりは、むしろやり続けることが目的？
古川　他のメンバーがどうか今となってはわからないんですけれど、僕は仲間と一緒に何かをつくるという作業が好きで。本当は演劇じゃなくてもよかったのかもしれないと思うくらいなんです。結果として気の合った仲間と演劇をつくっていくということなのかな。
西堂　まず劇団ありきみたいな感じですか？
古川　そうですね。だと思います。僕の場合はそうです。
西堂　その中で作・演出家が辞めて、さてどうしようと思った時に、解散ということは考えずに続けようと？
古川　そうですね。次の公演の劇場がもう押さえてあったんですよ。それがもう半年切ってたもんだから、キャンセルしたらまるまる（キャンセル料が）かかってくる。だったら、何かやんなきゃということで。

劇作家になって

西堂　それで古川さんが書かれた？
古川　そうですね。学生の頃書いたことある人間というのは、残ったメンバーの中に僕しかいなかったんです。ただ、最初はみんなで書こうじゃないかっていう話をして、オムニバスのようでオムニバスじゃないような作品っていうのを企画しました。プロットを僕が全部つくって、これだったらそれぞれが分担して書きやすいんじゃないかっていうふうにして。でもまあ誰も書きやしない。その後、辞めていった人がちょっと書いてくれたんですけど、それ以外は誰も書いてこなかったんで、「あ、期待しちゃ駄目なんだ」って（笑）。なので、そこから先は自分が書こうって決めました。

西堂　それまでは高校時代に書かれたことがあったくらいで？

古川　あとは大学の時に書きました。

西堂　最初の第一作というのは自分では手応えはどうだったんですか？

古川　あの……手前味噌になっちゃうけど、思ったより書けたと思っちゃったんです。そのときにガッカリしとけば良かったんですけど（笑）。

西堂　何ていう作品ですか？

古川　『a day』という作品です。

西堂　それが事実上のデビュー作？

古川　そうですね、はい。

西堂　二〇〇九年ですね。それからプロフィールを見ると、あれよあれよという間にスターダムにのし上がるんですけど。そこから早かったですか？

古川　そこから早かったですね。僕も驚きました。驚いたし、今でも驚いてる。ホントだったのかどうかって今でも思ってます。二〇一二年に書いた『熱狂』と『あの記憶の記録』の二本が次のきっかけになりました。その後が『治天ノ君』と続きます。

西堂　『熱狂』と『あの記憶の記録』というのは二年前（二〇一七年）に再演されましたね。その二本立てを観てびっくりしました。これが七年前の習作的な感じだとはとても思えないほどの精度の高い作品だった。

古川　ありがとうございます。

西堂　あんまり恐縮されると（笑）。
古川　ああ、すみません（笑）。褒められたらお礼を言うっていう（笑）。
西堂　本当に無名の頃に書いた作品がある意味でいきなり、っていう感じで脚光を浴びた。
古川　そうですね。ありがたいことに。
西堂　『熱狂』はヒトラーの話ですね。
古川　ヒトラーがミュンヘン一揆で投獄されて、出てきてから首相に上り詰めるまでを描いた作品です。
西堂　この時ヒトラーを演じた俳優の西尾友樹◆さんの演技がすごく鮮烈でした。西尾さんも劇団創立メンバーですか？
古川　いえ、西尾君は僕が作家になった二作目から客演してくれているメンバーです。何年かは劇団名が気にくわないっていう理由で劇団員になってくれなかったんです。
西堂　（笑）
古川　二〇一一年くらいにやっと「まあいいか」ということで劇団員になってくれて。その次の年に『熱狂』ですね。
西堂　じゃあ彼が本格的にデビューした作品と言ってもいいかもしれませんね。
古川　そうですね。
西堂　で、『あの記憶の記録』。これもまた鮮烈なテーマでしたね。アウシュヴィッツから生きて帰ってきたユダヤ人がナチスに協力してたということで、帰国してボコボコにされちゃう。よくそんなことを題材

◆『a day』　二〇〇九年、中野ザ・ポケットにて上演。脚本・古川健、演出・劇団チョコレートケーキ。
◆『あの記憶の記録』　二〇一二年、ギャラリー・ルデコにて初演。脚本・古川健、演出・日澤雄介。
◆**西尾友樹**　一九八三年生まれ、大阪府出身。劇団チョコレートケーキ劇団員。

にしようと思いつきましたね。

古川　『あの記憶の記録』はいわゆるゾンダーコマンドというガス室近辺で働かされていたユダヤ人の話です。それを生き延びた男の戦後と戦中の記憶の話なんですけども、あれは『私はガス室の「特殊任務」をしていた』（シェロモ・ヴェネツィア著）というそのまんまの体験記がありまして、それ一冊を下敷きにして、彼の戦後を想像してつくった物語です。

西堂　この二作が引き金となって、いろいろな方が観始めたようですね。

古川　ここからですね。ちょうど「若手演出家コンクール」という日本演出者協会が主催されているコンクールに出ました。ここで初めてうちの演出家の日澤雄介がエントリーしました。故・村井健さんが『熱狂』を観に来てくださって、その時にいろんな人に声を掛けてくださり、それがきっかけとなって本当にいろんな方が観に来てくださるようになりました。

西堂　演出家コンクールで日澤さんは賞を取られたんですか？

古川　はい、そうです。三月の本選に進んで、大賞をいただきました。それが二〇一三年です。

演劇の持続

西堂　ここまで生き延びてくるのは大変だったと思うんですけど、その頃のことを振り返るとどうですか？

古川　不遇の時代が長かった分、嬉しかったんですけど、でもあんまりリアルな感じじゃなかったっていうのが本心ですね。こんなうまくいって良いものかという気持ちもありました。それに経済的には自分にフィードバックがない状態だったので、名前だけが先行して、自分の生活は変わってないっていう感じだったのであんまり体感としては変わらなかったですね。

西堂　でも外側からの評価ってやっぱり背中を押してくれて持続していくときのモーターになったんじゃ

ないですか。

古川　それはありますね。苦しいときにアルバイト終わって、稽古行って、書いてっていうことに対して外からの評価は背中を押してくれました。芸術家って本来どうあるべきかっていうのはあるんですけど、僕は俗物なので褒めてもらえると単純に嬉しくて、頑張ろうって思いました。

西堂　その頃三十四、五歳くらい？

古川　えっと、そうですね。

西堂　結婚はされてたんですか？

古川　ちょうどその頃ですね。結婚したのは。

西堂　相手も（古川さんに将来）見込みがあると思って……？（笑）。

古川　どうなんでしょうか（笑）。あまり何にも考えてなかったですね。

西堂　ファンだった方ですか？

古川　外の劇団での共演者だったんですけど。

西堂　演劇関係者ではあったと。

古川　そうですね。劇を観て面白いと思ってくれたらしくて、それがきっかけとなりました。

西堂　家族は重要ですか？

古川　家族は重要ですね、はい。

西堂　親はどうだったんですか？　教員という堅い職ですけど。

古川　堅いし真面目なんですけど、大前提としておまえの人生はおまえのものだというところからは踏み

◆**ゾンダーコマンド**　第二次世界大戦中、ナチス・ドイツが強制収容所内の囚人によって組織した労務部隊。

◆**村井健**　一九四六～二〇一五。秋田県出身。演劇評論家。

込まないタイプだったので、大義名分っていうんですかね、そういう建前を大事にするタイプの人でした。

西堂　良き理解のある父親……を演じていた？

古川　そうですね（笑）。内心はいろいろあったでしょうし、いろいろ言われましたけども、建前として兵糧攻めにされるようなことはなかったので。

西堂　演劇を続けて二十代三十代前半までって基本的に芽が出ないんですよね。この間をどうしのぐかっていうのがとても難しい。これから演劇やろうと思っている人も学校を卒業して十年をどれだけしのげるか。

古川　僕は自分のやっていることが好きじゃなかったら続かないと思うし、（成功すれば）いろいろな苦労が美談になりますけど、苦労しっぱなしでやめていく人もいっぱいいますから。価値基準を食える、食えないに置かないほうが良いと僕は思います。芝居で食べることを大事にしたいのならば、生活と両立するようなやり方を考えたほうが良いかなと思います。

西堂　そうすると、アマチュア、サークル的なあり方と似ている気もしますけど。

古川　そうですね。逆にそこの裾野が増えていけば、観劇人口も増えていくし。そういう社会人劇団的な入り口がもっと増えても良いと思うんですよね。

西堂　たしかにＪＡＣＲＯＷ◆という劇団はサラリーマンやりながら演劇を続け、「大人の小劇場」という言い方をしています。東京ではアルバイトとかフリーターっていうのが成立するけれども、地方都市にいると基本的に成立しないんですよ。定職を持たないといけない。定職を持った上で演劇活動をやるっていうのが当たり前。だから基本的な構え方が違っていると思います。

古川　そうですよね。名古屋とか北海道の方のいわゆる市民劇団っていうんですか、社会人の方が夕方集まって稽古をするっていう場を縁があって拝見させてもらったんですけど、それはそれですごく良い取り組みだと思うし、東京でもそういうシステムがもっとできてもいいと思ってるぐらいなんです。

演劇の社会的広がり

西堂　演劇の裾野が広がるって仰いましたけど、もっと演劇を身近に、生活の道具として使えるいいと思いますね。表現をどんどん先鋭化させないと認めてもらえないではなくて、ごく当たり前に演劇をやって、当たり前な生活と隣接してやる。そういう隣接が良いと思ってるんです。

古川　学校教育でも、最近は僕らの頃とは違って演劇のワークショップ形式の授業とかがあるっていう話も聞きますけれども、もっともっと、それこそ演劇っていう授業が週に一回あるくらいでもいいんじゃないかな、って思っています。演劇ってコミュニケーションツールになりうると思っているので、演技の勉強であるとか、戯曲を読み込む力であるとか、そういうのを通して人間を学ぶことってできるのかなと思っています。

西堂　ただ同時に、演劇って一つの反社会性って言うと大げさですけど、やっぱり今の時代は「面白くないよ」という批判精神から出てくるものでもありますね。

古川　そうですね。「カウンターカルチャー」って言うんですか。

西堂　批判意識みたいなものが根底にないと表現として面白くならない。

古川　批評性を持って自分の生きる社会を見るっていうのはごく普通のことだと思うんです。そういう人たちの集まりが社会をつくっていくことが大切だと思います。演劇に関わっていくことでわれわれの立っている足元を批評する能力というのを培うことができるのではないか、と。それはまさしく「人間力」の向上にも繋がるような気がします。

西堂　演劇って本来、そういう社会的な行為だと思うし、社会に対してメッセージや提案をするものです

◆JACROW　日本の劇団。二〇〇一年旗揚げ。

ね。ただ同時に今の演劇を取り巻くイメージが、あまりにもエンターテインメント寄りになっている。だから、古川さんが言われているのはすごく正論なんだけど、なかなかそういう形で受け止めないで、演劇は「楽しいものだ」とか「娯楽だ」というイメージのほうがむしろ跋扈している。

古川　そうですね。そこをひっくるめての楽しみ、「娯楽」だとは思っています。自分でないものの見方を作品を通して感じることができるか否かが込みでエンタメだと思っているんです。狭い意味でのエンタメというのは、まず社会性を取っ払っちゃったところから始まる……。いつぐらいにできたんでしょうね？

西堂　今の学生は演劇と言うと、まずミュージカルとか、2・5次元舞台とか、どちらかというと社会性を取っ払ったところのイメージで受け止める学生が多くなっている。だから、古川さんが言われた「娯楽」という言葉がすごく狭く捉えられている。

古川　それは感じていますね。

西堂　エンターテインメントという言葉が使われ出した頃、僕は「知的な楽しみ」という意味で用いたことがあるんです。でももはや「知的」っていう言葉だけでも敬遠されてしまうところにエンタメがあるので、これをもうちょっときちんと置き直してみたい。

古川　どうしたらいいのか。（演劇は）どうしたって興行なので、売れていくものが強くなっていく。演劇人口が減っていく中で、どう人を取り込むかっていう時にどうしても固定のファンがつくミュージカルとか、2・5次元っていうところに行きがちなんだとは思うんですが。

西堂　チョコレートケーキっていう劇団は、ハードな表現で社会派だと言われてしまうと、そのこともレッテルとして排除される要因になってしまいますね。

古川　そうなんです。そこをどう払拭していけばいいのか、劇団員で毎月会議をして「どうしたらいいんだ」って考えてはいるんですが、明確な答は出せずにいます。

西堂　ある座談会で古川さんは「自分はエンターテインメントをやっている。芝居を観終わって、何かすごいものを観たっていう感覚を持ってもらいたい」と発言されていますが、言ってみれば、観客に衝撃的な舞台を与えたいってことですね。

古川　はい、知的な衝撃って言うんですかね。こういう見方があったんだ、こんな事実があったんだ、全然知らなかった、がベースになってわれわれの知っている常識はここに繋がっている。そういうつくりをできたら最高だな、っていつも思っています。

西堂　それをエンターテインメントって普通言わないですよ。

古川　そうですね（笑）。それはそうだと思います。

西堂　だから、あえて使われている戦略だと僕は思ったんですけど。そこらへんが一つの突破口のように感じます。

創作の根源は？

西堂　古川さんは二〇一二年の『熱狂』以降かなり順風満帆に進まれていると思うんですけども。それで、昨年（二〇一八年）だけでも六本くらい劇作を書いている。

古川　はい。去年と一昨年どちらも六本ずつ書きました。

西堂　書きすぎじゃない？

古川　書きすぎです。もうすっかすかですね（笑）。大変です。

西堂　東独のシュタージの話とか、東独もので二本ぐらい書かれていますね。

古川　シュタージは一本で、ドイツの話が続きました。

西堂　一つの素材で、二つ書いたり（笑）。

古川　そう仰られますけど、それはまた別のものなんでございますよ（笑）。

西堂　一つを調べて書いて、書き残したことをもう一本で書く、みたいな。

古川　その二本は、第二次世界大戦中のナチスを支持していた家庭の劇と、四十年後の東ドイツの崩壊前後の普通の人々の話だったので、ドイツ史ってどんな流れをたどったのかで、その二本を自分の中で繋ぐっていう作業はありました。
西堂　作家としては、ある連続性を持って書かれている、という感じですか。
古川　そうですね。それに関してはすべての作品が根底では繋がっているような気はしています。
西堂　当然作家ですから問題意識というのは通底していると思うんですけど、それにしても大正天皇を扱ったり、連合赤軍や六〇年代の学生運動を取り扱ったりとか、多彩な題材に取り組まれている気がするんですけども。
古川　そうですね。好きなんですよね、調べ物が。だから、どの時代を切っても語れるような、そんなに歴史的な知識が豊富ではないんですけれど、それを知るっていうことの喜びはあるので、「ここを調べてみたいな」っていう理由で題材を選んだりはします。
西堂　目の付け所というか、関心のセンサーが振れてくる基準みたいなものはたぶん根底で繋がっているのではないか。それを自分で分析してみるとどういうことだと思いますか。
古川　「理念を持って闘う人々」というのにすごく惹かれるところがあるので、どうしてもそういう題材になりがちですね。
西堂　「闘う人々」を扱いながら、結構負けた人物を描いたりしますよね。
古川　敗北も好きなんです。負けの美学というか。負けていく人たちって、負けていくだけで情景が劇的な気がするんですよ。そこに、感情移入できてしまう存在があるというふうに僕は感じるので、わりと好んで負けていく人たちを書いています。
西堂　闘う中で負けていく者たちを描くという主題の見つけ方って、非常に重要な、本質的なものがあると思いますね。とくに今の日本の中で、一番欠落している問題を炙り出しているんじゃないか。またあとでそのあたりのことは聞かせて頂きます。

創作の現場で

西堂　それで、さっきの「書きすぎじゃないか」ですが、本当にスカスカなんですか？

古川　正直、スカスカっていうのは、もともと自分の中にあるものを書き出すのではなくて、調べ物をしてそこから物語を紡ぐというやり方なので……。「意欲」ですかね、欠けていくのは。

西堂　なるほど。

古川　やっぱり年に六本書いちゃうと、駄目ですね。今日何ページ進めよう、ここまで進めようっていうのを決めて仕事をするタイプなんです。でも、今年に入ってからはパソコンに向かわなくちゃいけないのが二日三日遅れたり、というのがよくありますね。それはもう完全に意欲を失っている状態だと思います。

西堂　作家にも二つのタイプがあって、私事から出発して「私」の妄想とか、欲望を書くタイプ。これは私小説とはちょっと違うけど、自分を原点にしながら書いていくタイプと、ある意味古川さんのように、そこは空洞であって、むしろ外側のものから攻めていくタイプの二種類。

古川　そういうところはありますね。自分が経験したことのない危機的な状況の中から物語を生み出してくる、という意味で言うと……。でも僕、俳優出身だからかもしれないんですが、それぞれのキャラクターを自分に置き換えて書いているところがあるので、つねに感情移入しながら書いているところはありますなので、完全に自分を書き込むタイプではない、とは言えないとは思います。

西堂　自分の妄想だけで突っ走る、というのではなくて、「自分を通して」書くということですか。

古川　それに近いと思います。ある枷を自分に当てはめてみて、自分ならどうなのかな、というタイプです。

西堂　いろんなタイプがあるけども、自分の妄想で書いていくとフィクションになっていく。だけど、古川さんの作品って、リアルな感覚というか、そんなにイメージがぱっと飛ぶような感覚ではないですね。

古川　そうですね。自分のイメージ力に自信がないので、それなら緻密に積み重ねていくタイプの作劇をしようと思っています。

西堂　そういう作劇を考えていくときのモデルになる作家っていらっしゃるんですか？

古川　どこを目指す……。うーん、そうですね……。僕は、作劇の勉強をしてないんですよ。誰かに教わったっていうこともないですし、誰かを目指す、真似してこういう感じで書こう、っていうのもない気はします。

西堂　自分にとっては先達のようなものはないと。

古川　ただ大きな意味で言うと井上ひさし◆さんのような作品に憧れるんですけども。僕は音楽であるとか、笑いであるとか。ああいう逸脱がどうしても書けないので、僕と井上さんの間には広い差があるんです。でも、背中を見続けている方ではあります。

西堂　他には、例えば別役◆さんだとか唐十郎◆さんとかそういう方々は？

古川　若い頃から好きだったのは鴻上尚史◆さんで、作品には全然生きてないんですけども、シーン転換で急に場面が飛躍するとかは結構影響受けている、って演出家に言われたことがあります。

西堂　急に場面が飛躍する？

古川　場面が外から中に転換して、人が出入りしても、そこが演劇だったら成り立ってしまうと信じているので、それを遡ると鴻上尚史さんの作品の影響かなという気がします。

西堂　高校時代とか、大学時代とかで読んでいた小説とか聞いていた音楽、見ていた映画、美術など、どんなものに触れていたんですか？

古川　僕は読書好きの人間だったので、とくに歴史小説が好きで、圧倒的に影響を受けているのは司馬遼太郎さんになりますね。あとは池波正太郎◆さんとか、山本周五郎◆さんとか、その辺を毎日毎日読んでました。血肉となっています。

西堂　わりと大衆的な文学？　大江健三郎◆とかあんまり好きじゃなかった？

古川　読みましたけどね……。高校生の時にノーベル賞を取られたので、その時に読まなきゃと思って読んだんですけど、ちょっと置いて行かれてしまった。

西堂　基本的に前衛的なものが好き、というタイプじゃないんですね。

古川　そうですね。自分の兄も読書好きで、小学校高学年の時に太宰治とかをいっぱい読んでたんですけど、何かぴんと来なかったという感じがして、それだったら司馬遼太郎さんのような血沸き肉躍るような小説を読もうって。

西堂　音楽とか映画はどうですか？

古川　音楽は、小中学生では、長渕剛◆さんがすごく好きで、長渕さんが音楽だと思っていました。そこから高校生からバンドが好きになってブルーハーツですね、僕らの世代は。ブルーハーツからパンクが好き

◆**井上ひさし**　一九四三〜二〇一〇。日本の小説家、劇作家、放送作家。日本を代表する作家であり、劇団「こまつ座」の創立者。代表作に『ひょっこりひょうたん島』『父と暮らせば』などがある。

◆**別役**　別役実。一九三七年生まれ。劇作家。サミュエル・ベケットの影響を受け、日本の不条理演劇を確立した第一人者である。

◆**唐十郎**　一九四〇年生まれ。劇作家。劇団「唐組」主宰。紅テントで上演し、アングラの創始者とも呼ばれる。

◆**鴻上尚史**　一九五八年生まれ。劇作家、演出家。二〇一六年に日本劇作家協会会長に就任。

◆**池波正太郎**　一九二三〜一九九〇。戦後を代表する時代小説・歴史小説作家。代表作に『鬼平犯科帳』『剣客商売』など。

◆**山本周五郎**　一九〇三〜一九六七。小説家。代表作に『樅ノ木は残った』『赤ひげ診療譚』など。

◆**大江健三郎**　一九三五年生まれ。小説家。現代日本文学の頂点に立つ作家の一人。代表作に『飼育』『新しい人よ眼ざめよ』など。

になって、二十代の頃はずっとイギリスとかアメリカのパンクバンドの曲を聞いていました。

西堂　音楽好きと言える感じですか。

古川　はい。家にケーブルテレビが入っていて、ケーブルテレビの音楽チャンネルを延々と流していると、すごくピッとくるものがあって、それをお金を貯めて買うっていうのを楽しみにしていました。

西堂　映画とかはどうだったんですか？

古川　映画はどうだったかな……。

西堂　あまり映画館には足を運ばなかった？

古川　映画館に足を運ばないタイプでした。

西堂　じゃあ、書斎派？

古川　そうですね、インドア派です。僕、あまり外に出かけないで済ましします。

西堂　ちょっとオタクっぽい？

古川　それは言えると思います（笑）。

西堂　そういうタイプの人が、よく演劇という人の群れの中で揉まれるようなところに入って来ましたね。

古川　そうなんですよ。自分でも思うんですけど、六年くらい前まで作劇もやりながら俳優をやっていた頃、やっぱり演劇はコミュニケーションの能力がないと成り立たないので、すごく無理してでもコミュニケーションを取ろうとしていたような気がします。それで、作家専門になっていくと、自分が閉じていくのを感じます。それももともとの気質なんだろうと思って諦めてます（笑）。

西堂　今、パソコンに向かって家で書いているわけですよね。そうすると、何日も人に会わないということもありますか？

古川　家族がいるので。

西堂　外側とは？

古川　ないですね。
西堂　それは自分の性分に結構合っていると思いますか？
古川　合ってますね（笑）。お恥ずかしい話。
西堂　じゃあ、久しぶりにこんな大勢の人前に出て。
古川　もう本当に緊張して……。
西堂　でもなんか、嬉しいでしょう。人がたくさんいて、しかも自分を目当てに来てくれている。
古川　それはもう本当に。私のようなものを（笑）。ありがたいです。
西堂　そういうヒットアンドアウェイというか、籠っているときもあれば、外に出ていく日もある。毎日劇場に行くわけじゃないですよね？ 公演の時に。
古川　いや、自分の劇団の時は行きます。
西堂　ずっと観てるの？
古川　観ないですね。ここ何年かは書いてます、楽屋にパソコン持ち込んで。開場したらお客様に「いらっしゃいませ」って挨拶をして、終演するまで楽屋で台本書いて。あーそろそろ終わるなって思ったら出ていって「ありがとうございました」っていうことをずっとしています。
西堂　なるほど。そういう人だったんですね。
古川　はい（笑）。
西堂　では、前半の「演劇人生を語る」の部をここで終わりにしたいと思います。古川さんがここまでどうやって生きてこられたか、演劇との関わり合いがとてもよく出ていたお話だったと思います。その中で、

◆**長渕剛**　一九五六年生まれ。シンガーソングライター。『乾杯』『幸せになろうよ』など多数のヒット曲があり、日本を代表するシンガーソングライターの一人である。

演劇に対する真摯な姿勢も伝わってきました。どうもありがとうございました。

第2部　歴史劇の新しい創出

タブーへの挑戦

西堂　それではこれから古川健さんの創作の方法、戯曲の書き方についていろいろおうかがいしたいと思います。近々に上演されるのが『治天ノ君』という古川さんの出世作でもあるのですが、これは明治と昭和に挟まれマイナーな存在であった大正天皇を題材にしていますね。大正時代というもの自体アヴァンギャルドな時代で新興文化の発達した時代でもあるのですが、なぜそのようなものを素材にしたのか、なぜここに目をつけられたのか。

古川　初演が六年前（二〇一三年）になるんですけど、その前に書いたものがヒトラーを主人公にした『熱狂』という作品です。その頃やってはいけないことってあるの？というのが自分の中で一つテーマになっていて、タブーに挑戦したいという尖った気持ちがありました。われわれの小劇場演劇の一番いいところって題材を好きに選べる、規制がない、何をやってもいいとされていることなので、ギリギリのところまで考えてやってみたいと思いました。まずはアンチヒーローとされるヒトラーを主人公として作劇してみました。その作品で「いけた！」という感触があったので、その次に踏み込むべきところを考えた時に、やはり日本で考えると天皇家ではないだろうか、と。ちょうどそのような題材を考えているタイミングで客演に松本紀保◆さんが加わってくれるという話が持ち上がり、天皇家を題材とし、高貴な血筋の方を演出することに非常に大きな後押しになりました。そうして、天皇家を書くとしても何にしようかと思った時に、「大正天皇は頭がおかしかった」という俗説があるが、実はそうではなかったという原武史◆さんという学者の研究本を元に、われわれが思う大正天皇とは違う新しい大正天皇像が描けたらギャップをつくることができて、物語として非常に面白いのではないかと思い、題材を決定しました。

西堂　それは既成のイメージに対する脱神話化みたいなことですか？

古川　そうですね。

西堂　従来の大正天皇は気が狂っているのではないかとか、いろいろな俗説がありましたが、そういうイメージを変えたいと？

古川　はい。そうですね。

西堂　ヒトラーに対しても俗説を変えたいという気持ちはありましたか？

古川　ヒトラーに関しては、書き出す前も書き終わったあとも一切共感できないし、今でも嫌いです。だけど、大正天皇に関しては、調べる前から何となく同情心があり、調べ終わったあとは好きになりました。

西堂　やっぱり書いていくと、登場人物に思い入れを持ったり、徹底的に憎んだりと、生きた人間と対峙するような感じになるのですか？

古川　そこまで生々しくはないですが、自分の心の中にその人の影がないと書けないので、自分の中に生まれた像を追っかけながら書いているところはあります。

◆**松本紀保**　一九七一年生まれ。女優。二代目松本白鸚の娘。
◆**原武史**　一九六二年生まれ。放送大学教授、明治学院大学名誉教授。近現代の天皇・皇室・神道の研究を専門としている。

西堂　「影がある」ということは、古川さんの中にも、例えばヒトラーや大正天皇がいるということですか。

古川　そうですね。まずは自分に置き換えてみて、自分が理解できない気持ちは、見ている人にも伝わらないと思うので。実際のところはわかりませんが、ヒトラーの行動一つをとってみても、きちんと意味付けをしてわかりやすく書いているつもりです。

西堂　愛さないと憎めないとか、天皇制にどっぷり浸った人間でないと天皇制から逃れられないとか、そういう類いの話でもあるのですか。外側から眺めているだけでは、そこに肉薄できない。

古川　もともと、僕の考え方に天皇家に寄り添うところがなかったので、逆に神聖視することなく、人間的に天皇家を描きたいという気持ちがそのまま表出したと思います。

西堂　天皇家のシリーズ化も面白そうですね（笑）。

古川　そうですね（笑）。それはなかなかどうしようかと……（笑）。

西堂　昭和天皇はこれまでよく演劇で扱われてきて、舞台上で何度も殺されてきました。だからこれまでの演劇界では昭和天皇はヒトラーのようなアンチヒーローの象徴でした。これからどうなるかはまだわからないですけど。タブーに挑戦するというのは自分に課した一つのハードルだったんですか？

古川　そうですね。その頃は、僕のようなものが書き続ける意味をとても考えて、頭を悩ませていました。タブーを破るというのはある種の快感であって、そうやって自分の中の枷を壊していくことで、また一つ自分を突破できないかということだったと思います。

西堂　歴史を素材にする時に、とくに原爆などを描く時、被害者の側から書くことが定番だったと思います。例えば、井上ひさしの『父と暮せば』などは原爆の被害者を題材としてますね。でも同時に、日本は戦争の加害者でもあったわけです。僕は古川さんの世代が書く歴史ものは、加害者側の視点から書いていることが多いと思うのですが。

古川　それはそうだと思います。最近の自分（の作品）もそうですし、他の方の劇を観ても思いますね。

西堂　それは歴史に限られたことではなく、例えば轢き逃げ事件を題材とした瀬戸山美咲さんの『残り火』でも、被害者家族と加害者家族を同時に描く。しかし、これまでの日本の文学や芸術では、被害者側の悲しみを描くことが多く、それは別の見方をすると日本人の戦争に対する批判を緩くしているということになります。
古川　そうですね。前の世代の方が被害者的視点で書かれることに関しては、戦争の実体験がそこに書き表わされているのだろうし、とくに思うことはないのですが、僕らの世代になると、なぜそんな悲惨なことが起こってしまったのかをメインにしたほうが作品として建設的な気がするんです。自分の作品を観てくれる人に少しでも貢献できるのであれば、われわれがどのようにして現在に繋がる過程を築いたのかを提示したいというのがあります。このようなことを実際に被害に遭われた方が書いていないというわけではないのですが、一方の側だけではなく、多面的なものの見方をしたいというのはあります。これはきっと僕だけではなく、同世代の作家に共通するところだと思いますね。

新しい歴史の描き方

西堂　演劇史の中でも新しい世代の誕生という感じがします。両方の視点でバランスよく書きたいというのは、アウシュヴィッツのユダヤ人の話にも繋がりますね。『あの記憶の記録』（二〇一二年）では、アウシュヴィッツからの帰還者の話ですが、ナチに協力したユダヤ人が同じユダヤ人に攻撃されたという話です。ここまで踏み込んだ見方をしている芝居は、僕は日本で見たことがなかった。戦争や歴史に対する関わり方が、体験者と非体験者である新しい世代では明瞭な違いがあると思いますね。
古川　たしかにそうですね。
西堂　僕がなぜそれを強く感じたかと言いますと、ある韓国の批評家と対談した時に戦争について日本の演劇はどのように描いてきたのかが話題になりました。僕が真っ先に思い浮かんだのが『父と暮せば』など原爆の被害者の話だったのですが、そのことを話すと、彼は顔色を変えて日本は加害者じゃないか？と詰問してきたのです。その時に思い出したのが、七〇年代の唐十郎や佐藤信◆が書いていた芝居は、戦争に関わったサラリーマンや満州国建設の話など、戦争に加担した側の視点で書かれていたことです。小劇場やアングラの第一世代は、やはり新劇の前の世代とは違う書き方をしていた。佐藤さんはかなり自覚的に書いていたと思うのですが、彼らの世代からもう一世代ジャンプした古川さんの世代は、当たり前のように、どちらの視点も兼ね備えた、健忘症にならない、相対的で歯止めが効いた見方をしているなと思いますね。

古川　近々、実体験者が失われているというのをひしひしと肌で感じていて、実体験を生で聞けなくなった先にあるものをこれからを生きる作家は問わなければならないということをよく考えますね。

西堂　実体験を書いていた戦後派の作家たちはたくさんいたわけですが、これからは体験していない者がそのような歴史をどのように扱うのか。下手をすると非常におこがましい感じになりかねない。そこをどのようにクリアしていくのか。節度を保って、倫理を持って書かなければいけないのが非常に難しいですね。

古川　そこは誠実でなければいけないですよね。過去に対する尊敬を失ってはいけない。だからと言って、事実の奴隷になってしまうと筆が鈍るので、ある程度は自分の作家性というものも込めていかなければならない。ここもきっとバランスなんでしょうね。僕らは調べることも大事なのですが、想像していくことをお客さんと一緒にやっていくということが大切なんだと思います。

西堂　自分の立場が見えてきた感じですね。二十年くらい前ですかね、古川さんよりもう一つ上の世代の鐘下辰男◆さんは、作品の中で軍隊や戦争をよく扱っていまして、「戦争を体験していないのによく書けますね」と言われて、「今でないと軍隊を描けないですよ」と言っていました。世代が若くなっていくにつれて、軍人を演じられる俳優がいなくなってしまう、と。

古川　それは直接聞いたことがあるような気がします。

西堂　それで鐘下さんは、自分たちは戦争を描ける最後の世代だ、自分がやらなければというのがあったみたいですね。でも、軍隊の問題は案外現代のいじめの問題とリンクする部分があって、現代にきちんとフィードバックさせて、かつての話で終わらせないという態度が必要です。鐘下さんの世代が戦争を描ける最後の世代だとしたら、古川さんの世代はもう少し違った視点から書けるのではないでしょうか。例えば、もっとフィクション性を高めるとか新しい捉え方がきっと求められてるんじゃないかな。

古川　もっと創作というか、ただただ事実に即したものではなく、物語的に成立させていくということですよね。……難しいですね。戦争ものってただでさえ多いので、どうしても模倣になってしまう傾向があって、それをつねに気をつけていないと、すぐにこれどこかで見たなとなってしまうので……。とくに戦争を描くとなると、自分の作家性をどうやって出そうか悩みますし、今出せているかと言われると自分の中では疑問でありますね。

西堂　つい最近、俳優座で上演された「満蒙開拓団」を扱った『血のように真っ赤な夕陽』についてなんですけど、歴史の教科書に出てくるから存在は知っているけれど、あまり踏み込んで考えたことがない題材だったので、こういう素材ってたくさんあるんだなと。それを古川さんはグイッと抑えてくれて、まったく違う視点で描いてくれた。開拓団には長野県出身者が多かったとか、そういうディテールが案外大切で、そのあたりの目の付け方がさすがだなと思いました。

古川　ありがとうございます。歴史の教科書は題材の宝庫でして。教科書だけだと固有名詞しか載ってないようなものでも、実際調べてみると演劇になるようなネタが詰まっているので、名前は知っているけど

◆**佐藤信**　一九四三年生まれ。一九六六年に「自由劇場」を設立。現在は個人劇団である「鷗座」の主宰を務める。

◆**鐘下辰男**　一九六四年生まれ。劇作家・演出家。演劇集団「THE・カジラ」主宰。

詳細までは知らないというものを好んで扱ってるところはありますね。

西堂　それをフィクションの物語にしていくわけで。

古川　そうですね。

西堂　そこがある意味で歴史を扱っていく手付きとしては非常に斬新なのかもしれない。2・26事件は歴史の授業で習ったことはあるけど、実際にはどうだったのかを知らないで、佐藤信さんの『阿部定の犬』を観ると、「ああこういうメカニズムで事件が起こったのか」というのを知ることができてとても歴史の勉強に演劇は役に立つんですよ。

古川　（笑）僕もそれはそう思いますね。

西堂　そういう行間だとか、歴史の隙間にあるいろいろな事柄が本当に市井の人々によって描かれることで、「日の丸ってこういう意味があったんだ」とか「玉音放送というものをこういうふうに聞いたのか」ということがフィクションを通して初めてリアルに捉えられる。

古川　そうですね。

西堂　そこが劇作の持っている面白さかなあって。

古川　歴史劇の特徴というか、いわゆる歴史の流れを大河のように概論的に説明するのに演劇は向いていなくて、それならむしろミクロな視点でその時代を生きた名もなき市民がどんなものを背負って生き、何を考え、何を感じ、その人生を賭けたのかというのを描くことによって、今とは違ういつかっていうのを肌感覚としてお客様にお伝えできるんじゃないか。そういうものをつくっていきたいなと考えています。

小空間の魅力

西堂　「肌感覚」っていう言葉を最近の若い世代はよく使われるようですね（笑）。

古川　（笑）

西堂　演劇が成立する場ってすごく大事だと思うんですね。生身の身体が感覚できる距離とか人数というものは演劇を成り立たせていく時の非常に大事な問題だと僕は思う。
古川　そうですね。
西堂　それがマイクを使って千人、二千人の前でそれが出るかというとたぶん出ない。
古川　いやあ、出ない。難しいものですね。
西堂　ですから、自ずから古川さんが目指している演劇の規模っていうものは限定されてきている？
古川　そう思います。一番面白い演劇はやっぱり、（観客は）五十人までですよ。
西堂　五十人！（笑）
古川　このくらい（開催した教室）の距離で観る演劇が絶対一番面白いですし、広くなっていけば広くなっていくほどやっぱりスカッとしていくのは致し方ないことです。それをどう埋めていくのかというのもある種演劇の課題だと思います。
西堂　去年観た『ドキュメンタリー』◆。あれはすごく面白かった。楽園っていう劇場、実は初めて行ったんですよ。
古川　そうなんですか。
西堂　（客席が）何か壁に押し付けられて雪隠詰め状態。その位置から芝居を観ている。そうするとほとんど立ち合ってる感じですね。
古川　それが一番演劇の肝なところだと思うんですけど。
西堂　立ち合ってるから、西尾（友樹）さんは劇中で人の話を聞いている時、中腰で聞いている。あの中腰に僕、感動したんですよ。そんなこと大劇場だったら絶対ありえない。「あの中腰キツいだろうなあ」と

◆『ドキュメンタリー』　二〇一八年九月に下北沢にある小劇場、楽園で上演された作品。脚本・古川健、演出・日澤雄介。

か思いながら。だけどヒヤリングする時、同じ目線に立ち、あの角度でないと聞き出せない。（二人の俳優と観客の）三角形が成立した時に、劇場で演劇のもっとも濃密な体験が成立する。そういうところが古川さんの出発点としてあったんですか？

古川　そうですね。作家をやるようになってから、劇場より狭い空間に合わせてつくっていくのがいいんじゃないかと思って、作品を二本くらい書きました。狭いところで狭い物語をやってみようと、初めてギャラリーを借りて公演しました。本当に五十入ったらパンパンになるくらいの距離でやったのですが、僕はその時演者として出ていたんですけど、本当に快感がありました。そんな痺れる空気をお客さんと共有する感覚で、こんな緊張感ないなあと思って。

西堂　それは、ギャラリー・ルデコですか。

古川　ルデコですね。

西堂　渋谷にある小空間で。僕も何本か観てるんですけど、意欲的な舞台多いですね。

古川　そうですね。昔、結構どこもかしこも使って面白いことをやってましたね。

西堂　でも五十人だと絶対採算取れない。

古川　そうですね、はい（苦笑）。

西堂　この問題をどうクリアするか。

古川　そうなんです。この問題をクリアするためには、チケット代を上げるしかないんですけど、それはしたくないんです。だから、うち（劇団チョコレートケーキ）は中規模の劇場で基本的には提携を取って、ある程度予算を組んでやってますけど、たまには近い距離に戻りたいっていうことで何年かに一回はミニマムな公演をやっていこうという方向で考えてます。

西堂　そうすると、芸術的な達成度というか満足度と、商業主義というものをギリギリのところで成立させている？

古川　そうですね。

演劇のどこに価値を見出すか

西堂　古川さんは集客三百人の時代が続いて苦労が長かったので、そういうことがないと思うんですけど、古川さんよりもう一世代若い世代って、助成金が始まった世代なんですよ。最初から助成金ありきで演劇を始めた。そうすると最初から採算の取れないことはやらないっていう感じで。演劇をやりたいのか、演劇を生業《なりわい》にしたいのか。どうも（若い世代は）後者みたいなんです。

古川　ああ、なるほどねぇ。

西堂　これはいかがなものかって僕なんかは思うんですよ。

古川　気持ちはわかります。わかるんですけど、無茶だよっていうのがやっぱりあって。助成金はありがたいシステムで、うちの劇団もお世話になってますけど、助成金のための演劇じゃダメなので。つまり自分でやりたい芝居のために助成してもらうわけなので、ちょっと食い違っているというか。そんなに生業が欲しいならちゃんと就職した方がいいよ、って思います。それはもう、絶対的な事実ですね。

西堂　ただ演劇やりながら、ギリギリ商業的に成立させたいというのはどうしてもあるんですね。

古川　気持ちはすごくわかります。

西堂　古川さんはいわゆる「食えるようになった」のは何歳くらいからですか。

古川　僕は三年前までバイトしていたので、三年前にようやく食えるようになりました。

西堂　そこまでなかなか我慢できませんね。

古川　我慢できなくなる気持ちもわかるし、お金欲しいって思う気持ちは誰よりもわかるつもりです。でも、

◆**ギャラリー・ルデコ**　渋谷にあるギャラリー。ジャンルを超えてさまざまな芸術作品が展示、上演されている。

どうなんですかね。結局、演劇に関わることが僕はすごく楽しいと思っていて。本番観に行くのも楽しいし、他人の芝居を観に行くのも楽しい。あと、僕は稽古場がすごく好きで、できるなら毎日でも自分のお芝居の稽古場に行きたいと思っているんです。その充実は何ものにも代えがたいと思いますし。演劇ってお客様と接している時間だけがすべてじゃなくて、そこに至るまでのその何倍もの長い地味な時間をどうしていくかってことだと思うんです。そこが好きじゃなければ、やっぱり演劇を続けるのはなかなか苦行なんじゃないかなと思いますね。

西堂　さっき価値観っていう問題を出されました。豊かさとか貧しさって考え方一つでずいぶん変わってくると思う。例えば、災害に遭って何もかもなくなってしまったけれど、時間だけは実に豊かに流れている。だから貧しさや被害が逆に豊かさを生む場合もあるという発想の転換。案外演劇ってそういう場で無償の行為として機能しやすい。これはお金に換えられないものですね。そういう価値観がもうちょっと広がってほしい。公共という理念は基本的にそういう考え方から生まれてきたんだと思うんですよ。

古川　そうですね。

西堂　商業ルートとしては成立しないけれど、それを税金で補おう。そのことのコンセンサスが得られれば、「三千円でこれくらい良い芝居だったらわれわれの税金をぜひ使ってください！」と住民に言わせるくらいのものが実は演劇にはあるんじゃないか。そこまでいけば力関係は逆転する。今商業的に成立させるしかないと思っていると、どうしても助成金ありきになってしまう。商業主義とか資本主義っていうものと基本的に演劇っていうのは相容れない、別のものなんです。

古川　それは本当にそうですね。

西堂　別のものだって開き直って、新しい戦略をこれからの若い人たちが考えていけば、楽しく、豊かになると僕は思う。別に金持ちにならなくても、内面的にすごく充実した生き方改革ができるんじゃないか。

古川　僕と同世代の人間が大学を出てどうなったのかを考えると、最初に就職した会社にずっといてそのままキャリアを積み重ねていくというよりは、条件がブラックだから辞めて、一番多いのは介護ですかね。介護系の資格を取って、介護の仕事に就くっていうルートを何人もたどっている。あとは転職する度にちょっとずつ給料が下がっていく人たちとか。そういう同世代の生き様を見てしまうと、今僕がようやく自分の好きな演劇で生活できるようになったのとどっちが幸せなのか、本当にわからなくなってくる。それもどうかと思うんですよ。マジメに就職した人たちが報われないのもおかしいだろうって思いますけれども、そういう時代なんだなというのを感じます。

西堂　ロスジェネ以降、「失われた三十年」と言われて、日本の経済全体が下がってきているんだけれども、これって逆にチャンスじゃないかなと思うんですよね。だから……。そんなに期待しないでください（笑）。言葉に詰まっちゃった。今の若い世代はあんまりいい目を見てこなかったと、ことあるごとに言うわけです。期待値をすごく低く設定して、少しでも良いことがあるとラッキー！となっていく。今いろんな意味でライフスタイルの転換を図る絶好の時期じゃないかな。終身雇用制とか、雇用形態も変わってきているし、今五十代くらいでも、先がどうなるかってことに物すごく不安を持っている。いいところに就職している人でも、先行きの暗さに関してはほとんどノイローゼ状態だったりするわけですよ。そうすると最初のスタートラインは貧しくても、古川さんみたいに四十近くになって、ようやく自分を実現できたなんてほうがよほど良いわけで。その時に芸術っていうのはかなり有力なジャンルじゃないかなと。

古川　そう思います。

西堂　これは意外と景気の動向と関係なかったりする。最初のスタートラインでは高給取りでも四十歳で頭打ちになったら百歳までどうやって生きていくんだということを考えると、四十からスタートって、今「二十《はたち》歳の青春」みたいなもんじゃないですか（笑）。

古川　（笑）なるほど。そういうことか。

西堂　そういう発想じゃないかなと思うんですよね。僕も食えるようになったのはそれくらいですよ。設定が低いもんですから、「こんなに貰っちゃっていいのか」とかそういうふうに思えると、人生またやり方が変わってくると思うんですよね。芸術に関わっている人って基本的に貧しさをベースに考えているから、これは相当強みだと思いますよ。

古川　そうですね（笑）。我慢がききますからね。

西堂　みんな一緒に身を持ち崩しましょうってやつでいいと思います。

古川　僕はどんな関わり方でもいいんですけど、芸術って何らかの表現というものに関わり続けているというか、すべての人が自分の表現を持っているというところまで行きついたら、それはそれで素晴らしい社会だと思うんです。それを専業にしているわれわれはそういうふうに裾野が広がっていったらいいと思うし、「表現を始めよう」って一般の人たちが思うきっかけになるように精進していきたいというのはありますね。

西堂　古川さんは今ようやく書斎生活を存分にやれるようになって、一番快適なところに来た感じですか。

古川　でも苦しいですね。もう少し（芝居を書く）本数が減ったら、もうちょっと楽しめるのかもしれないですけど。

劇作家の在り方

西堂　今までもそうでしたけれど、劇作家の在り方自体が新作主義になっています。次から次へと新しいものを書き続けなくてはならない。一本書けばそれが再演され、再々演され、全国で上演され、海外で翻訳されて上演されるというふうになってくると、二年に一本書けば食えるというのが一つの劇作家の理想的な在り方だと思うんですが。

古川　そうなんですよね。僕、イギリスの演劇事情を聞く機会があって、その時に劇場の代表さんとちょっとお話しました。「うちの劇場所属の作家で一番上手くやってる者は今五十代で生涯で書いた戯曲の本数が七本だ」って言うんですよ。「えっ!?」って思った。僕は去年だけで六本書いたのに。

西堂　（笑）

古川　イギリス、いいなあと思いましたもん。一本つくるのにすごく時間かけられますから。

西堂　英国では劇作家が新作を発表するっていうことは、シェイクスピアやピンター◆だとかノーベル賞作家までいる国だから、新作へのプレッシャーがかなり違いますね。

古川　そうですね。

西堂　一本書けば二年はそれで回していけるものを書かなくちゃいけない。そのハードルはすごく高いと思う。

古川　たしかに。それはちょっとあるかもしれないですね。僕みたいに書き散らかせない（笑）。

西堂　古川さんは年に六本書くってことは二ヵ月で一本？

古川　はい、そうですね。

西堂　そのスケジューリングはどうなってるのですか。

古川　二ヵ月に一本書いていけばいいようなスケジューリングをしているつもりなんですけど、最初の半年くらいで一ヵ月ずつずれ込むので、結局、十一月、十二月で二本書いたりっていうのもありましたね。

西堂　二ヵ月に一本というペースはそんなに崩れない？

古川　そうですね。一応稽古初日に台本は全部間に合ってるので、だいたい計画通りにいってます。

西堂　それはもう、井上ひさしを軽くクリアしてますよ。

古川　（笑）そこに関してだけは、ですね。

西堂　二ヵ月で書くってことは、だいたい執筆期間はどれくらい？

◆ピンター　イギリスの劇作家、ハロルド・ピンター（一九三〇～二〇〇八）。二〇〇五年にノーベル文学賞受賞。

古川　理想としてはひと月を想像して書きますね。
西堂　ひと月くらいが取材とか、調べものとか。
古川　そうですね。僕は本が主なので本を読む期間がひと月あったら、ひたすらAmazonで検索に引っかかったやつをばーっと買って、十何冊かを一気に読んで、そこからどう物語を書くのかを考えてそれから書き出す、って感じですね。
西堂　そこは井上ひさしさんと似てますね。
古川　やっぱり資料は必要ですよ。
西堂　井上さんも本をざーっと買って、Amazonがないから近所の書店に取り寄せて。関連する本を全部読んでそこに書かれていないことを書く、っていうのが彼の手法だったんですね。
古川　なるほど、素晴らしい。
西堂　だから最盛期の頃って、どの本にも書かれてないエピソードで書く。ところが晩年の頃になると、チェーホフを書いていても「あ、それ知ってる」となるネタが少しずつ出てきた。だからちょっと筆が甘くなったなあって感じはしたけれども。最盛期の頃って本当にそのエネルギーたるやすさまじい。
古川　それはすごいですね。僕はもう読んだことそのまま書いちゃいますから（笑）。
西堂　そこら辺が目指すものなのかもしれないですね。
古川　そうですね、目指します。
西堂　あと二ヵ月に一本というペースとは別に、一年かけて書きたいとか、そんな大構想みたいなものはありますか？
古川　本当は理想を言えばすべての戯曲に一年かけたいと思っています。連作みたいな形で同じテーマのものを何本も続けられたら、連鎖的に調べ物の地平が広がっていくような感じがするので、いつかそういう挑戦をできたらいいなと思いながらも、今はまだやっぱり年間のスケジュールに追われている感じなので、なかなかそうはいかないですけども。

劇現場の理想的な環境

西堂　連作でちょっと思い出したのは佐藤信さんがかつて『鼠小僧次郎吉』◆というシリーズを書いたけれども、書くとやっぱり不満が残るわけですよ。劇団員からも、もうちょっとこういうふうにしたらどうかと、いろいろな議論をしていく中で、その続編を書いていく。それで続編、続編と書いていくうちに結局五本になった。

古川　それはすごいですね。

西堂　それはたぶん、彼一人だけの作業ではなくて、俳優との共同作業の中でつくっていった。だから、一本書いたらそれが深く検証されていく。そういう強固なメンバーがいたからこそ、それができたのだろうと。僕はその時に佐藤信という劇作家もすごいけれども、そのときの黒テント◆という集団もすごかったんじゃないかと思う。そういう在り方が創作の現場としては一番理想的なんじゃないかと。

古川　そうですね。やっぱり戯曲がすべてではないと思っているので。結局お芝居って俳優が演じてでき上がるもので、所詮は僕がつくっているのは設計図だと思っている。その設計図に現場の意見というか、俳優さん、演出家さんとのセッションのような形でつくっていけたらとは思います。創作環境としてはそれがベストだとは思います。

西堂　それが広い意味での集団創作ということですね。今はそういう緻密な稽古過程を踏まえて一本を立

◆『**鼠小僧次郎吉**』　一九七一年の『鳴呼鼠小僧次郎吉』で岸田國士戯曲賞を受賞した作品。
◆**黒テント**　一九六八年に「六月劇場」、「自由劇場」が共同で創設し、一九七一年に「68／71 黒色テント」に改称された。現在は「劇団黒テント」が正式名称。

ち上げるという労力も、集団能力もなくなってきているような気がする。

古川　そうですね。

西堂　僕は悪い言い方をすると、すごくお手軽なものを見せられている感じがする。とくに若い世代のお芝居を観ていると、演出家の一つのアイデアだけで何人かの俳優が集まって、一週間とかの速成でつくれちゃう。演劇は安直にもつくれるし、一年かけてつくる劇団もある。それが意外と評価されると、「なんだ、演出家の一つのアイデアだけで成り立っちゃうのか」という感じも時々する。

古川　でもそれが成り立って、褒められるということはそれなりに面白かったということでもあるのかな。そのやり方で続くのだとしたら、大したものだなと思いますけども。一つのアイデア頼みでつくっていくスタイルって、たぶん三本、四本くらいで行き詰るんじゃないかと思うんですね。

西堂　だいたいそれがユニットでつくるっていう感じですね。制作者と作・演出がいて、出演者をその場その場で集めていく。

古川　今はもう若い人たちの中ではすでに劇団の時代ではないような感じがしますね。

西堂　そうすると単発、単発なので、連作もしないし、次に顔を合わせるのは公演終わって三ヵ月後だったりする。そういう現場で果たしてすごいものが出てくるのだろうか。そこそこ面白いものは出てくるかもしれないけれど、すごい衝撃を与えるものはできないのではないかと。

古川　僕も大きくはないけど、ずっと劇団に所属する身として劇団の今後は信じていますし、うまく言葉にはできないですけど、二十年近く一緒に芝居をつくってきた仲間と積み重ねてきたものがあっての今であると思っています。

西堂　僕もそういう形でこれからもチョコレートケーキさんには頑張っていただきたい。

古川　ありがとうございます、頑張ります。

会場から

西堂　だいぶ時間も経ちましたので質問やご意見がありましたら、場内にマイクを回します。感想でもいいので。

質問者①　最近『血のように真っ赤な夕陽』と『かのような私』を観て、今日駆けつけました。それぞれ面白かったです。けれどもちょっとインパクトが弱いという感じを実は持っていて、それは一体なぜだろうと考えました。『かのような私』について言うとまさにこれは僕と同じ年に生まれた、いわゆる団塊の世代の話です。おそらく古川さんのお父さんの世代と重なってくるのではないかと思いますが、今に繋がる問題として『かのような私』はあまり響いてこない。じゃあ今に繋がる問題は何かと言うと、今の話の中にもあったロスジェネの問題にも関係しますが、今の若い世代にとってこの団塊の世代というのは非常に厄介な存在なんですよ。つまり、年金の問題とか社会保障の負担とか大変な問題であって。そういった意味で団塊の世代というのは加害者なんです。僕らは加害者でもあるし、厄介な存在でもある。これは一体何なんだ、今日出た話でいうとタブーに繋がる問題でもある。そういう方向に繋がるようにやっていただくと、もっとインパクトのある面白い芝居ができたんじゃないかなと思います。

古川　ご意見ありがとうございます。非常に参考になりました。あの作品に関しては僕の父と同じ世代で、僕も書いていて団塊の世代を擁護する気持ちが出てしまって、突き放しきれなかったという反省はあります。

西堂　あの作品は文学座の俳優たちの問題もあるかと思いました。たぶんチョコレートケーキでやると同じ台本でも違う形になったのではないか。

古川　それはそうですね。どのカンパニーでもそうだとは思います。

西堂　そこの問題が僕は一番大きかったような気がします。よく言われるのは、古川さんをはじめ若手作家は新劇団に書き下ろすことが多いのですが、台本と演出、演技がマッチングしていない。言葉の活かし方がチョコレートケーキと明らかに違う。この差異は演劇論としてもっと考察されるべきだと思います。

他にご意見は。

質問者②　私も同世代のロスジェネなので、おっしゃることに共感しながらうかがっておりました。今度の秋に『治天ノ君』を再演されるということですけれども、『治天ノ君』というのは私にとって古川さんの名前を知った初めての作品でありますし、多くの人にとってもチョコレートケーキという演劇集団を知るきっかけになった作品だと思います。その『治天ノ君』が古川さんにとって今どういう存在の作品なのかというのと、再演を重ねることでそれを取り巻く状況とか、反響っていうのは社会の代替わりなどを踏まえて、新たなタブーを感じているとか、ここ数年間の状況などをどう受け止めてらっしゃるのかおうかがいしたいです。

古川　そうですね。『治天ノ君』を書いている時は、いつもと変わらないつもりで書いていたんですけれども、いつもよりもよくできているのではないかとは思っていました。あまり意識はしていなかったんですけど、稽古とか本番を観に来て下さった演劇人の先輩の方がこれはたぶんすごいことになるよ、みたいなことをおっしゃってくれた。その〝すごいこと〟の意味がわかってなくて。そしたら次の年の一月に読売演劇大賞ノミネートというのを聞きました。お恥ずかしい話、その頃の僕は読売演劇大賞っていう賞自体知らなかったんですけども（笑）。そんな栄誉な賞をもらえたのかと、本当にすごくびっくりしたのがいい思い出です。同じメンバーでツアーをまわって再演の時はロシアにまで行ったのですが、台本《ほん》が変わるという意味ではなく、俳優はちょっとずつ変わっていますが、作品として、カンパニーとして育ったなというのを見ていると、ああこれは僕の代表作だなと教えてもらっている気持ちでいます。情勢に関しては上皇様がやめたいとおっしゃった時期がちょうど再演の時で、そんなことになるとは思っていなかったので、こう言ってはなんですが、ラッキーなタイミングだったなと。あまり代替わりのことは意識してなかったのですが、天皇がいる社会というものを振り返るいいタイミングで上演できることは、作品にとってすごく幸せなことだなと思ってます。

質問者②　ありがとうございました。

西堂　じゃあそろそろ終わりにしたいと思います。最後に古川さん、何かありますか。

古川　あ、そうだ、せっかくなので。十月に東京芸術劇場のシアターイーストで『治天ノ君』の上演がありますので、よろしかったら是非いらしてくださいというのと、うちの劇団として若い客層が欲しいなということでいろいろ新しい試みを用意しています。六日の日曜日の夜の回に平成生まれの方無料というのがあります。要予約でチケットが売り出されたらすぐに埋まってしまうと思うんですが、平成生まれの皆さんチャレンジしてみてはいかがでしょうか（笑）。

西堂　平成生まれって三十歳？

古川　そうです、三十歳以下です。

西堂　じゃあだいたい学生のみんな適用ですね、というおいしいお話もありました。さすが最後はチョコレートでまとめていただきました。どうもありがとうございました。

（拍手）お客さんも雨の中どうもありがとうございました。

古川　ありがとうございました！（拍手）

（2019・6・29）

第３章

瀬戸山美咲
社会に向かう演劇

撮影：服部たかやす

瀬戸山美咲（せとやま・みさき）
1977年、東京生まれ。劇作家・演出家。「ミナモザ」主宰。
2016年、『彼らの敵』（作・演出）で、第23回読売演劇大賞優秀作品賞を受賞。『夜、ナク、鳥』『わたし、と戦争』『THE NETHER（ネザー）』で、第26回・第27回 読売演劇大賞 優秀演出家賞を受賞。『THE NETHER（ネザー）』（演出）ほか2020年の成果により、第70回 芸術選奨文部科学大臣賞新人賞を受賞。現代能楽集X『幸福論』～能『道成寺』『隅田川』より（長田育恵と共作・演出）で、第28回 読売演劇大賞 選考委員特別賞ならびに優秀演出家賞を受賞。
近作に『ザ・ビューティフル・ゲーム』（上演台本・演出）、『スラムドッグ$ミリオネア』（上演台本・作詞・演出）、『彼女を笑う人がいても』（作）、『ペーター・ストックマン』（翻案・演出）など。各地でコミュニティの人との創作にも継続的に携わる。

［扉の写真］上下とも『彼らの敵』より（撮影：服部たかやす）

第1部 演劇の始め方

演劇との出会い

西堂　それではこれから始めたいと思います。今日はゲストに瀬戸山美咲さんをお迎えしました。瀬戸山さんです。

瀬戸山　初めまして。劇作家・演出家の瀬戸山美咲と申します。今日はよろしくお願いいたします。

西堂　今日は1部、2部に分けて話をうかがいたいと思います。瀬戸山さんがどういう形で演劇に携わり、今に至ったのかということを第1部でお話しいただこうかと思います。演劇との出会いは、学生の皆さんとそんなに変わらない形だったのではないかと思うので、そういう話を聞かせていただければと思っています。

瀬戸山さんは東京生まれですが、演劇を観たり接する環境は子供時代におありだったのですか。

瀬戸山　子供の時はあまりなかったのですが、最初に衝撃を受けたのは小学生の時にたまたま親がチケットをもらってきて観た商業演劇の舞台でした。佐久間良子さんが主演で、乙羽信子さんが出演していた『真砂屋お峰』という作品です。中学に入ってからは、自分も演劇をやりたいと思って演劇部に入りました。それから、月三千円のお小遣いで観られる範囲で小劇場に行くようになりました。小劇場ブームというのが八〇年代にあったのですが、私は九〇～九六年が中学・高校生で、ちょうど終わりかけの時代に観ていました。でも今より小劇場の演劇が注目されていた時代だったと思います。

西堂　演劇部に中学から入られた？

瀬戸山　中学から高校一年生まで入っていました。

西堂　部活動自体はどんなものだったのですか？

瀬戸山　既成の台本をやる部活で大会などには出ていませんでした。中学生の時に最初に観たのは演劇集団キャラメルボックスという劇団です。キャラメルボックスは中学生・高校生が足を運びたくなる試みをたくさんやっていて、先輩に連れて行ってもらったのが最初でした。それからチラシを見て自分が観たいものを観て回りました。

西堂　演劇部ではどんな作品をやられたのですか？

瀬戸山　キャラメルボックスの台本だったり、あとはもう亡くなられましたが如月小春◆さんの戯曲だったり、女子校だったので女子でできる範囲内でやろうという感じでやっていました。

西堂　如月さんの何をやられました？

瀬戸山　『ＤＯＬＬ』をやりました。私は照明担当でした。

西堂　『ＤＯＬＬ』は当時、女子学生の定番でしね。

瀬戸山　そうですね。女の子たちの話なので、登場人物たちの感情に共鳴していました。

西堂　それは中学生の時？

瀬戸山　中学生の時ですね、高校生になってすぐ辞めちゃったので。中学生のときは他に北村想◆さんの『想稿・銀河鉄道の夜』とかやっていましたね。

演劇から政治経済へ

西堂　高校の時は何か部活をやられてたんですか？

瀬戸山　いえ、受験勉強をするために部活を辞めました。でも、演劇は観続けていました。一番衝撃を受けたのは、つかこうへい◆さんでした。

西堂　つかこうへいの何をご覧になりましたか？

瀬戸山　『熱海殺人事件』◆です。

西堂　それは北区のつかこうへい劇団？

瀬戸山　いや、北区ではなくて、シアターXで、池田成志さん主演だった頃のものを高校一年生の時に観てびっくりして二回観に行きました。

西堂　それから受験勉強を経て早稲田大学に進学されました。

瀬戸山　そうですね（笑）。

西堂　政経学部ですね？

瀬戸山　はい。

西堂　何でまた政経学部には入られたのですか？

瀬戸山　ここにいる皆さんは演劇の専攻に通われていて、演劇を勉強しようという強い意志があると思うんですけど、私は本当にぼんやりした学生でした。ただ単に、早稲田は演劇が盛んというイメージがあったので、まず早稲田に行きたいと思いました。とは言っても結局学生演劇はやらなかったんですが。その頃、他に興味があったのが社会福祉で、そのことを勉強したい、将来は福祉の仕事に就きたいと思っていました。受かった政治経済学部が扱う範囲はすごく広いので、何か応用が利くかもしれないくらいの気持

◆**如月小春**　一九五六〜二〇〇〇。劇作家、演出家、エッセイスト。
◆**北村想**　一九五二年生まれ。劇作家、演出家。
◆**つかこうへい**　一九四八〜二〇一〇。劇作家、演出家、小説家。
◆**『熱海殺人事件』**　一九七三年に文学座に書き下ろされた、岸田戯曲賞を受賞した作品。

ちで最初は入りました。

西堂　社会福祉と演劇は何か結びつくことがありました？　勉強は政治経済で、社会福祉をやったわけではない？

瀬戸山　下調べ不足でしかないのですが福祉の授業はそんなになくて、福祉に繋がるサークルということで手話のサークルに四年間入っていました。演劇はちょうど私が十九歳の時に世田谷パブリックシアターが開場したので、そこでアルバイトをしながらずっと観ていました。もぎりや客席案内をするフロントスタッフをしていて……。

西堂　一九九七年に開場した世田谷パブリックシアターの舞台をスタッフと観てていたんですね。

瀬戸山　そうですね。案内係をしながらですが八千円とかする芝居がタダで観られるという、それだけに惹かれてバイトをしていました（笑）。野田秀樹さんの野田地図（ＮＯＤＡ ＭＡＰ）がちょうど『パンドラの鐘』をやっていた頃で、私は同じ舞台を六回くらい観ています。「私今日、客席内の監視係になる」と手を挙げれば入れるので、客席を見つつも、ほとんど舞台を観てて、ああ芝居って毎日変わっていくんだなと、初めて感じました。

西堂　これはいいアイデアですね。劇場のもぎりのバイト（笑）。

瀬戸山　学生さんにはすごくいいと思います。

西堂　インターンという資格でなく、バイトでもぎりをしながらタダで観ちゃう。

瀬戸山　そうですね（笑）。

西堂　ただ、いい劇場を選ばないとだめですね。

瀬戸山　そうですね。世田谷パブリックシアターはとにかくいい劇場で、しかも小劇場と中劇場が両方あったので、とにかくシフトに入れたら絶対観たいと思っていました。まあ人気のある演目はみんなでじゃんけんとかして入っていたんですけど。

西堂　当時僕も世田谷パブリックシアターで仕事していました。

瀬戸山　そうですよね。西堂さんがよくトークなどでいらしてて、雑誌をつくられたりとか。

西堂　劇場が発行している雑誌『ＰＴ』の編集をやったり、劇評講座を五年やりましたね。シンポジウムや舞台についてのトークも随分やっていて、あの頃世田谷パブリックシアターが一番元気のある劇場でした。そこでたくさん舞台を観たんですね。

瀬戸山　そうですね。自分はまだ演劇をやってはいなかったんですが、ひたすら観てはいました。

演劇をどう始めるか

西堂　その過程で劇団というか、ミナモザをつくられたんですか？

瀬戸山　演劇をやろうと思ったのが大学四年生の時で、それまでは結局福祉の勉強もしないで、政治思想史のゼミに入って勉強していました。けれどちょうど就職氷河期と言われている時代だったので、早稲田の政治経済はたぶん今だったらみんな就職できるんですけど、それができない時代で、その中で自分が本当にやりたいことは何だろうと考えたら、やっぱり演劇が好きだと四年生になって気が付きました。それで初めて、つかこうへいさんがやっていた「北区つかこうへい劇団」のオーディションを受けに行ったんです。自分は作・演出がやりたいというのがわかっていたんですけど、始め方がわからなくて、役者ならオーディションという形で門戸が開いていたので、無理やり受けに行きました。踊れないダンスを踊り、できない演技をやって。でも履歴書にひたすら「私は作・演出がやりたい」と書いていたら、つかさんの下でやっていらした演出家さんが「じゃあ、稽古場で音出しをすれば稽古が観れるよ」と言って音響のお手伝いで拾ってくださって、大学四年生の時はそれをやっていました。

西堂　じゃあ所属していたんですね。

瀬戸山　所属ではなく、二公演くらいお手伝いしました。つかさんの芝居は殴る・蹴るが多いんですけど、そういう効果音を出していました。

西堂　そういう演劇の入り方ってあるんですね。

瀬戸山　そうですね（笑）。入り方が本当にわからなくて、大学でも演劇に関係ない勉強をしていたのもありますし、学生演劇もやってなくて、養成所にも通ってなくてって時に、ちょっとでも繋がれるところがあればと思っていました。

西堂　作・演出がやりたいという思いはわりと早くからありました？

瀬戸山　そうですね。中学・高校時代から学芸会とか文化祭で台本を書く係になりたいとよく言っていて、実際書いていました。そこは揺るぎなく最初からありました。ただ、みんながそうであるように一度は役者になりたいと思ったこともあって、私も始めた頃は役者も三、四年やっていて、でも才能もあるかわからない中で三つのことをやるのは難しくて、やはり作・演出に絞ろうと思いました。大学時代に卒論を書ききったという経験が、意外とものを書くのは面白いと思ったきっかけでもあります。

西堂　卒論は何を書かれたんですか？

瀬戸山　優生学のことを書きました。

西堂　優生学？

瀬戸山　私は日本政治思想史というゼミにいたんですけど、日本に限らず、権力について考えるというゼミだったんです。みんなでフーコーの『性の歴史』を読むことから始めて。権力っていうのは国家の権力だけではなくて、二人の人間がいたら権力は発生するという観点から権力を捉えようというゼミでした。それで世の中にある、あらゆる権力を対象にしていいと先生に言われたので、私は出生前診断をやりたいと思いました。もともと福祉関係のことがやりたくて、近所の施設にボランティアに行って障害のある方と出会ううちに、出生前診断が気になり始めたんでした。日本では障害の有無を生まれる前に検査して中絶することが法律的に認められているけれど、個人の選択です。でもその検査が一般的に行なわれ受けるのがあたり前になったら、そうなってくるとナチス・ドイツがやっていたことと何が違うのかっていうようなことを卒論で書きました。でも考えれば考えるほどわからなくなって、最後は自分の思いに引き付けて書いていました。

瀬戸山　学生の頃って九〇年代の末くらいですか？

西堂　そうですね。九六年〜二〇〇〇年の間の学生でした。

文章を書く

瀬戸山　勉強してきた政治思想史と、演劇の台本を書くことは繋がりがありましたか？

西堂　つかこうへいさんのお芝居というのはかなり強烈な様式が印象的ですが、社会で起きていることとすごく繋がっていました。なおかつ、つかさんは一回書いた作品を時代に即して何度も書き直していて、同じ作品を、例えばＬＧＢＴを盛り込んだり、『熱海殺人事件』の伝兵衛は男性なんですけども女性に変えたらどうだ、とか。つかさんて演出が特殊なイメージがあるんですけど、私は作劇あってのつかさんだなとすごく思っていました。更新し続けること、今考えるべき問題を反映することへの意志をつかさんから感じています。演劇は起きたことを形にしようと思えばすぐにできる、というメディアでもあると思うので、自分も今起きている社会問題を書こう、とは最初から思っていました。私の芝居と、つかさんの芝居は全然雰囲気が違うんですけど（笑）。

瀬戸山　そうすると、最初から社会意識ありきで？

西堂　そうですね。

瀬戸山　それと、就職氷河期というところをうかがいたいのですが、就職はしなかった？

西堂　はい。しませんでした。周りからのプレッシャーがとくになく、周りも就職していなかったので、「じゃあ私は卒業して、バイトしながら演劇やる」というのが何となく許されてしまう時代で、ある意味よかったんです。就職しなければいけない、という強迫観念もとくになく、親は心配していましたけど。ただ二年くらいたって、演劇しながらバイトをするのって大変で、きつかったので少し路線変更しました。

西堂　どうされたんですか？

瀬戸山　雑誌のライターを始めました。

西堂　それもフリーランスですよね？

瀬戸山　そうです、フリーランスのライター。限りなくフリーターに近いんですけど、ちょっとでも書くことを仕事にしたほうが良いんじゃないかと思って、雑誌記事の仕事をそのあと十年位やりました。

西堂　その時の経験っていうのは、結構活きている？

瀬戸山　そうですね。私はスロースターターで、ライターを辞めるくらいからやっと演劇が形になってきているんです。でも、いろんな人に取材をしてお話を聞いたことは、今でもものすごく役に立っています。自分の狭い世界が一気に広くなったのと、有名人だけではなくて、一般の方にもたくさんお話を聞くので、こんなお仕事があるんだとか、こういう方がいるんだとか。あと、こういう口調なんだとか。インタビュー記事だと一人称と語尾もそのまま載せるので、ちょっと台本みたいだな、と思いながらインタビューをしていましたね。

西堂　どんな記事を書かれていたんですか？

瀬戸山　ライターになっていきなり硬派なものとか、社会的に意義のある記事を書けるわけではなく、最初は『週刊現代』◆で軟派な記事ばかり書いていました。後々本当に後悔したくなるような。ある種、自分も女性軽視に加担してしまったんじゃないかなという記事も書いていました。だんだん『週刊現代』でやるのが辛いなあと思い始めて、そこからファッション誌に異動された編集の方が呼んでくれて、そのファッション誌は後ろに読み物ページがあったのですけど、そこでずっと書いていました。今度は女性の生き方とか、そういうことを書く機会が増えてきて、それはすごく面白かったです。ただ、生き方とか、どんな大人になるかを書く記事は良かったんですけど、単純にどうしたらモテるとかもたまに書かなければいけなくて（笑）。最終的にそこが書けなくてその仕事を辞めたというところもあります。

西堂　雑誌のライターで言えば、瀬戸山さんの代表作の『彼らの敵』◆という戯曲には、それがかなり活かされていますね。

瀬戸山　はい。『彼らの敵』という作品は週刊誌にバッシングされた青年が、『週刊現代』のカメラマンとして仕事をするという私の知り合いの実話を元にした劇なんですけど、それは本当に『週刊現代』で仕事をしたことが活かされていますね。

西堂　ある意味でジャーナリズムの裏側を若くして見てしまったということですか。

瀬戸山　そうかもしれないです。専属記者にも誘われたんですけど、なりませんでした。本当に疲弊しそうで、私の場合は心を殺さないとできない仕事だなと思ったんですね。専属じゃない時も潜入取材に行かされたりして、ちょっと身の危険を感じたりしました。潜入取材って要は一般の人を取材対象にして騙している。そういうことが耐えられなくて私にはできなかったです。使命を持ってやっている人ももちろんいるんですけど、ちょっと自分は違うかな、と思ったところはありました。

西堂　ジャーナリズムの裏側を知ったことで、今の政治の本質に直結する視点が鍛えられ、磨かれたのではないか、と思うのですが。

瀬戸山　たしかに、ジャーナリズムの歪みが出ている時代なので、それをちゃんとやるだけで、政治全体の問題が見えますね。私の大きな転機になったのは、東日本大震災が起きた時に、取材したいことを取材さ

◆**『週刊現代』**　講談社から発行されているサラリーマン向けの週刊誌。

◆**『彼らの敵』**　二〇一三年七月に瀬戸山美咲主宰のミナモザで上演された。一九九一年に起きたパキスタン早大生誘拐事件のバッシングを基に描かれた。二〇一六年に読売演劇大賞優秀作品受賞。

せてもらえないというジレンマがあったことです。ファッション誌なんですけど、震災のことを記事にしよう、と編集者が言ってくださって、東北に度々取材に行っていたんですが、福島県には行かないでくれ、と言われました。「福島のことを取材したいです」と言ったんですけど、君の体の保証をできないし、雑誌が出た時に、何がどうなっているかわからないから、福島以外のことでお願いします、と言われました。私は今福島のことを調べて書きたいなぁ、と思っていて、こういう時は取材できることとできないことがあって、できることしか表に出てきてないんだなって思いました。それで、自由に物事を書けるのはやっぱり演劇なのかもと改めて思いました。ずっとライターと演劇を並行してやっていたんですけれど、ライターのほうを辞めて、ちゃんと本腰を入れて演劇をやろうと思ったのは、その時がきっかけですね。

西堂　ジャーナリズムって基本的に商業主義の中で仕事をするので、やはり商業主義に反することはできないっていう縛りがありますね。

瀬戸山　そうですね。

西堂　それから、今の政治批判がしにくい、という面もありますね。演劇は自由である、というのは、それは商業主義ではないから？

演劇への本格的デビュー

瀬戸山　観ている人があんまりいない悲しさはあるんですけどね。『彼らの敵』にしても、『週刊文春』のことがよく出てくる作品なんです。一九九一年に学生がパキスタンで誘拐されたという事件があって、その監禁された学生が日本に帰ってきた時に、日本中から「迷惑をかけたお前たちの自己責任だ」というバッシングを受けて『週刊文春』もあることないことといっぱい書き連ねた、というのがありました。主人公は『週刊文春』の記者とたたかうんです。舞台では『週刊文春』って誌名を出しているんですけど、ただあまり観ている人がいないから問題にならない、という悲しさはありましたね。

西堂　この作品が出世作になって、これで読売演劇大賞の優秀作品賞をいきなり受賞されていますね。

瀬戸山　はい、本当にいきなりでした。小規模な公演で小さい劇場で上演した作品がまさかそういった賞にノミネートされるとは思っていなかったのでびっくりしました。

西堂　せいぜい三百人とか五百人とか、それぐらいの動員じゃないですか？

瀬戸山　五百人くらいかもしれないです。再演の時にやっと千人いったので、そのくらいですね。

西堂　そういう作品でも良質なものであれば見出されるという、一つのきっかけになった。

瀬戸山　希望になりますね。

西堂　でも、よくそこまで演劇を続けられましたね。

瀬戸山　残念ながら劇団と言っておきながら、劇団員のいない劇団なので、逆に解散のしようがないんですとやれる。とは言っても継続的に一緒にやるスタッフや俳優たちはいて、だから、自分の気持ち一つで、ずっと（笑）。ただ、やっぱり一緒にやっていた人たちが演劇を辞めていくんですよね。経済的な事情だったり、別の仕事を始めたり。もう仕切り直しが必要かなと思うくらい、周りの人がいなくなっちゃった時期もありました。その時に、シアタートラムのネクストジェネレーションという、若手の小劇場の登竜門的な企画に通って、まだ演劇を続けて良いかな、という気持ちになりました。それで、やっと知り合いが増えて何とか辞めずに続ける事ができたっていう感じですかね。

西堂　だけど二〇一一年だと、もう、結構な……。

瀬戸山　三十三歳になっていました。その頃テレビの構成作家とかもやっていて、ライターもそうですが、やっぱり自分都合ではあまり動けなくて、年に一本しか自分の劇団の公演はやっていなかったんです。そのくらい水面下で活動している状況ではありました。二〇〇一年に旗揚げしてから、ほぼ年一本くらいで二〇一〇年くらいまで活動していた感じです。

西堂　そうすると、身分的にはアマチュア劇団っていう感じですか？

瀬戸山　そうですね。もう完全にアマチュア劇団ですね。でも、自分としては、演劇は趣味だとは思っていなくて、いつか何か形にと思ってやっていました。でもはたから見たら、趣味でやっているように見えたでしょうね。

西堂　僕も芝居をやっている人をいろいろ見てきましたけど、そういう形で演劇を続けてきて、日の目を見ずに辞めてしまう人が圧倒的に多いです。なので、瀬戸山さんのモチベーションって何だったのかとても気になります。

瀬戸山　演劇で食べていけるとは思っていなかったし、単純に書きたいことがあったので、ほんと、それだけです。例えば『エモーショナルレイバー』◆は振り込め詐欺の話で、何でオレオレ詐欺はあるのにワタシワタシ詐欺はないのだろうという疑問から考えました。きっかけは本当にしょうもないことで、その頃ちょうど失恋をした直後で「男性と女性って、何が違うんだろう」とかすごく考えていたんです。それでなぜか急に振り込め詐欺の話を通してそのことを書きたいと思いました。とにかく、書きたいことが続いていたので、やれてこれたのだと思います。

ミナモザの旗揚げ

西堂　「書きたいことがある」という個人的な問題とは別に、公演を打つには仲間が必要ですね。つねに仲間はいた状態だったのですか？

瀬戸山　旗揚げ公演は高校時代の同級生とか大学時代の後輩が出ていました。『エモーショナルレイバー』も、友達の友達とか演劇経験のない人にも出てもらったりしていて（笑）。あとは、つかこうへい劇団で手伝いをしていた繋がりで、最初の頃はつかさんのところの俳優さんが何人か出てくださいました。

西堂　例えば早稲田大学の劇研なんかでは、いくつかのアンサンブルがあって、そこで評価を得て、卒業後に自分たちの劇団を創設し、四、五年でザ・スズナリや本多劇場に上るという演劇界へのルートが一つあるとしたら、まったくそうではない。

瀬戸山　そうですね。何かずっと一人でやってきて、やっと日の目を見るようになった。十年たってから（笑）。

西堂　そこまで表現者として自分を支えてきたものって何だったのですか？

瀬戸山　表現者としては……例えば、つかさんの芝居には社会に対する怒りがあると思うのですが、私も何かしらに対して怒っていたと思うんです。例えば、東電ＯＬ殺人事件◆という東京電力の女性社員が殺されてしまった事件をもとに書いた作品があるんですが、男性に戦いを挑んでも女性は出世できないとか、女性が男性社会で生きていく限界をその事件から当時すごく感じていました。今はだんだん社会が変わってきているけれど、事件当時はいくら学歴があろうが、仕事ができようが、やっぱり女性が男性の中で生き抜いていくのは難しかったので、多くの女性にとって衝撃的な事件だったと思います。どこか自分の未来を見ているようで……。そういうことを芝居にしたかった。その作品以外も、最初の頃は実際の事件をもとに書くことが多かったです。第二回公演も、音羽で文京区幼女殺人事件◆というものがありまして、その事件はどうして起きてしまったのかということを考えて書きました。夫の育児に対する無関心であるとか、子供のお受験戦争とかがあって、母親が無理をしながら生きている背景を考えたいと思ったので。やっぱり、今起きていることとかに対して、ぶわーって衝動が来たら書くというような感じではありました。最初のほうは、濃縮された自分の書きたいことを吐き出していました。原子力のことや東海村の臨界事故◆のこと、イラク戦争が始まった時のデモのことも題材にしました。

◆『エモーショナルレイバー』　二〇一一年一月にミナモザで上演。振り込め詐欺をジェンダー的視点から描いた作品。
◆**東電ＯＬ殺人事件**　一九九七年三月九日未明に東京電力の幹部社員だった女性がアパートで殺害された事件。
◆**文京区幼女殺人事件**　一九九九年十一月二十二日に二歳の幼女が殺害され遺棄された事件。

西堂　東電ＯＬ殺人事件のタイトルは何ですか？

瀬戸山　これは、『こころのなか』というタイトルなんですけど、タイトルだけ先につけてて本当は違う話を書こうとしていたので、直結はしてないです（笑）。

西堂　これが旗揚げ？

瀬戸山　旗揚げです。

西堂　最初の頃から社会に対する怒りは大学で学んだことの延長として結び付けられるのですか？

瀬戸山　そうですね。大学の時の卒論で、書き方がわかっていなかったのもあって、最後のほうをどうすればいいかわからなくなってしまったんですね。それで、個人的な希望を書いたんです（笑）。そうしたら先生に、これは論文じゃないよ、論文は祈りや願いを書くものではないと言われました（笑）。でも、私はそれがないと終われないと思ってしまって、演劇なら祈りや願いが書けるっていうふうに思いました。あの時、先生に言われたことが意外と背中を押してくれている感じはします。

西堂　論文だと分析とか調査になってしまうけれど、演劇ではフィクションだから、希望や祈りが書けるというような使い分けですね。

瀬戸山　論文を書いたときに、ここまで書いてその先どうしたらよいのかを考え出したら、それは物語になる。

西堂　つまり、表現というのは分析して証言したりすることのもっと先にあるもの、何か仮説のような、世の中こうなったらよいのではないかなど、未来に賭ける表現の場所ということですね。

瀬戸山　そうですね。震災があった直後に、『ホットパーティクル』◆という作品を書きました。これは、フィクションで何を書いたらよいのかわからなくなってしまって、自分の半年間のことをドキュメンタリーとして書いたものです。時間がたつと忘れてしまうような実感とかも書かれていて、自分自身の記録になりました。でも、これだけでは現実を乗り越えられないなと強く思いました。やっぱり現実を乗り越えるためには、物語を書かなくてはならないと、ドキュメンタリー演劇をつくって感じましたね。
西堂　それは重要な視点ですね。今、物語よりもドキュメンタリーが流行です。それは、物語の不可能性から来ていて、ドキュメンタリーを書いて最終的には観客に投げ出す。観客の判断に委ねる姿勢が強くなっていますが、それでは現状の追認にしかならない。
瀬戸山　そう思います。実際私もそういう作品を書いてしまっているなと思ってしまったのですが……。それこそ『ホットパーティクル』は、賛否両論がいろいろあって、演劇は必ずしも物語でなくても良いとも思ってはいます。ある問いかけがあって終わるのも、それが観客にとって考えるきっかけになるかもしれないし。でも、そうすると一方で、みんなの意見が分断してしまったまま突き進んでいってしまうような気がして……。その後『指』◆という作品を書きました。それは、現実に起きたことをもとに書いていて、震災後に宮城県で指が切られたままハンドルを握っている女性の死体が見つかったというお話から、じゃあその指を切った人のことを想像しようと思いました。その時から、自分とは相容れない人のことを想像して書いてみたいと思うようになりました。
西堂　観客に希望を託したいという思いが表現の根本にあったということですか？
瀬戸山　そうですね。私の芝居は決して楽しいものではないとは思うのですけど、登場人物が変化して終わりたいと思っています。苦しい現実を書いたうえで、そんな大きな変化ではないのですけど、ちょっと

◆**東海村の臨界事故**　一九九九年九月三十日に発生した、茨城県那珂郡東海村にある株式会社ジェー・シー・オーの核燃料加工施設で発生した原子力事故。
◆『**ホットパーティクル**』　二〇一一年九月にミナモザで上演。震災後の瀬戸山自身を描いたドキュメンタリー演劇。
◆『**指**』　二〇一一年十一月ミナモザで初演。『脚本集3・11――東日本大震災・原発事故を見つめる』日本演劇教育連盟編、晩成書房、二〇一四年、所収。

したささやかな一歩のようなものを書こうと思っています。

世代の特質

西堂　瀬戸山さんの世代は「社会派の演劇」という括られ方をしています。二〇一一年の３・11東日本大震災以降の演劇に顕著に表れてくるのが、「社会派の演劇」だと言われているんですけれども、その中の一人として瀬戸山さんも位置付けられています。そういうことに違和感はありますか？

瀬戸山　位置付けられていることに関してですか（笑）。それはちょっとあります。演劇はみんな社会的だと思っていたので、社会派演劇って言葉がまずよくわからないなと思っています。社会派という言葉は受け取り方を狭めてしまう気もする。あまりそういうことを意識せずに単純に書いているだけなんです。社会派演劇って括られている人たちもそれぞれ全然違うなって思うんです。よく括られがちな古川健さんとか長田育恵さんとかも。古川さんは歴史の芝居を書いているし、長田さんはもうちょっと文学のことを書いている。違いはあるのに括られるっていうのは違和感があります。でも社会的な演劇が注目されるようになったのは本当に嬉しいです。演劇を始めた頃は、現実の事象を基に作品を書いてますって言うと、オファーした役者さんとかはそういう芝居には出たくない、もっと面白い芝居に出たい、みたいな感じで断られていたのに比べると、だいぶみんなが興味を持ってくれるようになったなっていう実感はあります。それから一つに括られることも決して悪いことじゃなくて、一個の塊としてムーブメントに見えたらそれはすごく良いと思います。

西堂　やっぱり就職氷河期時代を潜り抜けた「ロストジェネレーション」特有ですね。

瀬戸山　そのことと芝居にどんな関係があるのかはちょっとわからないんですが、私たちより上の世代、いわゆるバブルの頃とは全然違って、やっぱりすごく生きづらいなとは思います。何とかして生き抜かないといけないような時代だったなって気がします。九〇年代半ばくらいからオウムの事件や地下鉄サリン事件とか、いろいろ社会に浮かびあがる事件があって、明るく、というよりほぼ暗い雰囲気の時代だったと思うんです、自分の青春時代は。そういう中で表現しようというのはあったと思います。

西堂　その一方で、ミュージカルは爆発的ブームだし、宝塚や劇団四季も健在だし、2・5次元舞台もある。そういう中で、ご自分の芝居は暗い芝居で。

瀬戸山　（笑）

西堂　（暗い芝居）っていうかカウンター性に対して自分ではどんな風に考えていますか？

柔軟に対応する

瀬戸山　ミュージカルや2・5次元は、今本当にすさまじい勢いですよね。そういう舞台を観るお客さんが増えること自体は良いなって思います。生の体験、ライブを観ることに興味を持つ人が増えてほしいというのはあります。たぶん二〇〇〇年代頃は（演劇の人気が）下火だったんじゃないかなと思うんですよ。だけど、変わってきたなと思っています。芸能と芸術って何なんだろうと考えたとき、そこの垣根を越えてお互いを高め合うみたいな形でやっていきたい。もちろん、2・5次元とミュージカルから学ぶこともあるんですよ。ついこの間私が東京グローブ座でやった芝居◆も、ジャニーズのKis-My-Ft2の北山宏光さんが主演の芝居で、ネット空間での表現の自由についての芝居でした。内容はすごく社会的だけれども、それを観に来るお客さんの第一のモチベーションは北山さんが芝居に取り組む姿を観たいということです。しかし、それだけにとどまらず、少しでも戯曲を理解しようとすごく頑張って分析してくれていたのが印象的でした。ネット上で解釈を語り合ったり、英語の台本を取り寄せて読んだり。こうやってさま

◆**東京グローブ座でやった芝居**　二〇一九年十月に東京、グローブ座で上演された『THE NETHER（ネザー）』。ジェニファー・ヘイリー作。上演台本、演出を瀬戸山美咲が担当した。

ざまなきっかけから劇場に来てもらって、演劇の面白さを知ってもらうことは大事です。また、こういう劇場でスターやアイドルという人たちと一緒に芝居をつくれるというのは私たちにとっても、すごく良いことです。例えばプロジェクションマッピングを使った演出など、テクノロジー的にはいろいろなことができるようになってきています。小劇場だと予算や人員の面からなかなかできないんですけど、大きい劇場に行ったときに私たちも初めてそれに挑戦できたりします。必ずしも私は小劇場にこだわっているわけではないし、劇団だけやりたいというわけでもない。そういう曖昧なところにいるんですけど、なるべくそういうところにいたいなとは思っています。

西堂　すごく難しいポジションだと思うんですけど、たぶんもう少し上の世代だと、芸術と芸能っていうのを二分割して、芸能をちょっと下に見るような感じがあったと思うんです。古川健さんにしても、シライケイタさんにしてもそういう偏見がなくなってきている世代なんじゃないかな。

瀬戸山　そうですね。

西堂　芸術であって、同時に芸能でありたい。自分たちは偉いことをやっているわけではなくて、楽しいことをやっているんだ、広い意味でのエンターテインメントをやっているんだけど、そこには楽しみだけでなくて、社会的な問題もあって、それを持って帰ってもらいたい。そういうアクロバティックなことを今やろうとしている。

瀬戸山　たしかにアングラ世代のように、演劇が運動だった時代とはやっぱり違って、自分がやっていることはエンターテインメントでありたいっていうのはどこかでありますね。すごく難しいです。一歩間違えると、本質を見失う怖さはあるので、演出だけやるときも、今この時代に絶対に必要だっていう確信を持てるもの以外はやらないようにしています。

演劇で目指すもの

瀬戸山　先輩方を見ていても、制限のある環境の中でどれだけやりたいことをやるかっていうせめぎ合いでやっている。そういう先輩方の姿を見ると、自分も頑張りたいなと思いますし、とはいえお客さんも厳しい目で舞台を観ていてほしいなって思いますし、演る側もお客さんをあなどってはいけないと思いますね。やっぱり「わかる」と「わからない」のギリギリを攻めていかないといけないですよね。演劇ってただ受け身で観るものではなくて、観るほうが自分から摑みに行く気持ちで観てこそなので。わざわざ劇場に足を運ぶわけですから、その時ただ楽しかっただけではなくて、自分の頭を使って考えながら観るっていうところも残しておかないと、みんなただ受け取って終わりになってしまう。なるべく観終わった後に、

——忘れるのも悪くないんですけど——何か残るような芝居をつくりたいとは思っています。

西堂　なかなか難しいのは、観客の「先に行く」という感じですね。創り手が観客の想像力の先を行く。別の言い方をすると、時代を先取りするってことでもあります。時代の想像力のパラダイムの先へ行くっていうことは、相当実験的なことだと思います。

瀬戸山　ただ「わからない」って言われるのが一番傷つく。その感想は本当に良くないと思うんですけど(笑)。私が観客として観に行くときは、全部わかった芝居よりも、「どういうことなんだろう？」って考えて、わからないくらいのほうが面白い。つかさんの芝居だってわかりやすかったものなんてなかったし、「何が起きてるんだろう、どういう意味なんだろう」って考えるのが面白くて観ているんです。「わからないものを観ることの怖さと面白さ」は絶対にあるんです。「もうちょっとこうしたほうがお客さんに伝わるんじゃないか」と、つくる側も工夫はするんですけど、これ以上やると親切すぎるなとかすごく考えますね。

西堂　「わかりました」って言うときは、ストーリーがわかったとか、作者の言いたいことがわかりまし

たっていう受動的なものですね。本当はその先に問いがあるはずなんです。その問いを発見させるかどうか。それが「わからない」っていう体験の引っかかりじゃないかなと思う。この引っかかりを与えない芝居って、結局予定調和だったり、わかりやすさの中で安心しているだけ。完璧に安心させない（方が良い）。

瀬戸山　演劇ってもともと安心できるものじゃない気がして、観客が立ち上がったり声をあげたりしたら簡単に止まりますし、観客もいつ舞台上の役者が客席に来るかわからない恐怖みたいなものがあって、先が見えないところが面白いと思うんです。みんなで何とか成り立たせようとしている危うさがあるから面白いなというのはあります。とはいえ私としては、客席の安全は守りたい。そのうえで客席も一体化した舞台をつくりたいと思います。

西堂　その意味では観客の見方を変えていくというのがとても大事なことじゃないかというふうに思います。最後に観客の問題が出てきて、創り手の意識がどこらあたりにあるかが見えてきたあたりでひとまず終わりにしましょう。どうもありがとうございました。

第2部　多様な演劇に向けて

わかり合えなさからの出発

西堂　瀬戸山さんのこれまでの活動で言うと、必ずしも順調に行っていたわけではなく、例えば野田秀樹さんみたいに学生時代にもう劇団をつくって、そこから小劇場の最前線をずっと走り続け、現在は東京芸術劇場の芸術監督になっているというような形とはだいぶ違いますね。

瀬戸山　そうですね。相当回り道をしてきています。

西堂　そんな苦労があり、逆境にありながら、なぜ演劇を続けてこられたのか？

瀬戸山　私が演劇を始めたのが大学四年生の時で、スタッフから始めました。前から漠然と自分が書きたい、演出もしたいと思っていたのですが、自分が書きたいことを一番自由に表現できるのは演劇だなと気づいたんです。きっかけとしては、二〇一一年の東日本大震災が起こった時に、雑誌で書けることへの限界を感じ、そこから演劇に場を移していったという感じです。

西堂　こういう話を聞くと、等身大の中から自分の問題として探っていくことで社会に出会っていくといった感じですね。

瀬戸山　結局、自分が生きていて「しんどいな」とか「息苦しいな」と思う原因って何だろう？って考えると、「ああ、ここで社会と自分との折り合いがついてないんだな」と気づくことがありました。この題材だから書きたいっていうよりは、自分の違和感だったり、問いを先に考えてから、その答えを考えるみたいなのはよくあります。

西堂　逆に言うと、素材は身の周りに無数にある。自分が生きていれば、身近に問題はいくらでもあって、それを見つけるか見つけないかですね。

瀬戸山　そこに本当に自分が書きたいことがあるか、ですね。やっぱり二十代・三十代はお恥ずかしながら恋愛というものが、自分の日常の中で一番大きい出来事だったんです。それをただ「恋愛」として書かないで、なぜ好きになったのか？とかなぜわかり合えなかったのか？を考えて、フィクションにしていくみたいな感じでした。それが最終的に社会的な話になることが多くて。ジェンダーの話だったりとか。もともとは身近な人と自分とのわかり合えなさなどからスタートしています。

西堂　なるほど。自分を素材にして、自分を取り巻く他者との関係がすべて出発点になっている。昔は、イデオロギーだとか、社会的な使命だとか、そういうところから書き始める人が多かったと思うんだけど。そこが瀬戸山さんの世代的特有かもしれないですね。瀬戸山さんは「社会派」の劇作家にくくられることが多くて、すごく意識の高い人たちのグループにいると思われがちなんですけど、実は社会との出会い方をきちんと見つめているだけなのかな、と思いました。

瀬戸山　意識なんか高くないんですよ（笑）、本当に。大きな共通の敵がいない時代に生まれたんですよ。今、四十二歳なんですけど。九〇年代のバブルが崩壊したあとの時代に青春時代をすごして、生きづらさを感じていました。その中で、もっと自分が生存するためにどうしたらいいのか、っていうのを考えたのが出発だったなとは思います。

西堂　それで年に一本ずつで……よく続けられたなあと思いますけど。そういう作業をしながら、二〇一一年のいわゆる3・11があって、やっぱりそれが自分の中で亀裂になり、作業の大きな踏み出しになったんじゃないかなと思います。

3・11を契機として

瀬戸山　二〇一一年に雑誌のライターの仕事で、震災の取材に行っていたんですけど。その中で、例えば原発のこととか一ヵ月後にどうなってるかわからないから福島県のこととかは書かないでとか、安全を保証できないから取材に行かないでくれって言われたり。でも、一番私はそこが見たいし、見たことを伝えたいって思っていたので、だから芝居にしようと考えました。それで、実際に見に行って、芝居にしました。それが自分の中で大きなきっかけになりましたね。だんだん周りの空気も変わってきたんです。目の前で起きている震災に対して、社会の仕組みから考えようって思う人が増えてきました。自分の芝居を観に来てくれる人も増えたなって実感しています。今までは笑いがあるわけでもないし、楽しい音楽があるわけでもない芝居をやってきて、まあ一部の人が見てくれればいいかな、なんて思っていたんですけど。改めて、演劇って一人じゃなくてみんなで社会について考える場所なんだなって認識しました。だから、自分ももっとたくさんの人に観てもらえるように演劇をちゃんとやるぞと思ったんです。そこでやっと、お客さんと繋がれたなと思いました。

西堂　劇場っていう場所は、そもそも市民が集う場所。いろいろなことを考えて、議論を交わす場所。公論の場所ですね。現代で演劇が商業化されていくと、ただ観るだけ、消費するだけになってしまう。もうちょっと広い意味で劇場が使えるんじゃないか。世田谷パブリックシアターで働いていた時代を通じて、そんな発見があったんじゃないですか？

瀬戸山　そうですね。演劇はその瞬間、その場所に集まらないと観られないものじゃないですか。震災直後にやった『ホットパーティクル』という作品はドキュメンタリーだったんです。震災から半年間の自分自身のことをそのまま時系列通り芝居にしました。書かれていることは事実なので、恋愛の失敗から、原発事故をめぐる社会の変化、それを受けての芝居づくりの行き詰まりまですべてが並列に存在している芝居です。拒絶反応も含めて観てくれた人からはさまざまな感想をもらいました。映像だったら時間や場所を超えられるけど、震災直後の新宿に二〇一一年九月に集まって、この芝居を観てるからこそ生まれてくる意見がたくさんあった。そういう意味では、演劇はわざわざ行って観なきゃいけないものだけど、その瞬間にしか起きない議論が生まれる可能性があるものなんだなと思いました。

西堂　手間暇がかかる作業ですね。とくに今のようなＳＮＳが隆盛の時代だと、演劇は重たくてもたもたしてるって言われがちです。でもそうやって集まらなければ発生しない議論が生まれる場所だと思って劇場に来れば、演劇の持つ別の意味が生まれてくる。

演劇の多様な広がり

西堂　最近の瀬戸山さんの活動は、つい先日（十一月十三〜二十六日）新国立劇場で『あの出来事』（ディヴィッド・グレック作）を演出されました。十月には東京グローブ座でジャニーズのKis-My-Ft2の俳優・北山宏光を起用した『ＴＨＥ ＮＥＴＨＥＲ（ネザー）』（ジェニファー・ヘイリー作）があり、春には、下北沢シアター711で十年前に亡くなった劇作家の大竹野正典さんをモデルにした『埒もなく汚れなく』の改訂版が上演されています。非常に多彩な活動をしている傍ら、中学生に向けた芝居もやられていると聞きました。その広がりを教えていただけますか？

瀬戸山　私、本当に節操がないくらいいろいろなことをやっていて（笑）、でも自分の中では繋がっているんですよ。テーマやモチーフの共通点もあります。演劇は本当に幅が広いジャンルなのでお客さんの層がそれぞれ違うのですが、つくっている自分としては問題意識の根っこは同じです。また、その流れの中で、商業的な演劇や小劇場の演劇とはまた別のジャンルとして、市民の人たちと一緒につくるような演劇、もしくは学校で見せるような演劇のような、上演の結果よりもプロセスを重視するプロジェクトも自分の中で重要な軸の一つです。中学生に向けた演劇っていうのは、二〇一二年からやっている『ファミリアー』という作品で、動物愛護センターを舞台にした獣医さんと犬の芝居です。小、中学校で上演して観てもらったあとにワークショップをしています。もともとはリーディングのフェスで発表したんですが、世田谷パブリックシアターの学芸というセクションの人が学校公演を企画してくれました。学芸というのは、市民の人たちと芝居をつくったり学校に行って演劇をやったりする、ワークショップやアウトリーチを行なう部署です。『ファミリアー』だけでなく、他にもいろいろなワークショップをやる機会をいただきました。二〇一三年には、『地域の物語』という枠で一九六四年の東京オリンピックで世田谷区の街がどう変わったかということをテーマにした芝居を、市民の人たちと集まってつくりました。みんなで街を歩いて素材を集め、そこから話し合って、私が台本を書きました。翌年は結婚をテーマにやったんですけど、それは参加者が台本を書くという、劇作家や演出家がトップに立つのではなく完全な集団創作をするというやり方をやってみました。

西堂　演劇というと、対話によるドラマを劇場の額縁の中で観るといったように、狭く捉えがちですが、野外やテントでも、ギャラリーや喫茶店と本当にどこでもやれるのが演劇なんですね。またプロの俳優ばかりでなく、普通の市民の人たちと一緒にやったり、やり方もいろいろあります。ミュージカルだとかダンス、バレエなどジャンル分けはされるけれども、もっと外側に多様な面があるっていうのに気付いてほしいですね。

瀬戸山　そうです。演劇は身近にあるものだと感じています。初めて劇場に来た人とか初めて演劇を観た人でも、演劇はつくれるものなんですよね。

市民とつくる演劇

瀬戸山　今年、パルテノン多摩で上演した多摩ニュータウンを舞台にした作品は、ニュータウン在住の皆さんと一緒に街を歩いて素材を集めて本当にゼロから一人一人のチームでつくってもらったんです。その時も私は台本は書かず、構成と演出だけやりました。すると一人一人の人生が存分に出ているような作品が生まれてくるんです。お客さんから観ても、自分と近い人が舞台に立っている面白さがあったりして。完成度の高い作品を観たいっていう人もいるとは思うんですけど、一種の緩さもありながら、プロの演劇や商業ベースではつくれない作品がつくれる可能性が市民の人たちと一緒につくる演劇にはありますね。

西堂　昔だと、アマチュア演劇やサークル演劇とか区分けされて、プロの下に置かれる感じがあったんですけども、今は演劇の多様な広がりの中で相対化され、プロの完成された作品もあるし、市民の人たちがつくったり、あるいは高齢者の方がつくったりするような作品もあって、演劇がとても広くなっていますね。

瀬戸山　どっちが良い悪いとかはまったくないと思います。違うつくり方をしている芝居なんだな、という感じですね。

文化は対等なんだという考えがもう少し根付いてくると演劇に対するアプローチの仕方が変わってくるんじゃないかなと思います。その前提にあるのは、演劇は「商品」であるという考え方です。僕にはこれがとても支配的な見方に感じるんですよ。

西堂　文化ってそういうものですね。芸術文化っていう言い方もあるし、生活文化っていう言い方もある。

瀬戸山　私はとにかく演劇は「やるものなんだ」っていうのを広げたくて。二〇一五年に、広島で『ヒロシマの孫たち』っていう作品に劇作家として参加しました。広島の被爆者のおじいちゃんおばあちゃんに被爆した当時の年齢くらいの子供たちが取材して、その子たちが取材したおじいちゃんおばあちゃんの子供時代を演じて芝居をするという舞台です。それを企画したのがイギリスのロンドンにあるロンドン・バブルという劇団で、第二次世界大戦中のロンドン大空襲で市民たちがどうしたかっていうのを芝居にしていたんです。それを日本でも、という企画だったんですが、その劇団に最初に行った時に本当に良い形でコミュニティの中に演劇があるなって感じました。劇団の稽古場で、例えば月曜日は大人向け、火曜日は子供向けみたいに毎日ワークショップをしているんです。ワークショップの進行役が体験をシェアするワークショップもやっていたり。高齢者向けのワークショップは老人ホームに行ってやっていて。私が面白いなって思ったのが週に一回一年間を通して一つのテーマについてみんなで考えて話し合うところから作品をつくるというプロジェクトです。私が行った時は、選挙をテーマにしていて。プロの劇作家、演出家も参加しているんです。みんながある程度話し合ったところで劇作家が台本を書いてきて、みんなで読むんです。そして、市民の人たちが「ここが足りない」とか「ここが退屈だ」っていろいろ意見を言いあうんです（笑）。それで劇作家が「書き直します」って帰っていくんです（笑）。時間をかけてつくっているところと最終形をまったく決めていないところがとてもいいなと思った。バブルの演出家は彼らのつくる演劇を「木の実などの食材を拾って並べてみんなで調理方法とレシピを考えるんだ」と表現していて。最初から決まった料理があってつくるものじゃないんです。日本だと、どうしても演劇の現場ってスピードが速いので、一ヵ月で書き上げて……みたいになっちゃうと思うんです。それとは違う、ゆっくりと一年かけて一つのことをみんなで考えて話し合って演劇をつくり上げるっていうやり方はとてもいいなって思いました。

商業主義と公共性の幅

西堂　今、選挙をテーマにした上演があると言われましたけど、ドイツの演劇で、選挙をテーマにした作品づくりをやっているリミニ・プロトコルという企画集団があります。ただそれはお芝居っていうものとちょっと違って、市民が集まって自由に討論していく。台本があるわけではなくて、市民の対話から集会のようなイベントに発展していく。リミニ・プロトコルっていう集団は俳優がいないんですね。演出家だけがいて、設定とか仕掛けだけをやっている。それで議論しながら、衛星中継で交換してみるとか、こういうやり方を〝ポストドラマ演劇〟という言葉で言っているんですね、約二十年前から。いわゆるドラマや商品になっていくものだけじゃなくて、それ以外の手法っていうのが少しずつ出てきている。

瀬戸山　そうですね。市民が参加する演劇には、本人が本人を演じるとか、本人が話す強さとか面白さがあります。そういう演劇のあり方がだんだんと広がっている感じがします。

西堂　でもそれがなかなか成立しないのはなぜかというと、それで金（入場料）がとれるのかってことですね。商業的な作品にしないと、一晩で八千円とかとれない……。

瀬戸山　八千円はたしかに厳しいです……（苦笑）。

西堂　そのさいつくってる人は無償で、ボランティアでやるのかっていうとそうでもない。それ自体もプロの仕事というか……。でも、八千円のイケメン芝居には演出料がドンと入るけど、市民演劇ではゼロ円だったら、これは困る。そういうときに世田谷パブリックシアターみたいに、世田谷区がバックにあるような公共劇場でないと成立しない。

瀬戸山　やっぱり公共劇場ですね。日本の場合だと、それこそ世田谷だったりパルテノン多摩という劇場であったりでやっていて、ただ、「ヒロシマの孫たち」を主催したロンドン・バブルは公共劇場というわけではなく、ファンドを、寄付をとにかく募ってやっていました。だから、そこの演出家の方は、週の半分は演出家の仕事ではなく、資金集めに奔走していると言っていました（笑）。それでも寄付で成り立つというのに、驚きました。

西堂　ある意味クラウドファンディング的な、市民の支援ですよね。市民の支援っていうのは、公共性がないとできないわけで、そういうふうに、商業主義とはまた別の枠組みで演劇があるっていうのは、とても大切なことだし、そこでこそ演劇が、生活の文化として広がると思うんです。

瀬戸山　そうですよね、やっぱり公共性があるものをやれるのっていいなぁって思いますよ。

西堂　例えば文化村のシアターコクーンだとか、あるいはPARCO劇場でつくられるいわゆる商業的な作品と、新国立劇場とか世田谷パブリックシアターが果たす公共的なプロダクションの役割って、違うと思います。広い意味で言えば、社会的な活動、運動だと思うんですけど、そういうものと、商業主義、例えばホリプロなんかでつくられていく演劇とは違って見えてこないといけないと思うんですよ。

瀬戸山　そうですよね。

西堂　その中で瀬戸山さんは、ある意味で奇跡的かもしれないけれど、公共的なものと商業的なものを両方またにかけてやられている。

瀬戸山　そうですね。

西堂　なかなかこれは成立しないんですよ、片やアマチュア専門みたいな人もいるし、片や商業主義専門みたいな人もいる。両方を行き来できるというのが、瀬戸山さんのポジションなんじゃないかなと。

瀬戸山　私は両方やりたいなと思うんです。同じなんですよ。公共劇場では演劇を今までやったことのない人が演劇をやれる機会をつくれる一方で、商業演劇は商業演劇で、例えば東京グローブ座とかになると、出演者のファンの人が初めて演劇を観る機会をつくっているとも言えます。しかも、作品自体は結構コアなものを選んでいます。例えば『THE NETHER（ネザー）』もそうでしたが題材そのものが難解だったり深いテーマを扱う作品が多いので、みんな頑張って予習復習をしてきてくれるんです。私が演劇を観始めたのは八〇年代の小劇場ブームが終わった頃で、それ以降演劇を観る人は減ってきていたので、それを何とかして食い止めたいっていう気持ちがあります。だから観る人に、いいものを見せたいと思います。グローブ座のお客さんがそのあと、演劇をどれだけ観続けるのかっていうのはわからないですが、その中で一人でも二人でも、別の形の演劇にも興味を持って来てもらえたらって思っています。

『彼らの敵』

西堂　今はわりとネガティブに「分断」という言葉を使いますね。商業的なものと公共的なものが分断して、客がお互いに行き来しないとか。でも瀬戸山さんの仕事って、そういう人たちを交流させていく役割なんじゃないかな。瀬戸山さんがこういうふうに発言できているのは、芸術的にも評価されたからだと思うんですね。それは、これからお話してもらう『彼らの敵』ですけど、この作品は瀬戸山さんの出世作であり代表作でもある。これが読売演劇大賞の優秀作品賞に選ばれました。

瀬戸山　二〇一三年が初演で、二〇一五年に再演したときに受賞しました。初演の時は、私の活動を知っている人はほぼいないという感じだったので……。

西堂　僕が最初に瀬戸山さんの作品を観たのがその作品でした。僕が瀬戸山さんと初めてお会いした時のこと覚えていますか？

瀬戸山　ドイツで？（笑）

西堂　ドイツじゃないです。演劇評論家の扇田昭彦さんが亡くなって、その通夜のあとに、府中の居酒屋でドイツの在住の女性演出家と会うことになっていて、そこに同席していたのが瀬戸山さんだったんですよ（笑）。

瀬戸山　ああ、そうでした、居酒屋でしたね（笑）。

西堂　その時、僕は瀬戸山さんのことをあまり知らなくて、誰だろうって思っていたら、記憶の片隅に、数日前に読んだ新聞記事を思い出したんです。『東京新聞』の「大波小波」という有名なコラムで、瀬戸山さんの作品が紹介されていて、あー！あの瀬戸山さんか！って気がついたんです。

瀬戸山　そうなんですね！

西堂　以前、永井愛さんから瀬戸山さんの名前聞いていて、観に行ったらいいよって推薦されていたんですけど、なかなか機会がなくて……。それでその次にやられたのが、『彼らの敵』でした。本当にびっくりしました。とても素晴らしい作品だったので。あまり知られてなくて観客も多くないのに、こんなにもクオリティーの高い作品がやられていたのかと、目から鱗が落ちました。

瀬戸山　ありがとうございます（恐縮）。

西堂　それからは、ほぼ全部観ているんですけれども、今日はそのビデオを観ていただきます。少し内容の説明をお願いします。

瀬戸山　わかりました。では、ワンシーン観て頂くので、少しその前までのストーリーを説明します。『彼らの敵』というのは一九九一年に、早稲田大学の学生三人が、パキスタンで川下りをしていた時に、強盗団に拉致されて、誘拐されて監禁されたんです。それで、四十四日間を経て帰ってきたっていう事件があって、その学生たちが日本に帰ってきた時に、すごくバッシングを受けたんですね、バカな大学生が遊びに行って捕まって国に迷惑かけたって。たしかに、こういう事象はこれより後にもあって、二〇〇三年にイラクで起きた人質事件のときも、自己責任だから殺されてもいいという世論が起こりました。一九九一年の事件の当事者である服部さんは後にカメラマンになるんですけど、その人からお話をうかがってつくった作品です。服部さんは日本中からバッシングを受け、『週刊文春』であることないこと書かれてしまった。

そこで文春の記者と対面して訴えるんですけど丸め込まれてしまい、結局負けてしまった。だけどなぜか本人は『週刊現代』のカメラマンになっていくというストーリーです。基本的には本人からうかがったことをドキュメンタリー的に書いているんですけど、そこからちょっと物語に入っていき、お見せするのは、彼と一緒に仕事をしている女性ライターと彼が会話しているシーンで、彼自身の矛盾について言及していくといった場面です。ではお見せします。（映像が流れる）

加害者の視線

西堂　舞台を観ている時って一つのストーリーの上にいろいろなものを持ち込みながら観ていますよね。今自分が打ち込んでいるものとか、興味を惹かれているものと結びつけて、演劇体験が拡がり、さまざまな関連性が見えてくる。そういうフィードバックができて、自分と向かい合い対話できるような作品がいい作品だと僕は思います。

瀬戸山　そうですね、やはりその都度感想は違うんですけど、シリアのＩＳの問題が起きていた時はそれと重ねて見ている人もいたし、再演の時はちょうど『週刊文春』がさまざまなスクープを取材していた時で、メディアについて書いた作品としてこれを観るというような感じもありました。

西堂　でもこの作品で扱われている事件はそれほど大きく世間で取り上げられなかったですよね？

瀬戸山　そうですね。私は服部さんが三十歳の頃から舞台の写真を撮ってもらっていたのですが、四十歳になられた頃に初めて誘拐の話を聞いたんです。服部さんは、パキスタンの誘拐犯ではなく、日本のバッシングしてきた人が今でも許せないと話していました。劇中に出てくるバッシングの手紙などをまだ持っていて、二十年たった時点でも整理し切れていないという話を聞いたときに、ぜひ芝居にしましょうという話をしました。ただ難しいこともあって、事実をそのまま芝居にしていいのか、服部さんは間違ってなかったというスタンスだけでは書けないなって思って、描かれる現実について自分がどう思うか、批評性を持って描かなくてはいけなくて、取材対象が身近すぎることに苦労しました。それで彼自身が自分自身と向き合うという話にしなければいけないんだっていう考えに至って、フィクションとして書くということをご本人に伝えました。

西堂　ドキュメンタリーと言っても、事実をただ記述することだけではなく、実際には編集が入ってます。だから二次現実を描くことであって、肩入れしすぎてしまうとその人物を正当化してしまう。そうすると、本当の意味で人間のドラマになっていかず、浅くなってしまう。「社会派」と呼ばれる作家たちがよく言うことは、人間のドラマを描きたいんだということですね。今、社会的な正義を描くと評価が高いとされているけれど、でもそれは人間のドラマに落とし込められていないとただの主張になります。

瀬戸山　主張するだけの芝居になってしまうことは私もありました。人間の矛盾を書きたいし、書いている自分にも矛盾はあるっていうのは考えますね。

西堂　自分の中の矛盾と向き合うって、厳しいし辛いことだけども、でもそこがある意味で今の瀬戸山さんたちの世代の問題かなと思います。

瀬戸山　そうですね。やはり正しい位置から見下ろしているようにはしたくなくて、自分の中にも暴力性があるというところから書いている感じはあります。

西堂　去年の青年座でやられた『残り火』でも被害者の家庭と加害者の家庭がほぼ均等に描かれていました。今まで加害者側から描かれることってあまりなかったと思うんですよ。そこの両者のバランスを描くっていうのが、目の付けどころとして斬新だと思いました。

瀬戸山　まだ自分は加害者側に立つというのができない時もあって、でも加害者側心理にも向き合う必要はあって、加害する側の心理が変わらない限り世の中は変わらないので、加害者をしっかり書くというのは重要だなと感じています。

西堂　犯罪者を主人公にしたドラマはよく描かれてきました。そこに社会の病理が凝縮されているっていていう見方です。

瀬戸山　その本人だけが、特殊な人っていうふうに決めつけないで、私たちの社会から出てきた人っていうふうには考えていたいですね。

西堂　厳罰に処すれば物事が解決するわけでもないですしね。これは司法の問題では踏み込めない領域で、表現じゃないと踏み込めないのかもしれないですね。瀬戸山さんの世代は他の世代と違った切り口があるかもしれないですね。

瀬戸山　私が演出した『あの出来事』という舞台はノルウェーの銃乱射事件を題材につくられたフィクションだったんですけど、犯人の少年がなぜその事件を起こしたのかを考える作品でした。答えにたどりつかない作品だったんですけど、彼が事件を起こすまでに追い詰められなきゃいけない社会になってしまった理由は何なのかということから考え始めました。

西堂　個人の犯罪だけど、社会の関数として事件を捉えているという見方ですね。日本で加害の問題としてやはり一番大きいのは、戦争です。戦争責任というものが、結局うやむやにされているから、いまだに日中、日韓の関係ってこじれ続けている。その根っこには戦争に対する加害者としての反省がないんじゃないか、そういう部分を演劇で掘り下げられればと思いますね。実際に演劇作品でやるやらないは別として、とくに社会のことを考えるにあたって非常に参考になる話でした。

社会に向かう

瀬戸山　「社会に向かう演劇」っていうとすごく厳つい感じがするけど、あまり難しく考えずに観に来てくれたらいいなって思っています。演劇的な面白さもあって、社会的な部分もちゃんとある。そういうものを探っています。こうなんだという主張だけではなくていくつかある意見を提示しつつ、みんながその問題に対して考えるきっかけになるようなものを届けたいといつも考えています。

西堂　「面白くてためになる」という言葉があります。やはり、面白いだけじゃなくて、何か自分に持ち帰れるお土産があるっていうのが演劇なんじゃないかなと思いますね。これを一番うまくやったのがブレヒトだなって思います。

瀬戸山　歌とかもありますしね。

西堂　娯楽作品としても、ストーリーテラーとしても抜群だった。だけども社会批評性も根底にあるっていうのが一番良い演劇のあり方かもしれませんね。先日、演劇を娯楽としてしか見たことがない、社会的なものが出てくる演劇は苦手だという学生がいました。この言葉を別の学生は、その学生は社会的な正義を押しつけられるのが嫌いなのかもしれないと言っていました。そういう押しつけがましさが社会派の演劇にありがちで、それだけだと娯楽性というものが抜け落ちてしまう。

瀬戸山　そうですね、いろいろなことが込められていると思います。でもこれは私たちの責任でもあって、「面白い社会的な演劇」が日本ではまだつくられていないのかもしれません（笑）。どうしても芸術と娯楽が分かれてしまって、どうすれば両方ある芝居をつくれるかなと思っています。

西堂　「エンターテインメント」っていう言葉が出てきたとき、一切の社会性を排除したみたいな意味合いで使われてしまった。これもある意味言葉による排除だと思うんですよ。そもそもこの言葉は、間(enter)を取り持つ（tain）という意味で、「もてなす」というニュアンスです。演劇＝エンタメって考える人は、娯楽だけに特化していく。でも本当はもっと多義的であるはずです。だから面白いし、同時にためになるっていうところが大事なんです。

瀬戸山　例えば、今年『キンキーブーツ』というミュージカルを観ましたけど、あれはとても楽しいし高揚感もあるけど、書かれていることはものすごくシビアな現実で、楽しくても考えさせる劇っていうのは可能だし、逆に娯楽だけの演劇ってないのかもしれないと思いました。

西堂　ミュージカルって基本的に非常に危険な素材が多いんです。これは僕の持論なんだけど、ミュージカルはユダヤ人がつくったものだと思っていて、ユダヤ人のある種の主張をいかにオブラートに包んで娯楽表現にしたかがミュージカルだと思っています。だからきわめて政治的なんですよ。

瀬戸山　なるほど。

西堂　ブレヒトがアメリカに亡命したとき、ユダヤ人の音楽家のクルト・ヴァイルとともにアメリカでミュージカルをつくろうとした。それが米国でミュージカルの基礎になった。そう考えると、ミュージカルの歴史ってものすごく政治的な意味合いを持っていて、それを「エンタメ」なんて言えないはずなんですよ。それがなぜか日本に入ってくると部分的なところだけ消費されて本質的なところに日が行かない。その受容の仕方が問題かなと思います。『キャバレー』や『シカゴ』なんて相当危ない話だよね（笑）。そこらへんのところを学んで深みを知っていくのが大事かなと。大学で芸術を専攻すること自体、そういう入り口に立っていると思うので、芸術専攻の学生には期待したいですね。こういう後続の世代についてはどう思いますか？

男の生き方、女の生き方

瀬戸山　今回、女子学生の方が多くて驚いているんですけど、上のほうの世代は女性の劇作家や演出家が少なかったんですね。私くらいの世代がこうしていられるのは、切り開いてくださった先輩方がいらしたからであって、演劇界も変わってきていて、男女差別だったりするものが少なくなってきています。例えば今まで、戯曲賞の審査員がほとんど男性で、でもそうすると男性の目線から戯曲が選ばれていたというのがあって、それで女性の人数を増やし始めました。今まで残っている戯曲自体、男性が書いたものがほとんどで、男性が書いた女性像で疑問に思うことも多かったんですね。そういうのを少しでも減らしてバランスをとりたいという気持ちもあって、私は私にしか書けないものを書こうと思っています。性別は関係なく、書きたい、表現したいと思う人はどんどんチャレンジできて、多様な目線からの表現がある世の中になったらいいなと思います。

西堂　先日永井愛さんの『私たちは何も知らない』っていう芝居を観てきたんですけど、これは一九一一年から五年間続いた『青鞜』っていう雑誌の編集者の話なんですが、こういう人たちがものすごく活発に議論しているんですね。そういう人たちを見ていると、約百年前の女性たちの活発さというのを見習っても良いんじゃないかって思いました。一般的な風潮として何も変わってないんじゃないかという意見が支配的なんだけど、僕は演劇界に四十年くらいいるけど、ずいぶん変わってきていますね。とくに女性の擡頭が一番めざましいのが演劇じゃないかなと思うんです。これから一番活力のあるジャンルになっていくんじゃないかと思います。女性の問題って男性の問題でもあるんですよ。女らしくっていう言葉と男らしくという言葉がどちらも批判され、見直されている。そういう目線というのがとても大事であってそういう段階に来ていますね。

瀬戸山　そうですね。女らしくをなくせたら、男らしくもなくなって、男性も楽になると思います。そこは対になっているというか、女性の問題は女性だけで解決しなきゃいけないということはなくて、蔑視や差別の根っこには、男性の「男らしくしなければならない」という呪縛がある。男性社会の問題なんです。だから、男性が参加して女性やマイノリティーの問題を解決することは、男性自身が生きやすくなるためにも必要だと感じます。

西堂　今日は広がりのある話で終わることができて良かったです。ありがとうございました。

（２０１９・12・21）

第４章

長田育恵
劇作家という生き方

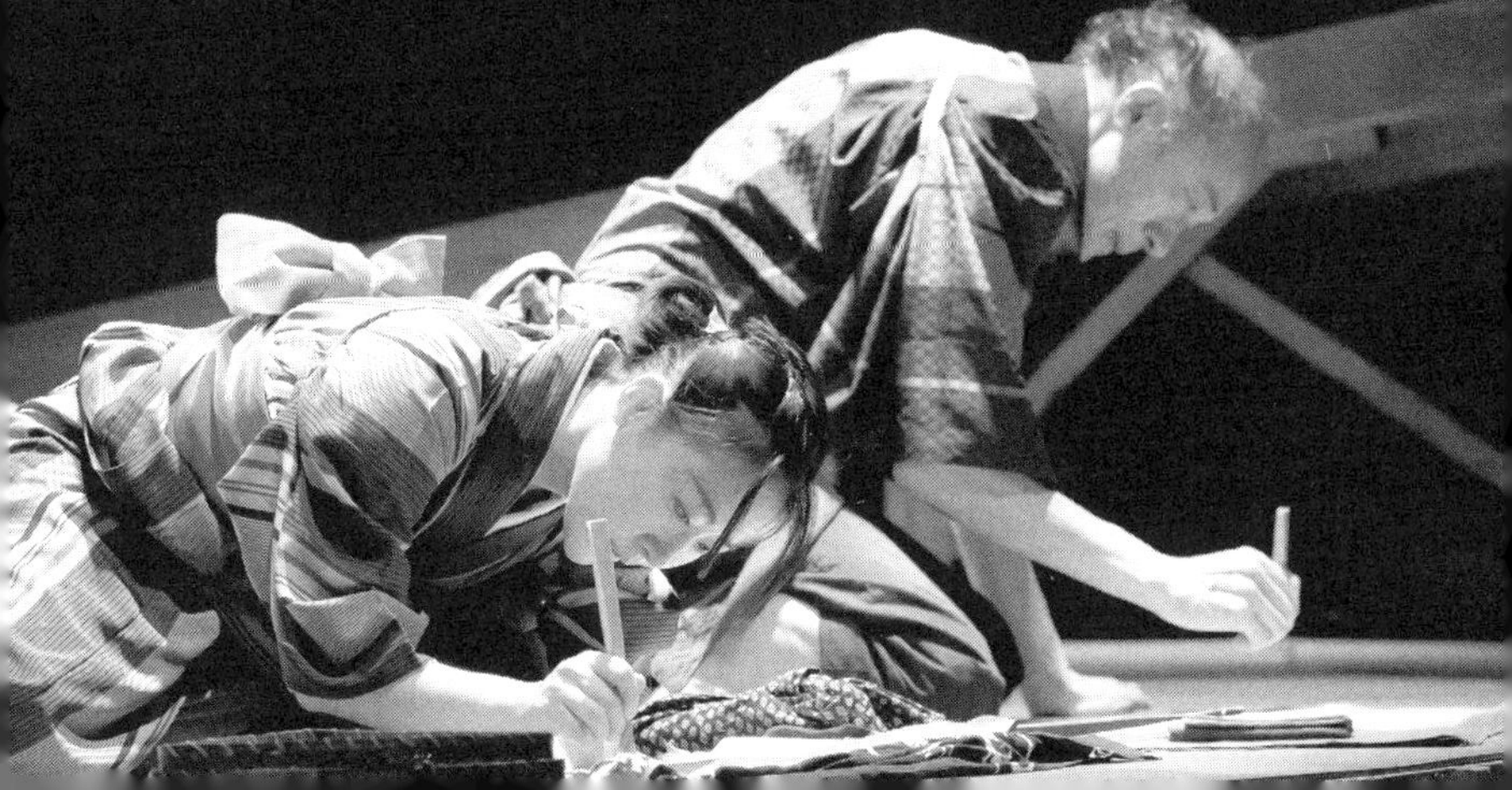

長田育恵（おさだ・いくえ）

1977年、東京生まれ。劇作家、脚本家。てがみ座主宰。

評伝劇の旗手として注目され、膨大な資料を読み込み、舞台となる土地を訪ねて得た言葉で描いた主な作品としては、江戸川乱歩と妻の隆子との出会いを題材にした『乱歩の恋文』（2010年）、童謡詩人・金子みすゞと夫との関係を題材にした『空のハモニカ――わたしがみすゞだった頃のこと』（2011年）、宮沢賢治の樺太への旅を題材にした『青のはて――銀河鉄道前奏曲（プレリュード）』（2012年）、渋沢敬三と宮本常一を題材にした『地を渡る舟――1945／アチック・ミューゼアムと記述者たち』などがある。

主な受賞に、第70回 文化庁芸術祭賞・演劇部門新人賞（てがみ座『地を渡る舟』）、第19回 鶴屋南北戯曲賞（グループる・ばる『蜜柑とユウウツ――茨木のり子異聞』）、第53回 紀伊國屋演劇賞・個人賞（青年座『砂塵のニケ』、てがみ座『海越えの花たち』、PARCO PRODUCE『豊饒の海』）、第28回 読売演劇大賞・選考委員特別賞（公益財団法人せたがや文化財団『現代能楽集X――能「道成寺」「隅田川」より』）、第28回 読売演劇大賞優秀作品賞（PARCOプロデュース『ゲルニカ』）、2021年度東京ドラマアウォード・単発ドラマ部門優秀賞（NHK特集ドラマ『流行感冒』）など。

近作にＮＨＫプレミアムドラマ『すぐ死ぬんだから』、PARCO THEATER OPENING SERIES『ゲルニカ』、劇団四季ミュージカル『ロボット・イン・ザ・ガーデン』など。2023年放映のＮＨＫ連続テレビ小説『らんまん』を担当している。

［扉の写真］上：『地を渡る舟』より（撮影：伊藤雅章）／
下：『燦々』より（撮影：保坂萌）

第１部 職業としての劇作家

学生時代

西堂　まず登壇していただいた長田育恵さんをご紹介します。劇作家で「てがみ座」を主宰しています。

長田　初めまして。長田育恵と申します。よろしくお願いします。

西堂　長田さんには、今日三つくらいのことをお話しいただこうかなと思います。まず、どのように演劇と出会い、これまでどのような演劇の人生をたどられてきたのかというのが一つ目です。それから二つ目は、実際に演劇活動をされてから現在に至るまでどのように展開されてきたのか、その中にいろいろとご苦労もあったでしょう。最後に、学生の皆さんに向けて何かメッセージがあれば、お話しいただけたらと考えています。それではよろしくお願いいたします。

長田　私は卒業論文を西堂先生に見ていただいたというご縁があって、私が一番最初に書いた戯曲を読んでいただいたのも西堂先生でした。劇場で上演するようになって、初めて雑誌に戯曲を載せてくださったのも西堂先生なので、先生との出会いがなければ今の私はいませんでした。

西堂　僕が早稲田大学で非常勤講師をやっていた時、非常勤なのになぜか卒業論文の担当ができる不思議なシステムがありました。その年に長田さんが特攻隊で亡くなる投手を題材にしたミュージカルをお書きになって、それを僕が担当したわけなんです。そんなところが出会いですね。もう一つ記憶に残っているのは、学生時代、その頃『早稲田文学』で学生編集委員をされていて、演劇の企画をしていただき、座談会をやっていただいたことです。その時が豪華なメンバーでして、別役実さん、佐藤信さん、川村毅さんが発言者で、僕が司会進行をしました。ですから、学生の頃からかなり活動をされていたということですね。

演劇との出会い

西堂　長田さんは東京生まれですが、演劇との初めての出会いはどのようなものだったのかというベーシックなことから聞いてみたいと思います。

長田　演劇について、子供の頃に特定の舞台を観て感動したとか明確な記憶はなくて、子供の頃から自分は小説家になりたいという夢を持って生きていました。演劇に関して自分の中で明確な記憶があるのは、高校の時の文化祭で、クラスで演劇の上演をすることになった時です。その際、全員やりたい脚本を持ってくることになったんですけど、中高がミッション系の女子高で、皆宝塚とかミュージカルとか明るくハッピーな脚本を持ち込んできたんですが、私は図書館で初めて高校演劇の脚本を読みまして、面白いと思った一作を持ち込みました。でも、それに投票したのが、私たった一人で、皆『ミーアンドマイガール』で、落選したんです（笑）。それが戯曲を文学として読む初めての体験でした。私はこの脚本が面白いと思って、皆に主張したけどわかってもらえなかったというのが一つの出発点でした。

西堂　ちなみに何の作品を選ばれたんですか。

長田　高校演劇の中の名作で、『祭よ、今宵だけは哀しげに』という作品で、宮沢賢治の『銀河鉄道の夜』をモチーフにした一時間物の脚本でした。

西堂　作者は覚えてますか。

長田　共作で加藤純さん、清水洋史さんです。
西堂　高校時代の演劇との出会いは、戯曲を読むところから始まったんですね。
長田　そうですね。

大学生、演劇の道へ

西堂　そのあと大学に行かれて、やっぱり小説家を目指した。
長田　そうです。早稲田大学の第一文学部に文芸専修という小説を書く学科があるんですけど、そこに入りたくて早稲田を目指しました。入学したあとにサークルを選ぼうとした時に、全然演劇のサークルに入るつもりはなかったんですけど、一番校舎から近い部室に早稲田大学ミュージカル研究会（以下、ミュー研）というのがありました。そこは、ラサール石井さんがつくられたサークルで、オリジナルミュージカルをつくるっていうサークルだったんですね。私、中高時代は剣道部で、ずっと剣道はやめたかったんですけど部長でやめられず、大学に入ったらダンスとかやりたいと思っていて、ミュー研はジャズダンスがあったので入りました。ミュー研は脚本が自由投稿制で、毎年十二月に本公演があり、公演用の脚本を誰でも投稿していいというサークルでした。それで四月に入学して、物語を書くのは好きだったので物語を書く感覚で脚本を書いてみたら、その年の本公演に決まってしまいました。その時点で一年生の五月だったんですけど。そのうえ、ミュー研には、脚本を書いた人が演出もしなきゃいけないという伝統がありました。それで本当に中高時代、演劇と関わってこなかったので愕然としまして……。ミュー研はその時点で二十五年くらいの伝統のあるサークルだったので、多くの先輩方が多彩な現場にいらしてたので、いろんな人に電話して、「今年入学した一年なのですが、何も演劇知らないのに作・演出をすることになりました。何でもいいから現場を手伝わせてください」と、照明のつり込みを手伝う代わりに本番を観させてもらうという暮らしを一年生の間はずっとやってました。

西堂　大学四年間はミュー研で活動されて、何本か脚本を書いたのですか？

長田　そうですね。五本上演しています。ミュー研にいる間はずっと作・演出をやってまして、大学の授業の記憶はほとんどなく、ミュー研の記憶しかないんです（笑）。ミュー研は脚本、演出、振付けや作曲・編曲まですべてがオリジナルなので、一年生から四年生までの間ですべての人材がそろわないと、作品がつくれなくて。やっぱり学生ながら、私は物語を書くのが好きだったから脚本を担当し、ダンスが好きだった人は振付けをやったりと、それぞれがいかに得意分野を見つけ出すかという修行をひたすらやってました。

無謀な旗揚げ

西堂　大学卒業したあとに何か就職などは？

長田　はい、しました。

西堂　あ、したんだ。

長田　社会人も結構長くて。『早稲田文学』に大学三年生から入って、小説家になりたいという夢はずっとあったので、少しでも小説に近いところに行こうとして、出版社を受けました。ただ上演体験の楽しさや充実感が残っていて、その折衷案が夕方五時に帰れる出版社に就職することでした。五時に帰れる出版社なんて法律系とか官公庁を相手にしている出版社くらいで、そこに在籍しながら、夜の時間帯は依頼をいただいたミュージカルの脚本を書くというのをやってたんですね。主に博品館で上演されるファミリーミュージカルを書いていたんですが、アイドルの畑みたいな感じで、ファンの人が出待ち入り待ちしているような感じもありました。だから、作品に作家性などはまったく問われなくて。そういうのをやっているうちに、自分がやりたいのはこんなことじゃないと思い立って、一回ミュージカルを離れようという決意をしました。そこから現代演劇をまったく書いたことがなかったので、日本劇作家協会の戯曲セミナーというところに行きました。

西堂　大学卒業して依頼されたミュージカルの脚本を書いていたけれども、あんまり創造的でないと……。それで、一念発起して劇作家協会に。それは何歳くらいの時ですか？

長田　二十八歳です。かなり遅いですね。その頃、転職して劇場勤務をしていました。

西堂　それがたしか日暮里の……。

長田　はい、日暮里サニーホールという劇場の管理の仕事です。

西堂　そういうことをやりながら演劇を続けたいという意欲をずっと持ち続けていたんですね。二十八歳と言うとデビューしてある程度名前が出たりとか。

長田　ファミリーミュージカルの世界では。でもそこから劇作家としてどうやってデビューしていくかはすごく大変でした。私は二十八歳で戯曲セミナーに行って、翌年は一年間、研修科で井上ひさしさんに個人研修生としてとってもらえて、もう一年学ぶ時間がありました。三十歳になってこれから現代演劇にデビューしようと。かなり遅いですが、劇作家になるためには自分の作品をプレゼンしなきゃいけないと思って、本当に無謀なんですけど、井上先生の元で書き上げた脚本を持って劇場を予約しに行きました。東京って劇場の予約は一年前なんですよ。だからとりあえず王子小劇場に「一年後、ここで旗揚げしたいので予約させてください」と。その時の支配人の方が、演出は？　スタッフは？　キャストは？　と聞いてくれたんですけど、これから一年の間に探しますと言ったら、それはちょっと無謀だから、今ここで公演している劇団が終わった後にお茶会をやるって言ってるから、それを観て参加していったら？　って言ってくれたんですよ。それが、詩森ろばさんが主宰されている風琴工房の舞台で。その日、私は劇場契約をするために、台本を自分の分と劇場に渡そうと思って二冊持っていたんですね。そこに出演していた俳優に私の作品にも出てもらいたいと思って、終演後にその人に「来年旗揚げするんですけど出てもらえませんか、とりあえずこの脚本を読んでみてもらえませんか」と脚本を渡しました。その相手が扇田拓也さん、その後ずっと演出家としてタッグを組むことになる人でした。風琴工房の舞台は美術もとっても素晴らしく、ちょうど美術家さんもいらしていて、もう一冊の脚本を持って行って同じことを繰り返しました。そしたら、その方は、「僕はこれから旗揚げするような劇団の美術は引き受けてないんだよ、でも脚本ができ上がってるなら読んでみるから預かって帰るよ」と言ってくれて、あとから「引き受けるよ」と連絡いただけました。それが杉山至さんといって平田オリザさんとずっとタッグを組んでこられた美術家さんだったんです。たまたま私が旗揚げ公演で書いたものが天文学者の出てくる話だったんですけど、杉山さんのお兄さんが天文学をやられてる方だそうで、「僕がこれを引き受けなきゃいけないと思った」ということを言ってくれました。そうやって、本当にもう書き上げた脚本しかなかったんですけど、そのお二人から、舞台監督とかキャストさんといろいろ紹介してもらえたおかげで、無事旗揚げ公演が上演できました。

西堂　長田さんの今の話を聞いていると、かなりレアなケースですね。

長田　そうですね（笑）。

完成された脚本は「名刺」に成り得る

西堂　演劇の始め方が難しいというのは最近よく聞くんです。例えば、学生時代にサークルに入って、その仲間たちと旗揚げすれば、二十二、三歳で主宰者になって、自分の作品を上演できる。そうでないやり方って本当に難しい。その時に「脚本を書いた」っていう、それが唯一の手がかり……。

長田　そうです。それしかなかった。でも逆に完成している脚本があるってことが、これほど名刺がわりになるものはないってことも初めて知りました。それに、脚本を書くって言っても完成していないと脚本ってどんなに面白そうでも価値を見出されない。どんなに拙くてもエンドマークまであれば、これを上演したいんだっていう、ある種の信頼材料になる。それが唯一の担保です。私は本当に現代演劇においては実績もゼロだし、これから旗揚げをするっていうまったく何にもない状態で、持っていたのは唯一書き上げた脚本だけでした。

西堂　例えば劇作から始めていくという考え方と、仲間である俳優集団があって、その俳優に向けて書いていくっていう劇作家と、二つに分かれます。小劇場というのは、劇作家と俳優の肉体との不即不離の関係で始まったもので、そういうやり方が七〇年代や八〇年代にはメインストリームだったけど、対象のない俳優に向けて戯曲を書くというのは相当難しいことですよね。

長田　本当に難しいです。だから、最初はシンプルで、劇場を予約するときに書き上げていた一作目は、二人芝居だったんです。そうじゃないと書けなかったというのもあります。上演の時には、二人芝居だけだと採算が採れないので、もう一本、大人数の作品を書いて、抱き合わせで上演しました。

女性劇作家への偏見

西堂　王子小劇場は若手演劇の登竜門として知られているんですけれども、一本目の評判はどうだったんですか？

長田　評判はとても良かったです。なぜ王子小劇場にしたかというと、劇場が支援会員という制度を持っているところを選ぼうと思ったんですね。私には観客のツテもなかったので、まず劇場自体がお客を持っているところで上演して、タダでもいいから観てもらう、自分が劇作家になるためのプレゼンのつもりでやろうということが大きかったです。ただ、びっくりしたのは、劇場の支援会員さんたちがいろいろ感想を言ってくれるんですけど、「女性劇作家がこれから旗揚げするんだったら貴方の私生活を切り売りしないと興味を持って観られないよ」と言われたことです。すごく愕然として、私は物語が書きたくて上演しているのに、なぜこんなことを旗揚げ公演で言われるんだろうと。例えば小説家などの世界ではきっとこんなこと言われないだろう、演劇界が広いようで狭いというか、それがはっきりわかりました。これから自分がやっていく方針が逆に固まった。初めにそれを言われたから、私は男とか女とか関係なく、ドラマを書くだけですという路線が定まったというのがあります。

西堂　思った以上に偏見が多かったということですね。

長田　そうですね。ちょうど本谷有希子さんが岸田戯曲賞を取られる頃でした。

西堂　女性の劇作家の擡頭がこの頃すごかったんじゃないかなと思うんですけど。その一連の流れの中で、自分自身を露出していく作品が増えていきましたが、この時期自分の同世代ってどんなふうに見えていました？

長田　この時期の同世代と言うと、学生時代から劇団をやってる人たちが多くて、同世代ではもう中堅どころとして活動されていた方ばかりだったんです。平田オリザさんのところの「青年団リンク」と呼ばれている人たちがとにかくすごい勢いだった時期で、演劇界においてドラマを書きたい自分ってものすごく異端なんじゃないかって思いました。だから、居場所がないんじゃないかなって思っていました。

作風の確立

西堂　そういう中で一作目があり、そのあと出世作とも言える『乱歩の恋文』、これは何作目なんですか？

長田　三作目です。

西堂　これが二〇〇九年に書かれました。

長田　この『乱歩の恋文』を、二〇一一年のシアタートラムが選抜するネクスト・ジェネレーションに、四二劇団の中から一劇団だけ選んでもらって上演したのが大きくて、これが本当の転機でした。当時は「青年団リンク」の現代口語演劇が主流の時期だったんですが、私はどうしても登場人物が生きるドラマとかを書きたかったので、どうしたらいいか模索していました。第二作目は、ドラマを書きつつ現代口語寄りのものを書くつもりで挑戦したら、あまり評判が良くなかった。それで第三作目に本当に自分が書きたい文体で書いてみようと思いました。私が憧れたのはアングラの演劇世界、寺山修司などの劇言葉でした。アングラの演劇世界はセリフが舞台美術の代わりにもなるし、詩的な豊かさもあって、まるで言葉に生き物のように血が通っているような感覚があった。そんな言葉を一回書いてみたいと思って、そういう言葉が出てきそうな時代背景はどこかなと探し、大正時代の帝都東京、まだ暗闇がある時期の乱歩の世界だったらそういう言葉が書けるかもしれないと、評伝めいたものを書いてみようと思いました。

西堂　そうすると、時代を少し引いて、今まさにこの時代というよりかはちょっと歴史の深みを持たせながら大きな物語を描いていく。そういう中で演劇を再出発させたと。

長田　そうですね。

西堂　当時長田さんが観ていた演劇ってどんな演劇だったんですか？ 寺山さんとかそういったものもご覧になられたんですか？

長田　いや、もう脚本を読むしかなかったので、生では間に合いませんでしたね。二十代の頃は本当にいろんな劇団の解散に立ち合い続けるような感じでした。渡辺えり（当時えり子）さんがやっていた「劇団3〇〇《さんじゅうまる》」だったり、「自転車キンクリート」や「青い鳥」という劇団が終わりかけの頃に滑り込みで間に合って観る、という経験でした。

西堂　それは何年頃ですか？

長田　二〇〇〇年前後くらいですかね。
西堂　そんなに解散していました？
長田　シアタートップスもなくなってしまって、いつかここで上演したいと思っていた目標がなくなったりとか。
西堂　目標としていた劇団とかが……
長田　はい、次々となくなって。
西堂　次々となくなって本当に更地のように……。
長田　更地に思えました（笑）。その中で、平田オリザさんと「青年団リンク」の皆さんだけが立っている感じに見えました。
西堂　そういう中、更地になって、逆に視界が見えてきたという感じですか？
長田　逆に、割り切りがすごかったです。それふうの作品を書くこともできないし、もう独自の世界を、という割り切りがお蔭で早かったです。
西堂　ということは、モデルになるような演劇人とか劇団とか、こういうのを模倣してついていこうというものがなかったということですか？
長田　なかったですね。
西堂　それは逆に開放的かもしれないですね。
長田　はい、でも井上ひさしさんだけは、自分が接した大作家として背中を追いかける気持ちでした。私は、「てがみ座」を主宰していても、演出は全部その都度お招きしてやっています。劇団主宰者でも作家しかやっていない。だから、作家一本で勝負するというモデルケースとして、井上ひさしさんという背中を見ている状態でした。

西堂　同じ頃に別役実さんも基本的に作家一本でやっていました。別役さんには、あまり触れなかったのですか。

長田　作家性の違いで､別役さんの独自の文体と世界観は､私とは方向性が違うなと思っていました。私は小説家になりたかったところから出発しているので、登場人物のスタート地点からゴール地点まで、物語の力でできるだけ遠いところまで進むというスケール感の大きいものが書きたいという欲求が旗揚げの頃はとくに強かったです。だから「青年団リンク」へのカウンターという気持ちもおそらくあって、スケール感の大きなものを描こうと思っていたところもあるかと思います。

西堂　基本的に、日常のごちゃごちゃしたことをそのまま舞台にあげる、みたいな作風ですからね、「青年団リンク」は。そういうこととはちょっと違って、一人の評伝を描くことでその時代の歴史を縁取ることができる、そういう人を選んでいったという……。

長田　そうですね。

波紋とプロ意識

西堂　その一つが江戸川乱歩を主人公にした『乱歩の恋文』。僕はこれを観ているんですね、王子小劇場で。それを観た時に本当にびっくりした。長田さんとは学生時代以来で、実は初めて観たのです。何で観に行ったのかというと、その前日に、ある劇団の打ち上げで、ちょっと噂を聞いたんですね。それがきっかけで、明日観に行ってみようと思い、フラッと行ったのです。当時僕は『シアターアーツ』という雑誌の編集長をやっていたので、戯曲掲載のオファーをすぐに出しました。その日のうちに編集部員にメールを送って掲載の確認をとったら、全員からＯＫの返事がきました。すでに専門家の中では長田さんの名前は定評があったということですね。それで『乱歩の恋文』が掲載できたんです。

長田　ありがとうございます。

西堂　ほぼデビュー作に近いところで非常に高い評価を得たということは、順調に出発したという感じなんでしょうか。

長田　そうですね、最初だけ勇気を出して……。勇気を出すところで出して、頑張るところで頑張るという考え方で（笑）。

西堂　人生で言うと、もう三十代半ばくらい？

長田　半ばくらいですね。

西堂　相当頑張らないとなかなか続けられないですね。

職業としての劇作家

長田　三年頑張って、劇作家になるために自分の作品をプレゼンし、それで何のオファーも来なかったら、それはもう劇作家という職業に就くことはできないだろうから、会社員として生きようと思っていました。だから、この三年間のプレゼンは真剣にやろうと思って、それまでに十二年くらい会社員をしていたからある程度の貯金とかもあったんですけど、全部この第三回目までの公演で貯金は使い果たしました。旗揚げから、美術家さんにもちゃんと頼んでしまったし、演出家も招いてしまったし、スタート時点で三十歳だったからちゃんとお金もお支払いして上演する、というふうにやりました。

西堂　その辺りすごく律儀で偉いなと思います。プロ意識ですよね、ある意味での。学生演劇から始めている人たちは、アルバイトしながら演劇活動をやっているから、そういうプロ意識がなかなか育ちにくい。仲間内でお金を分担したりだとか。そういう意味での「モラトリアム」的なところがあるのだけど……。

長田　そうですね、本当に演劇界への就職活動のつもりでした。劇作家という職業に就きたいので、この業界の方たちに観てもらわなくてはいけないというような。自分にとっては就職活動として公演活動をしていました。

西堂　職業として劇作家を選ぶ時に、商業主義的と言われかねないですね。劇作や演劇をやるのは、純粋に自分の表現欲求だという意識となかなか上手く折り合いがつかなくて、非常に困惑したりしますよね。そういうことはありましたか？

長田　最初のうちはまだそこまでの意識さえなく、単純に、戯曲の言葉に対する興味がすごく先走っていました。そこをとにかく突き詰めたいという思いが大きかったたです。最初は小説家になりたかったのに、なぜ劇作の道を選んだかと言うと……。大学一年生の時に初めてお金を払って観劇に行った紀伊國屋ホールで、「自転車キンクリート」という劇団が上演していました。私はそれまで小説家としてどんな感情も言葉で書き表わせることが自分にとっての目標でした。だけど初めて芝居を観に行ったら、ラストシーンで言葉のない三十秒間があったんです。その言葉のない三十秒間で登場人物たちが何を考えているか、客席にいながらありありと伝わってきた。そこで戯曲っていうのは、言葉のない時間のためにすべての言葉が費やされているのかと思ったら、すごく面白いなと感じました。どうやって沈黙に意味と感情を織り込んでいくか、純粋に興味として突き詰めたいと。

西堂　言葉の表面を深く掘り下げていくと、そこにある沈黙とか間とか、そこにどうたどり着いて、それを観客に感じ取らせていくか。

長田　そうですね。最初はそこが一番面白くて、とにかく劇作の腕を上げたいと。

自分視点の評伝劇

西堂　その後、『空のハモニカ』『青のはて――銀河鉄道前奏曲』『対岸の永遠』『地を渡る舟』など、評伝劇的なものが多いですね。宮沢賢治、民俗学の宮本常一、詩人の茨木のり子を扱ったり。評伝劇にたどり着いた理由みたいなのはあるんですか？

長田　私の劇作で第三回目の『乱歩の恋文』から、自分にとって取材が欠かせないものになりました。その取材はテキスト上の取材だけではなく、土地に赴いて、その登場人物が肉眼で見たであろう景色をたどっていく。それが自分にとっての劇作の大きなモチベーションと言うか、自分だけの動機を見つける作業になりました。また自分が見つけた景色が、世間で言われている一般的なその人像と、大きくかけ離れている人を描くようになっていきました。一番自覚的に評伝劇をやろうと思ったのは、『空のハモニカ』という金子みすゞなんですけど。三月十一日の大震災があった時に、ＡＣ ＪＡＰＡＮのＣＭが流れていて、そこで金子みすゞの詩が流れていたんです。そこですごく気持ち悪くなってしまって……。私が金子みすゞだったらこんな使われ方、絶対したくないだろうなと思った。彼女は二十六歳で自殺した童謡詩人です。どういう人生だったのかなとたどり始めたら、表面的には出ていない、私だけが見つけたと思える面があったんです。その切り口を信じて舞台化していきました。必然的に、評伝劇という器を借りて、私の想いも入っていく。もう一つ、評伝劇の場合はポリシーがあって「もう活字化されていることは書く必要がない」と思っています。活字化されていない部分に想像をめぐらせてドラマにしていくという考え方でやっていました。

西堂　それを習得した理由ってありますか？

長田　これはやはり『乱歩の恋文』という作品がきっかけです。井上ひさしさんがお亡くなりになって以降、初めて書き下ろした作品で、自分にとっても決意がありました。だから書くにあたって、できることは何でもやろうと思ったんです。江戸川乱歩という題材を選んだのは偶然だったんですけど、手に入る限りの著作や資料本はすべて目を通し、江戸川乱歩やその奥さんにゆかりのある土地をめぐって。そこで得てきた自分だけの体験を舞台に書き込んで、それが評価を得たというのが大きかったと思います。

師匠・井上ひさしとの出会い

西堂　ここで少しお聞きしたいのは、井上ひさしのやり方にすごく似ているなということです。

長田　井上ひさしさんと出会って以降、迂闊にものが書けなくなったと言いますか。

西堂　井上さんっていうのはチェーホフだったらチェーホフの評伝とかを全部読み漁って、そして誰も書いていないことを書くっていう徹底度がすごい。つまり彼にとって百冊読んだうち九十九冊はわかっているから、最後の一冊だけ扱うという。この無駄にしていく労力というのが、井上さんの作品で素敵だったところです。

長田　本当にその通りです。井上先生が亡くなられたあとに、お線香を上げに行かせて頂きました。今山形に井上先生の蔵書を納めた記念館がありますけど、その蔵書量にまず圧倒されるんですよ。一作書くためにこれほどの下調べが必要なのかというのを目の当たりにしまして。しかも、この作品を書くにあたって先行作品がないか、被っているものがないかっていうのを全部知ってからでないと新しいものに着手できない。その膨大な掘り進め方っていうのを見てしまったので。財力とかいろんなものに限りがあるけど、できるだけのことはやらないとものが書けないという状況になりました。

西堂　井上ひさしは市川市に住んでいたことがあるんですけど、市川の彼の住んでいた近くの書店が、井上さんの本の注文を取次ぎ注文するので、通称「井上書店」と呼ばれていたそうです。

長田　そうですね（笑）。

西堂　とにかく出たものを片端から買う。それに事細かく線を引いているらしいんですね。これ普通だと一人ではできない作業ですよ。今、ドラマトゥルクという仕事が注目されている。だいたい演出家の傍にいて、例えばチェーホフの作品だったら、ドラマトゥルクがこれまでの上演でやられたことを全部調べあげて演出家に教えるんです。それを一人でやっていたんですね、井上さんは。

長田　結局自分の頭に入らないとしょうがないので、他人にそこを任せてしまうと、もう一回そこをやり直すことになってしまう。井上先生の場合は、例えば、宮沢賢治を書きますよと思い立ったとすると神保町のあの古本屋街に「宮沢賢治について関係あると思われる資料何でも送ってください」っておっしゃったそうです。すると出版社が自発的に、岩手の方言とか郷土料理とか、宮沢賢治に何らか関係あるんじゃないかと思われる本を勝手に井上さんのところに送りつけて、その中から選んで買い上げるということをやられていたそうです。すごく膨大な資料。そこに線を引きながら読むことで、体内に取り入れていく。頭が記憶するんじゃなくて、手に記憶させていくんだと先生はおっしゃっていて。私もそうしようと思うようになりました。

西堂　今のデジタル化だとかオンライン化とまったく対極的なことを井上さんは自分の体一つでやってきて、結局それが彼の膨大な作品を生んだんでしょうね。彼は「遅筆堂」と呼ばれて、要するに筆が遅れて初日を飛ばすことが何回もあった。周りの人は大変迷惑をしたんだけど（笑）。そうせざるをえないくらい調べざるをえなかった。

長田　そうです。だって先生は書き始めてからは遅くなかったと思いますよ。書き始めるまでが遅いっていうのが大きかったんじゃないですかね（笑）。そういう意味で私はそこに旅っていうのが加わって、実際に実在の人間を書くんだったら、自分の肉体を同じように行動して目に焼き付けてくるっていうのも加わるようになりました。

西堂　晩年の井上さんに出会えたというのはすごく貴重ですね。本当に亡くなる直前にお会いしたんですね。

長田　亡くなる二年前、最後の研修生でした。最後は具体的な教えとかではなくて、精神的な教えがすごく多くて。先生とお会いする一番最後の研修で言われたのが、「今日一日をあなた自身の心の力で良い方向に向かわせなさい」っていう言葉なんです。それを当時の私はただの人生訓としてしか受け取れなくて、何で脚本の研修を受けに来てこの言葉を貰うんだろうと思っていました。でも先生が亡くなって、二、三年後に私もプロになって、膨大な仕事を抱えるようになると、本当にいろんなところで辛くなって……。その時に先生の言葉がふっと思い出されたんです。プロになって、何というか基本的に絶望との戦いみたいになっていた時に、「今日一日自分の心の力で良い方向に向かわせて、自分のモチベーションを自分で守って、今日の分はちゃんといい仕事をし続ける」という……。作家でいるための人生訓だったんだというのが、自分が作家になってからよくわかりました。だから、先生もきっと毎日そうやって言い聞かせながら書いていたんだとあとから思い起こされました。

西堂　しかも彼の場合は、妻との戦いもありましたし、家庭の中でも大変な反乱と戦いもあったので(笑)。まあ二倍くらい大変かもしれないですね。そのこと自体も一つの彼の中のドラマ、すごい人生を懸けた人だなと思います。

その他、茨木のりこさんの『蜜柑とユウウツ』だとか『地を渡る舟』は宮本常一さんですね。というように、いろいろ作品を書きながら、毎年いろいろな賞を立て続けに取られていくわけですけれども。打てば当たるみたいな感じがその頃自分の中であったんでしょうか?

長田　何だろう、過去の時代を取り扱う作品を書きながら、それは器にすぎず、現代の観客に向けて書いているので、現代の皮膚感覚みたいなのは研ぎ澄ませていたように思います。今、どんな作品が必要かというのはいつも考えていました。

第2部　戯曲から総合演劇へ

商業演劇でのトラウマ

西堂　長田さんはドラマトゥルギー的に言うと古典的な構造を持っていると言われますね。実験的だったり、アヴァンギャルドふうだったりというところとは違って。若いけど、少し古臭いみたいな評価もおそらくあったと思うんですけど、そういう評価に対しては自分なりにどう捉えていましたか？

長田　意外と周りの評価というよりは、関心事がつねに「今の自分が挑戦すること」なんです。構造に自覚的になったのはここ数年なんですが、その前は、言葉の問題と向き合うのが精一杯でした。二番目の転機になるのが、二〇一五年と二〇一六年の間なんです。二〇一五年に『地を渡る舟』っていう劇団の公演で賞を頂いて、そこから初めて商業演劇のお仕事をやったんです。そこで大きなトラウマを抱えることになりました。ここから、芝居の言葉の問題が自分にとって大問題になるんです。主演の俳優が舞台が初めての方で、いわゆる台詞として書いた私の言葉に「信」や「実」が籠もらなかった。そこで演出家が取った手法が、その俳優が喋れる言葉だけでシーンをつくるワークショップでした。演出家が二人羽織みたいに俳優の後ろについて、全部口立てでセリフをつけていくってことを、稽古の場でやっていったんです。この作品はある小説の舞台化で、私は原作者の文体も意識しながら台詞をつくったんですけど、そうやって稽古場で二人羽織みたいにして口立てをされてしまうと、どうやって、どんな顔して稽古場にいたらいいのかもわからないような状況になりました。平たく言うと、もう劇作家はいらないじゃないか？と言うか、劇作家はもうこの稽古場にはいらないので出ていってくださいというふうに突きつけられる経験だった。でもここで出ていったらおしまいだと思って、とりあえず口立てでつけられるすごくシンプルなその言葉プラス、じゃあもうちょっと台詞としてこういう部分も入れたいっていうふうに一ヵ所ずつせめぎ合いながら台詞をつくり上げていったんですね。そうしたら、これまで自分がどうやって、何を拠り所として台詞を書いてきたのかがまったくわからなくなったんですよ。それから台詞っていうものが、たった一言も、書けなくなったんです。何も根拠がないような気がして。それで、芝居の書き方が本気でわからないからもう書けない、俳優が喋れるか喋れないかを推理して書かなきゃいけないんだったら私の中に答えはないから、ダメだ、もう何も書けないと本気で思った。で、仕事を受けてしまっていたし、最後に書こうと思ったのが『蜜柑とユウウツ』という作品でした。この作品はマキノノゾミさんが演出家で、マキノさんは劇作もされている方です。だから劇作家の先輩としても接してくれて。悩みの中で、もう何の根拠もない、どうしたらいいかわからないって書き上げた台本を最初にマキノさんが見て、「あ、この本は美しいね」と言ってくれた。茨木のり子さんという詩人の話だったから、マキノさんが「不純物を濾過し終わった石清水みたいなページが続くように、この戯曲自体がまるで詩集になるように、純粋に磨き上げていこうよ」と仰ってくれた。それで本当に涙が出るくらいホッとして、これでいいのかって思ったんですね。だから構造云々の前に台詞の言葉の表面上の問題もすごく大きいのだけど、あえて自分の外連《けれん》で雑味を入れるというよりは、演劇って演出家と俳優とともにつくり上げるもので、自分だけの文学じゃないから、総合芸術として全員がきちんと乗れる揺るぎない船のようなものをつくらなきゃいけないと思いました。やっぱり一回稽古場で「お前はいらない」というような経験をすると、登校拒否じゃないけど、胃が痛い（笑）。でもこれで逃げたらもう終わりだから、胃薬飲んででもそこにいなきゃいけない（笑）。だから戯曲の成功というのは、それまでは戯曲っていう自分の文学性のことしか考えてなかったんですけど、これは総合芸術で、戯曲はそのためにあり、カンパニー全体の成功に繋がるものなんだっていう意識が初めて芽生えていきました。

西堂　それはいい結論に達しましたね。演劇って総合芸術だから、俳優もスタッフも演出家も全部含めた中の一部として戯曲があるということに改めて到達した。それまではやっぱり戯曲は私、私って感じでした？

長田　はい、私は私の作品を書くって思ってました（笑）。

西堂　そこが劇作家と演出家の決定的な違いなんですね。劇作家は「私の世界」というものが非常に強くて、逆に言うとすごく強固なんだけども、排除もしてしまう。演出家っていうのは、他人を好悪を含めて、一つの集団を統率していかなくてはいけないというように、より視点が俯瞰的である。その中にマキノさんを契機として長田さんも巻き込まれていった。

長田　そうです、やっとです（笑）。

西堂　やっと演劇に出会ったという感じですか？

長田　やっと、そうです（笑）。それまでは、私は井上先生のことを作家として見ていたので、劇作家というのは劇作という文学をやっているというつもりがありました。それで私も文学者として劇作を書いているという意識が少しあったから、芝居として上演した時に余分な言葉や、私が見せたい文章を書いていたところがきっとあったんです。でもそういう余分なものが削ぎ落とされていきました。

身体的な言葉

長田　あと、一個だけ例を挙げさせていただきたいんですけど。ちょっと脱線しちゃうんですが、すみません。結局台詞っていうのは音の連なりなんです。私たち劇作家って〈意味〉で書きたくなっちゃうんですけど、重要なのは〈音〉のほうなんです。俳優にもよるので、一例だと思って、あ、そういうこともあるんだ、と思って聞いておいてください。ホリプロの『羅生門』という作品で満島ひかりさんとご一緒しました。これは、芥川龍之介の何本かの短編を一本にするというもので、その中に『藪の中』という話も入っていたんです。新婚の男女が山の中を歩いている時に山賊に襲われ、奥さんが凌辱されるというシーンがあるんですね。それで、向かってくる山賊に奥さんが発する台詞として、私は「来ないで」っていう言葉を書いたんです。「来ないで」、たった四文字しかないじゃないですか。相手が向かってくるシチュエーションだから、文脈も合ってる。でも満島さんはこの台詞を「言いたくない」と。満島さんご自身もなぜそれを言いたくないのかはわからない。私はその様子を稽古場で見ていて、考えて、結局採用した言葉が「近づかないで」っていう台詞でした。なぜかというと、「来ないで」だとオ音が最初に来るでしょう？「お」って奥に向かう音です。だから、まだ負けたくないのに、もう負けを認めてる音に聞こえるんです。でも「近づかないで」だとイ音で鋭くなる。だから、まだ戦えるという。だから、文脈で選ぶなら「来ないで」のほうが美しいけど、台詞の音としては「近づかないで」っていう言葉のほうが俳優にやりようがある。舞台で俳優が輝くためにに台詞があるっていう考え方も重要だなと感じ始めました。劇作家として、どの音を渡したら俳優にやりようがあるのかっていうのもこのあたりから考えるようになってきました。

西堂　発語した瞬間にその中の身体性が作動していくということでしょうか。文章を黙読していると気づかないけど、声に出した時にその距離感や方向性が見えてくることがある。戯曲を読んでいると、「訳がわからない」と思うことがよくあるけど、声に出してみると腑に落ちる言葉で、身体で受け止められる。劇作家はそういう言葉を書いているのだけど、文学者は意外とそこに思い至らない。

長田　そうですね。たぶん、何でこんな文字を選んでいるんだとか、何でこんな言い回しになるんだとか、そういうふうに感じてしまうのかなとは思うんですけど。本当にそういう意味で言うと、稽古場と密接に関わりながらつくっていくのが戯曲っていうものなんだなと。

西堂　稽古場で初めて言葉とともに身体が立ち現われる瞬間に出会うっていうことですね。言葉っていうのは単に独立してあるものではなく身体の一部として、むしろ身体をそそのかしていく。そこで言葉を書いていくということが大事で、例えばシェイクスピアにしても唐十郎にしても、元々は役者だった。役者はある意味でそのことをからだで知っている。知ったうえで書くことが、実は演劇の中ではメインストリームなんですね。劇作だけやっていくっていうのは、実はイプセンくらいからで、そっちの方が歴史としては短い。その歴史の中で長田さんも劇作をやりながら役者に近づいたと（笑）。

長田　そうですね（笑）。役者から入ってないから、そんなことに気づくのに随分回り道が必要だった（笑）。

西堂　でも木下順二さんもそういうことを非常に感じて考えていた作家だと思う。たぶん日本語について研究している劇作家って、木下さんとか井上さんとか、たぶん長田さんもその系列に属すると思うんですけど、やっぱり最終的には話し言葉と書き言葉の持つダイナミズムにたどり着いていく。

長田　結局は舞台で力を発揮しないと意味がないので、同じ文脈だったらより力を持つ言葉をっていうふうに選ぶようになりました。

西堂　劇作家っていうのはその国の国語をつくる。例えばフランス語だったらラシーヌ、ドイツ語だったらゲーテとか、そういう人たちは話し言葉という美しい力のある言葉をつくることを使命として考えている。劇作家が使命としてその国の言語の基本をつくる。

長田　そうだと思います。その時に生きている生活者の言葉を書かなきゃいけないから、時代を変えればその時代の言葉を学ばなきゃいけないし、現代が舞台でも、いい文章とはまた違うものがいい台詞になったりする。そういう意味では暮らしや時代性は全部言葉に出るなってよく感じます。

西堂　永井愛さんに『ら抜きの殺意』っていう芝居がありますけど、ら抜きの言葉を使われると生理的に我慢ならないっていう俳優が出てきて、それで殺人に至る（笑）。言葉っていうものはすごく暴力性を持っていて、そこに対して正確な言葉を喋る。劇作家も、実は俳優もそれが仕事だと思っている。だから俳優の名人というのは朗読が上手いし、その時代の言葉の規範っていうものをつくる。例えば宇野重吉はあの時代の言葉の規範をつくった俳優だった。長田さんが出発の頃に現代口語演劇と呼ばれるものに対してある種の嫌悪感を覚えたっていうのは非常によくわかるんです。

未来の文脈を模索する

西堂　それと同時に劇作家は未来の言葉を創造していく。そのへんはどうですか。

長田　（笑）未来の言葉っていうのが、たぶん表面上のことではないんだろうなっていうのはやっぱりあって……未来の言葉って言うよりかは未来の文脈って感じなんでしょうか……。たぶん、今現在を書こうとしても、今あるものをそのまま書いてしまうとお客さんにとっては退屈なものになるんですよ。だから、ほんの少し先のことを試算して、文脈に必ず落とし込むというふうに思ってるんです。私は今からあと一、二年はよりシンプルで強固な文脈が続くんじゃないかなと思っています。それは世の中が不安定でざわついているからです（笑）。今はSNSなどの小文字の価値観がたくさん乱立している時代ですが、だからこそ集団心理に操られやすい。オリンピックがどうなるかわかりませんが、開催したら、今度は上空に大文字の標語みたいなのが取り巻かれることになる。そういう時ほど人が本当に聞きたいのは別の言葉になると思うんです。その時に自分が観客だったらどんな言葉を聞きたいかっていうのを想像しながら書いたりします。

西堂　よくわかったのは、標語的なことっていうのはその時代のイデオロギーをすごく反映して、ある意味で引っ張っていくんだけども、実は劇作家の仕事というのはそこに表われないもっと私的な、非常に身近な言葉を編み出していくっていうことなのかなと……。

長田　たしかに。そこを表現したいからこそ、舞台背景はあえてイデオロギーや標語が強い時代を選んで書きます。例えば『地を渡る舟』は、第二次世界大戦中の日本のアジア侵略だったり、大東亜共栄圏みたいな大きな標語がある時に、そのアンチテーゼでまったくそこに近寄らない別の力を唱えていく人たちを書く。あえてそういう標語が強い時代を背景にして、別の言葉を響かせる。

西堂　その文脈で言うと、例えばギリシア悲劇だと、それこそ国王や王様が主人公になって、王様の苦悩がすなわちその国の苦悩みたいになっていく。そういうことでなくてむしろその土地のコロスみたいなもの、つまり無名の民衆がどのようなことを呟いているのかっていうことに言葉を与えていくのが現代の劇作家の作法なのかな、という感じが……。

長田　そうですね！　本当にその通りですね（笑）。最新作『幸福論』の中で『隅田川』という作品を書いたんですけど、本当にその文脈にのっとったものになっていると思いますし、自分の中ではこういう文脈の使い方が必ず着想の第一歩にあると思います。

演劇界における女性の躍進

西堂　もう一つ言うと、さっきの大文字の物語を書くのって男性作家にわりと多いですね。やっぱり六〇年代の「アングラ」と言われていた時代って、男性作家が歴史とわたり合いながら巨大な物語を書いていくという一つの大きなストリームがあった。そういうことに対して、八〇年代ぐらいから「そうでないものを書きたい」と女性の劇作家がどんどん擡頭してきた。岸田理生さんにしろ如月小春さんにしろ、皆そういうところから、むしろ小さなことに着目して書き始めていく。時が連綿と続いて、これがある意味で歴史を相対化したんじゃないかなと僕は考えるんです。女性作家たちの系譜というものを長田さん自身はどんなふうに受け止め引き継いで行こうと思っていますか？

長田　今、普通に観劇していたら気付かないかもしれないんですけど、女性劇作家というのも実はものすごく数が少ないんですよ。『現代能楽集』というのも今回で十回目なんですけど、女性作家が登場したのは今回が初めてです。私、今、日本劇作家協会というところに所属しているんですが、劇作家協会も女性劇作家というと、一番上に永井愛さんと渡辺えりさんがいて、間が誰もいなくて、もう私と瀬戸山美咲さんになるんですね。だから女性劇作家が第一線で仕事をし続けるというのがすごく難しい社会だったし、私自身も旗揚げの時に、「あなたの私生活を切り売りしてくださいよ」と言われていますから。それって裏を返せば、切り売りできる私生活がなくなれば、あなたに価値はなくなりますよってことですよね。おそらく男性劇作家はそういうことは言われないでしょう。女性劇作家に対してバイアスがかかる。今はまだ、そこさえ払拭できていないのか、という現状です。今回の『幸福論』というのも、もともと題材の能の『隅田川』が「いなくなった子供を母親が探す」という物語で、それを現代に置き換えて筋をつくって書いているんですけど。現代に置き換える中で、子供を亡くした女性や、不妊治療をしている女性、未成年の女の子が誰にも言えずに出産してしまった物語にした。そうしたものを女性劇作家が書くだけで、「フェミニズム演劇」とカテゴライズされる恐れもある。例えば、劇中に「女性が一人で出産してその赤ちゃんが死産だったら罪になる。でも男性の責任は誰も問わない」というような台詞を入れているんですよ。でもそれは、別にフェミニズム云々で入れているわけではなくて、ただの普通の当たり前の言葉として入れている。「私が考えている普通のことを書いているだけなのに、それがまだ等身大の言葉としてまで受け取れないところにあるのか」というのが、現実としてあります。だから私がやることは、何も振りかざすことなく、ただ私が感じている皮膚感覚を普通に書くということなんじゃないかと思います。すごくシンプルに、地に足をつけた劇作を続けていく。ことさらに何かイデオロギーを振りかざすとか誰かを啓蒙しようとか、そういう手つきで書いてしまうと、その目的だけが受け取られてしまって、リアルが伝えられない。

西堂　永井愛さんとか渡辺えりさんの後の世代からガクッと離れた？　二十歳ぐらい違うんですかね？

長田　そうですね。

西堂　その間は詩森ろばさんくらいしかいない。

長田　今第一線で活動されている方は……少ないですね。

西堂　だからやっぱり上の世代って結構、フェミニズムとして戦ってたんですね。如月小春さんなんかも含めて。そういう世代の闘いが終わった後にポストフェミニズムのような形で、長田さんなんかが「もう少し社会性一般として考えていいんだ」と主張し始めた。それは長田さん世代の人たち、男性作家も含めて、わりと共通の認識なんじゃないかな。

長田　そう思います。

西堂　瀬戸山美咲さんとか野木萌葱さんとか……。

長田　そう、みんな同い年なんですよ。

西堂　意外にも、古川健さんだとかシライケイタさんも結構似たような問題意識を持っているんじゃないかな。

長田　女性劇作家たちが、上の世代の男性劇作家が書いている、「男性に都合のいい女性登場人物たち」が嫌だって言い始めたんですよ（笑）。例えば、お互い観に行って、先輩から「どうだった？」とか聞かれると、「嫌でした」と言うようになってきた。最近は女優たちも反発するようになってきて、そういう登場人物自体が減っていっている。もう、そういうものを書くのはやめようよ、という流れはありますね。

西堂　昔だと男性作家が理想像として女神を描くというのが、ある時代にすごく流行するわけです。劇の最後のセリフは女性が言うんですよ。「明日は革命の当日です」とかカッコよく喋って終わる。そういう時代が六〇年代、七〇年代にあった時、寺山修司さんの劇団にいた岸田理生さんは「寺山さんとは違う女性像を書きたい」ということを意識して自分で劇団をつくって独立した。その流れから、女性の劇作家が主宰者になって自分で演出もして俳優も自分で演じさせていくというところで、すごく大きな演劇の革命みたいなのが起こってきたんじゃないかな。その流れの中に、長田さんは比較的自由に始められた？ある意味で地ならししてくれていたというか……。

長田　そうですね（笑）。いい時に来たんだと思います。

西堂　渡辺えりさんなんて怖いですからね、僕なんか（笑）。

長田　いやいや本当に……身を呈して守ってくださるというか。やっぱり、本当に女性劇作家の数が少ないんですよ。だからもう少し女性劇作家を増やさないと。今、観客は女性のほうが多いのに……。

西堂　圧倒的にこれを見てもわかるようにね（会場全体を見回して）。

長田　なのに今、商業演劇でも何でも、女性劇作家が書くものを目にする機会というのがまだ多くないんですよね。それでまず「絶対数増やさなきゃ」とは誰もが思っています。

西堂　ただ周りから攻めていくとなると、スタッフは女性がすごく増えていますね。

長田　そうなんです。

西堂　それと美術家。女性の舞台美術家はすごく増えているし、昔は男性の仕事だと思った舞台監督も女性がすごく進出していて。たぶんこれから二十年ぐらいたつと、完全に逆転すると思いますけどね。

長田　やっぱり今、昔より「舞台は総合芸術だ」って考え方が強いんだと思うんですよ。前は主宰一人のワンマンの力で、「不完全でもそのワンマンが観られれば幸せ」と感じる人がいたんですけど、今はお客さんが払うチケット代も結構高額になってきていますし、観劇機会がそこまで多くなくなってきている。あと、一回観に行ってちゃんと満足を味わいたいって方もすごく多くて。プロデューサーも「失敗したくない」というのが強くなってきている（笑）。そうするとスタッフでも、バランサーが求められるようになってきている。そこに女性スタッフがうまくハマっているなというのは見ていて思います。プロデューサーも今、女性がすごく増えています。プロデューサーの女性の場合は反対で、男性よりも肝が据わっていま す。

西堂　（笑）

長田　女性プロデューサーは、例えば稽古場ピアニストだった方が叩き上げでプロデューサーにまでなったとか、そういう人たちがいらっしゃって。現場でも「この選択は作品をよくするためです」という風にバシッと言ってくれたりとか。

西堂　今の芸術学科でも女性が圧倒的に多くて、これから「そういう現場に立ちたい、そういう仕事に関わりたい」という学生もすごく増えてくると思うんですけど。ただ、いろいろな仕事がありますね、演劇に関して言うと。だから、「劇作家になりたい、演出家になりたい」というのも多くなってきたし、昔だったら「演劇をやりたい」って言うとほとんど女優だったけど、スタッフ志望とか「照明やりたい」とか、非常に多様性ができてきたんじゃないかな。

長田　本当にそうですね。

西堂　そういう意味で、この芸術学科、演劇身体表現コースが成立しているのは、そういう演劇の持っている多様性に見合った形で職業化が可能になってくるからだ、と。まあ長田さんは、最初に劇作家という職業を目指す、というすごく本質論的な話をしてくれたわけですけど。そういう意味で言えば、今、柔軟にいろいろな形で演劇に関われる学生が出てきて、これはやっぱり随分進化したんじゃないかな。

長田　本当にそう思いますし、あと「間口が広くなったな」というのがあります。昔はどこかの劇団に所属したり、しごかれながらやっていかないと、この世界に残れないみたいな感じだったけれど、今は2・5次元舞台とか、演劇のフィールドが本当に広くなっている。2・5次元の隣には、例えばアニメとかラジオドラマとかテレビドラマの世界がもうほとんど境界線なく広がっていますから。だから演劇というのも裾野が限りなく広がっているなと今は感じています。

未来の演劇を担う若者たちへ

西堂　今日は長田さん自身の経験をいろいろ語っていただいたわけですけれども、あっという間に一時間半がたってしまいました。最後に、これからの学生や若い世代が何を目指していったらいいのか、などアドバイスというか……。「私を見本にするな」というアドバイスでもいいんですけど（笑）。

長田　私から一つだけ。もし何か好きなことがあったら、その好きなことがいかに人からバカにされようとも、好きで続けてもらいたいと思います。で、その「好き」も、眺めているだけの「好き」じゃなくて、できるだけ解像度を上げていく。ものすごく解像度の高いところの「好き」まで到達していくと、その周辺に次の「好き」が見つかったりするので……。よく学生の頃って「浅く広くいろいろなことをやれ」と言われるじゃないですか。でも私は、「何か一つ手のひらの中に残る実感」というのがあると、その実感をもとに次のことができる感じがしていて、何か一個でもいいから好きなことがあったら、その「好き」を他の人よりも解像度高くちゃんと「好きだ」と言えるようになってほしい。アニメでも何でもいいから、好きなものをちゃんと「何がどうなって好きなのか」というのを突き詰めておく、それがその人だけの個性になる、なんていうふうには感じます。

西堂　ありがとうございます。芸術学科に来る学生って、高校時代で好きなことをやっていた人が多く、少し異端視される人が集まる場所なんですよ（笑）。そうして集まった変人同士、と言うと少し御幣がありますけど、一つの集団ができていく。お互いに知り合い、刺激しあうことができるというのが、芸術学科の学びとしては理想的かなと思います。そんなふうに長田さんの言葉を皆さんが受け止めてくれるとありがたいと思います。もっともっと語れることがあるかと思いますが、短い時間でしたけど、今日はこれで終わりにしたいと思います。

長田　ありがとうございました。

西堂　どうもありがとうございました。

一同　（拍手）

（2020・12・18）

第５章

中津留章仁
人間のドラマの方へ

中津留章仁（なかつる あきひと）
1973 年、大分県生まれ。劇作家・演出家。劇団「TRASHMASTERS」主宰。
1999 年、Last Creators Production（LCP）創設後、すべての演劇作品の脚本・演出を手がける。「空間詩人」名義での公演後、2000 年に「TRASHMASTERS」を旗揚げし、コメディタッチで毒のある作品を中心に上演。2003 年に上演された第 7 回公演「TRASHMASTAURANT」が、ＣＸの深夜番組「演技者。」にてドラマ化された。
第 8 回公演以降は、脚本・演出に専念。ストレートプレイの枠組みの中で、より独創的で革新性あふれる舞台表現を求めて作風を一新。長い上演時間、床面まで変えてしまう場面転換、笑いの要素をいっさい排除する手法など、現行の演劇制作からはタブーとされる演出を行なう。
飽くなき探究心と日々の研究に裏打ちされた確かな舞台表現、社会問題をテーマとする骨太な物語の中で描き出される人間ドラマは、観る者の魂を強く揺さぶる。「演劇の未来」「演劇の可能性」を模索することに挑戦し続ける姿勢は、演劇関係者のみならず映画・テレビ関係者からも熱い支持を集めている。
2011 年に千田是也賞、紀伊國屋演劇賞・個人賞、読売演劇大賞・選考委員特別賞と優秀演出家賞を、2012 年に読売演劇大賞・優秀演出家賞を、2015 年にも同賞を受賞している。

［扉の写真］上：『黄色い叫び』より／下：『ガラクタ』より
（ともに撮影：ノザワトシアキ）

第１部　他と違う独自性

近代史的な演劇の土壌・九州

西堂　これから中津留章仁さんとのトークを始めたいと思います。中津留さんは九州の大分県生まれですが、九州には独特の演劇土壌があるんじゃないかと僕はかねがね思っているんです。なぜかと言うと、劇作家がものすごくたくさん出ている。九州出身の劇作家を数えたら三十人ぐらいすぐに思い浮かぶんです。東北も結構いろいろな人が出ていますが、九州ほど劇作家が出た土地はないんじゃないか。そういう演劇の土壌や風土みたいなものが（九州には）あるのかということを中津留さんに聞いてみたいと思いました。

中津留　そうですね。九州の演劇の土壌と言われましたが、（僕が九州にいた時は）新劇系の劇団が旅公演でよく来ていたので、そういうチラシを子供の頃から見ていました。ですから、民藝さんや俳優座さんといった劇団は知っていました。あとは、風の子九州さんという劇団が、中学校や高校によく公演に来ていました。（今大学生である）皆さんの世代のことはわかりませんが、僕らの世代は中高で毎年一回は必ず演劇鑑賞をしていましたね。小学校の時からしていたかな？

西堂　学校関係を通じて演劇が身近にあったということですか？

中津留　そうですね。ただ、面白かったかどうかはここではあまり語りませんけれども（笑）。もしそれがいい経験だったら、演劇にもっとうまくはまったんでしょうけれども。それほど面白いと思った記憶はないですね（笑）。

西堂　九州から劇作家が何十人も出ているけれど、ほとんど（の人が）東京に出てきているんですね。地元でやっていく人が本当に少ない。これはどうしてなのか。それから明治以降、九州という土地柄には日本の近代史がすごく濃厚に影を落としていたんじゃないか。

中津留　それは例えばどういうことでしょう？

西堂　西南戦争とか神風連の乱とか、薩長の問題もあります。

中津留　そういうもの（出来事）はあったでしょうね。

西堂　そういう近代史を扱っている作品が九州から数多く出てきた。例えば宮本研さんや木下順二さんといった近代の作家たちはそういう題材を好んで書いていた。中津留さんにもそういうものが結構流れ込んできているんじゃないか、と。だから九州では近代史が一望できたり凝縮されて見えていたりしたんじゃないかと思って。

中津留　うーん……。たぶん各県それぞれ微妙に色が違ったと思うんです。（九州と演劇の関係として）まず学校の先生で演劇に興味を持っている人が必ず一人ぐらいはいらっしゃいましたね。だから僕らは演劇に興味を持った。あと、大分は日教組がすごく強いんですよ。組合への加入率が今でも八十七パーセントくらいですごく高いんです。僕がいた頃はもっと高かったんじゃないかな。旧社会党（日本社会党。一九九六年に社会民主党と改称）の村山富市首相を輩出しています。学校教育の中に歴史教育を意欲的に取り入れていたことが、僕の作風にもやっぱり色濃く出ていますね。

西堂　なるほど。『堕ち潮』（二〇二一年）にも、日教組の問題が投影されていましたね。教育と演劇がリンクすると同時に、観る環境もあった……。

中津留　そうですね。アマチュアの市民劇団も結構たくさんあるんですよ。（そこから）東京に出て行く人は、たぶん本気で演劇を職業にしようとしているので、九州出身の俳優も多いんじゃないですか。何か表現したい、社会に対して何か言いたいという欲求のある人が、もしかしたら九州は多いかもしれませんね。

西堂　あと、大衆演劇の小屋がかつてものすごくたくさんありましたね。これも炭鉱があったからで……。
中津留　そうです。北九州のあたりですかね。
西堂　つかこうへいも福岡出身ですが、嘉穂で生まれているから大分に近いです。だから九州は土地柄的に見ても芸能というよりは近代的な演劇が勃興してきたような感じがするんです。
中津留　ああ、なるほど。なぜなんでしょうかね。

偏屈だった少年が文化祭で演出を

西堂　九州という演劇土壌にいらっしゃった中津留さんが演劇に取り組まれたきっかけは、子供の頃や中学、高校時代にあったのですか？
中津留　子供の頃はとても偏屈な少年だったと母親がよく言っております（笑）。どんなふうに偏屈だったかと言うと、先生を困らせるような質問をするとか、あんまり記憶にないんですけど、幼稚園児の時に（幼稚園から）勝手に帰るとか、みんなでライオンのお遊戯をしましょうと言われても踊らないとか（笑）。「みんなと一緒のことをやる意味がわからない」みたいなことを言っていたのが僕でした（笑）。
西堂　その頃から体は大きかったのですか？
中津留　いやー、どうですかね。そんなに大きくはなかったと思いますが。
西堂　ガキ大将タイプとかそういうのでは……。
中津留　いや、全然違いますね。むしろ全然喋らなかったですね。無口でした。小学校低学年ぐらいから野球部に入るんです。それでようやく友達もでき始めた。
西堂　あ、そう。中学や高校では演劇をやられていたんですか？
中津留　最初の演劇体験は、中学の文化祭ですかね。ありがちですけど、クラスで演劇をやりました。顧問の先生が「このホン（台本）をやれ」と言ったものをやったんです。その時たまたま僕は学級委員か何かだったんですよ。それで演出をやらないといけなくなって。
西堂　その頃はもう偏屈から丸くなっていた？
中津留　社交的になっていたんです。野球部がきっかけで友達ができたから。

大学のサークルで演劇活動本格化

西堂　そうして演劇らしきものに徐々に出会い、本格的に演劇をやろうと思ったのはいつなんですか？
中津留　大学に入る時ですかね。僕は高校の時も一応演劇部だったんですよ。
西堂　あ、そうなんだ（笑）。
中津留　そうなんです。高校も演劇部だったんですけれど、あんまり本格的にはやっていなかった。部室に過去の優秀作みたいな本があるんですよ。別役実さんの本とか読んでにやにやしているような感じで（笑）。まだ演劇活動にはそんなに本腰を入れていなかったですね。『堕ち潮』でも書きましたけど、僕の家は建設業界一家なんです。あの芝居の通り、父親は建設機械をリース・販売する会社に勤め、祖母の弟は土木の会社をやっていて、叔父さんは建築士なんです。だから僕も建築家になろうと思って、大学は建築学科にしたんです。建築意匠、つまりデザインの方です。実は俳優をやりたいなという思いもちょっとあったんです。だけど、俳優をやると言っても大変な世界じゃないですか。だから大学生でいる間はやるけれど卒業したらどうせやめるのかなあと思っていました。
西堂　サークルは演劇部ですか？
中津留　そう。（籍を置いていた）大学は違いますが、専修大学の演劇サークルに入っていたんです。そこの先輩が唐組の亡くなられた辻孝彦先輩でね。それで唐組を何度か観に行きましたね。当時の大学の演劇サークルは、やっぱり唐組や寺山修司といったアングラの意識が非常に高かったですね。
西堂　それはだいたい九〇年代前半ぐらいですか？

中津留　九二、三年ぐらいじゃないですかね。だから（当時演劇に興味のある）大学生はみんな唐組だとか寺山だとか言っていましたね。

西堂　演劇サークルではどういう活動をされていたんですか？

中津留　まず俳優として全員芝居に出るんです。それからやっぱりテントを建てるんですよ。アングラへの憧れなのか（笑）。年に一回劇場でも（作品を）上演するんですが、ほとんどの公演はテントでやるんです。年に三回か四回やったかな。

西堂　専修大学の演劇サークルというのは生田（校舎）のほうでやっていたんですか？

中津留　そうです、そうです。あそこの野外音楽堂みたいなところにテントを建てるんです。だからテントの建て方をだいぶ学びましたね。

西堂　どんな作品をやっていたんですか？　オリジナル？

中津留　僕が入った時には、燐光群の坂手洋二さんの『トーキョー裁判』とかやっていました。あと、先輩が書いたオリジナルの作品をよくやっていた記憶があります。

養成所の仲間との劇団立ち上げ

西堂　専修大学の演劇サークルを卒業する時には、劇団をつくろうという動きはなかったんですか？

中津留　なかったですね。俳優の勉強をするために養成所に行こうと思って。養成所の仲間と劇団をつくることになります。

西堂　どこの養成所に入ったんですか？

中津留　当時、トム・プロジェクトという演劇制作会社が何年間か養成所を運営していたんです。皆さんが知っている人ではムロツヨシがいましたね。全部で二クラスぐらいあって一クラスが約二十人だったと思います。

西堂　劇団チョコレートケーキの日澤雄介さんや古川健も（トム・プロジェクトの養成所に）いたんですか？
中津留　彼らは（今は）トムに所属しているけれど、養成所にはいませんでした。
西堂　ああ、そう。（トム・プロジェクトの代表取締役の）岡田潔さんは今プロデューサーとして辣腕ぶりを発揮していますけど。
中津留　あの人も九州の福岡出身ですからね。
西堂　そう福岡（出身）。西鉄ライオンズ（現・埼玉西武ライオンズ）が好きで……。
中津留　そうです、そうです。僕が二〇〇五年に書いた、九州が独立国家を築く話（『TRASHMASTERSIZM』）を（岡田さんが）ご覧になって、「うち（のトム・プロジェクト）で本公演を書いてみないか」とおっしゃってくださった。
話を戻すと、一九九九年くらいに養成所がいったん終わりになって二〇〇〇年に僕らが劇団を立ち上げたんです。
西堂　それがTRASHMASTERS？
中津留　そうです。
西堂　その時のメンバーは今でも（一緒に）活動しているんですか？
中津留　この間ひわだこういち君が約九年ぶりに『堕ち潮』という作品に出ましたね。その養成所出身でまだ俳優をやっている人も何人かいます。
西堂　劇団をつくる時には、（中津留さんは）もう作・演出をされていたんですか？
中津留　もともと座長がいらっしゃったんですよ。僕より二つか三つくらい年上のその人がメンバーを集めたんです。「自分を主役にした脚本を書け！」みたいな人でした（笑）。僕のほうが年が下ですし、後輩なので、「わかりました」って言って（笑）。それで「脚本を書いたなら演出も当然お前がやるよな？」みたいな感じで。だから、座長主演の脚本を書くためにキャストを集めていたんですよ。そうしたら、その座長が他の劇団の主役オーディションを受けて合格しちゃったんです。それで「そっち（の公演）に出るから旗揚げ公演に出られなくなった」と言って（笑）。なので知り合いの俳優さんを呼んで、しばらく稽古していたんですよ。そうしたら本番が何日後かに迫ってきた時に、座長が「あっちはつまんないから降りた！今から旗揚げ公演に出して！」と言ってきました。座長はそういう困った人だったんですよね。でも、本番の一週間前でもう通し稽古をやっているから、「座長、それは無理だよ」と。結局、客入れ中に歌を歌うという出番をつくりお茶を濁して、座長の機嫌を損ねないようにしました（笑）。当時は俳優の機嫌を損ねずに滞りなく終わらせることの方が重要で、作品について真剣に考えるなんていう贅沢な時間はとれなかったです（笑）。

西堂　じゃあもうすったもんだの旗揚げ公演だったんですね。

中津留　そうです（笑）。コメディを書けって言われて……。

西堂　上演するだけで精一杯。旗揚げ公演の劇場はどこだったんですか？

中津留　タイニイ・アリス（新宿にあった小劇場）でした。たまたまタイニイ・アリスで僕の知り合いが働いていて声が掛かったんです。

西堂　新宿三丁目のほうですか？

中津留　いえ、新しくなったほうでした（現スターフィールド・シアター）。その後、座長は二回目の公演に出て（劇団を）辞めることになるんです。「もうお前らとはやってられねえ」と言って。それで、脚本を書いていた僕が繰り上げ主宰者となりました。そこから自分の好きなことを書くようになりました。「座長がいなくなったから、コメディだけじゃなくて、自分がやってみたい作品をやらせてもらえないか」というふうに仲間に了承を得ました。社会的な問題について扱うような、そういう人間ドラマをつくるようになっていくわけですね。そういうのをやりたかったんです。

西堂　役者をやりたかった人がある時から作家になるのは結構大きなジャンプじゃないですか？
中津留　本当は役者をやりたかったんですよ。
西堂　じゃあ書く人がいないから、作者をやられたということですか？
中津留　必然に駆られてやりました。書いたら演出もやってくれと言われて。
西堂　その頃は役者として舞台に出られていたんですか？
中津留　ちょっとだけ出ていたんですけど、他の俳優さんからすると邪魔でしかないみたいで、「もう出るのをやめてくれ」とずっと言われ続けて……。でも、自分は役者をやりたいじゃないですか。だから二年ぐらいかけてだんだんと自分の出番を減らしていったんです。二〇〇三年くらいまでは出演していたんですけど、二〇〇四年頃には出演しなくなりましたね。
西堂　役者としての自分の素質というか才能はどのように評価していたんですか？
中津留　うーん……。あんまりなかったかもしれませんね。
西堂　でもこれだけ存在感があるから、演出家としては自分自身を使いたいでしょう？
中津留　そうは思わないですね。自分が出ると、完全に他の劇団員の邪魔になっちゃうから、これは良くないと思ってやめました。

社会問題を描く劇作スタイルの確立

西堂　演出家として劇団を率いていくという時に、演技のメソッドとか集団としての（演技の）スタイルなどを考えられていましたか？
中津留　考えましたね。浅はかながら。
西堂　どういう感じだったんですか？　例えば、その時に目指していた劇団とかモデルにしていた劇団はありますか？

中津留　あんまりなかったです。まあ基本的にはリアリズム演劇をやるということだったんです。

西堂　じゃあ新劇をモデルにしているとか？

中津留　そうですね。僕が作家をやらなきゃいけなくなってから、ようやくホン（戯曲）を読むようになりました。例えば、名前は知っているけど読んだことのない宮本研とか、三好十郎とか。劇団をつくってからそういう人たちの本を読むようになるんです。まあ井上ひさしさんはもとから好きだったんですけど。戯曲を書くスキルを上げるにはどうしたらいいのかと考えました。師匠がいないので。戯曲を読んで学ぶうえで参考になったのは、大学で近代建築、建築史をやっていたことです。過去の偉人たちの発明みたいなものを勉強していくわけですよ。現代の建築というのは状況や土地の条件とかを見て造っていくわけですけど、（その前提として）過去の偉人たちが発明してきたものを一通り学んだ。こうやって芸術を勉強するんだと思って。一応、理工学部の建築学科だったんです。でも、僕は「芸術」をやっていると思っていました。意匠デザインだったから。答えはもちろんないわけだけど、（デザインの方向性は）建築家が決めていいわけじゃないですか。自分が「コンセプトはこうだ」と決めたら、もうそれでチームが走っていく。これは、劇団も一緒ですね。私が「こうだ」となったら、それに向かって劇団が走っていく。それが百パーセント正しいかどうかということではなくて。でも、目標が必要なんです。ですから、拙いかもしれないけど、「リアリズム演劇を目指す」という最初の目標に向かっていく。何があるかわからないけど、旗を掲げてそこに向かっていくというようなことをやっていました。

西堂　リアリズム建築というのはあるんですか?。

中津留　「リアリズム建築」という言葉はないですけど、そういうものは基本的には「近代建築」と言われていますね。ル・コルビュジエ、ミース・ファン・デル・ローエ、フランク・ロイド・ライトの三人が近代建築の三巨匠と呼ばれています。その人たちが何をしてきたかということですよね。日本で一番すごいと言われていたのは丹下健三さんでした。丹下さんがどんな建築を造ってきたかというのを洗っていけば、日本のトレンドがだいたいわかるんじゃないかな。

西堂　そうすると、（中津留さんは、）当時（二〇〇〇年ぐらいに）流行っていた演劇の影響を受けていたというよりは、もっと根っこのほうから演劇の歴史をさらい、建築の歴史を重ねながら劇作を始めていったということですか？

中津留　そうですね。大学生の頃はスズカツ（鈴木勝秀）さんとかにんじんボーンとかをよく観ていました。野田秀樹さんは当時からスターだったんですけど、野田さんたちの次の世代の三谷幸喜さんやスズカツさんらと被っちゃいけない。絶対に（彼らと）同じことをしてはいけないということを自分のルールにしていました。そうでないものをつくらないといけないという思いが漠然とありました。

西堂　さきほど言及された作品の中に、九州の独立問題がありましたね。それは一種のナショナリズムみたいなものを扱っていたのですか？

中津留　そういうわけではないんですけど。

西堂　でも、壮大な構想のものを書くほうにシフトしていった？

中津留　そうですね。荒唐無稽でもいいので大きな話を書きたい時期がありましたね。最初の数年間はコメディを書いて、それから人間の暗部を照らすような作品や、社会との関わり方をテーマにしたような作品を書くように変わっていきました。そこから壮大なところにいくんですね。例えば、水が世界的に枯渇して、大量にある日本の水資源を他国から狙われるみたいな作品を書きました。自分たちの実家のほうの水資源を海外の企業が山ごと買うという状況が実際にあったので、外資が入ってきて水資源が奪われていくのかということを二〇〇〇年代の後半ぐらいに思ったんです。だから最終的に水をめぐって戦争が起きるみたいな話を書いたんです。中東のほうではなくて、ある地域で水が枯渇している。それで水を求めて民族が動いて国境を越えるかどうかという瀬戸際にある。水を取り仕切る人たちが本当は悪いんだけど、水を送って戦争を止めるかどうか、というような話です。荒唐無稽ですけど、人間の本質に迫るようなドラマを考えていた時期ですね。
西堂　だいたい二〇〇〇年代、ゼロ年代と呼ばれる時期ですね。
中津留　はい、そうです。
西堂　その頃は日常のトリビアリズムみたいな作品がトレンドでしたね。
中津留　そうですね。平田オリザさんとか、その子供たちが席巻していました。
西堂　そんな時代の中で壮大なものをやるというのは賭けみたいなものでしたか？
中津留　いや、西堂さん！違うんですよ！とにかく他の人と一緒になりたくないんです！違うことをやるということが使命だと思っているので、同じようなカンパニーは二ついらないじゃないですか。だから違うことをやるということが僕の中の基本なんです。他の劇団と似たようなことをやりたくないという思いで、壮大なものをやることにしたんです。
西堂　じゃあ、日常のトリビアリズム的なものにシンパシーを感じながらも、違うものをやろうとしていたんですか？そういうものをあんまり面白いと思っていなかったんじゃないの？
中津留　いやいや、面白かったんですけど……。
西堂　ああそう。
中津留　二〇〇三年にはトリビアリズム的な作品も面白いんじゃないかと思って、僕もちょっと（そういう作品を）書いたんですよ。でも、他方で、当時、本谷有希子さんらと同じように、松尾スズキさんに憧れていたんですよ。本谷さんは僕らと同世代ですけど。やっぱりみんな松尾さんに憧れて、人間の暗部を描くような作品をつくりたがる。でもみんなが松尾さんたちのほうを向いちゃうと、子供たちがみんな似たような作品になっちゃう。だからここには行っちゃいけないなと思いました。他方を見ると、平田オリザさんのように、自分が知っていることだけを知っている範囲で書くというスタイル。あれは平田さんが発明したんだと思うんだけども、そこにも子供たちがいっぱいいて、ここにも行っちゃいけないと思った。そうしたらもう大きい話にするしかないと思って。
西堂　それが、僕がさっき言った、九州の劇作家たちの歴史劇と案外繋がっているんじゃないかということなんです。三好十郎や宮本研は、戦前・戦後の六〇年代ぐらいだったから、歴史的に言うと、一昔も二昔も前ですね。そういうものが意外と栄養になったんじゃないですか。
中津留　そうですね。栄養になったと言うほどすごく深くインスパイアされていたわけではないんですけど。
西堂　そちらに近づいていったという感じですか？
中津留　そうですね。当時、あまり社会問題を扱っている劇団がいなかった。燐光群さんは社会問題を扱っていますが、ずっと上の世代じゃないですか。三谷さんより少し前ぐらいですよね。（坂手さんと三谷さんは）同い年だけど、先に出たのは坂手さんのほうかな。
西堂　坂手さんのほうが早いですね。八〇年代の前半から開始しています。
中津留　あの人、早熟でしたよね。（僕は）坂手さんから「今、社会問題を扱う人は増えたけど、それを流行らせたのは君でしょ」みたいなことを言われて、「ああ、そうなのか」と思いました。他の人は、僕らみたいな（社会問題を扱う）演劇をやる人が増えたな、という認識なんでしょうね。

3・11と同世代の「社会派」劇作家

西堂　そのきっかけになったのが3・11。僕もそれまでは中津留さんのことを存じ上げなかったんですけど。3・11以降にこれまでのトリビアルなことやっていても仕方ない、というような風潮の中で、いわゆる「社会派」と言われる演劇が一斉に出てきた気がするんです。その先頭を走っていたのが中津留さんだと思います。そういう意味では、坂手さんが言うように「君が（社会問題を扱う演劇を）流行らせた」のかもしれないですね。

中津留　たしかに、似たようなものが出てくるんですよね。そういう傾向はあると思います。
西堂　ある意味で時代錯誤だったものが、時代の先頭に出ちゃったみたいな感じ（笑）。
中津留　昔からこういう（社会問題を描く劇作）スタイルはあったけど、最近なかったじゃないですか。ファッションだって回転しますよね。七〇年代から八〇年代、九〇年代、ゼロ年代と回転していく。つまり、ある天才が余っ程新しいことをやらない限り、過去の何かを拾ってモチーフにする。僕はヒップホップとか好きな世代なんですよ。ヒップホップだって、昔のルーツ、例えばブレイクビーツから拾っていくわけでしょう。彼らは、自分たちが聞いてきた、ソウルやパンク、ジャズといった音楽からグルーヴを見つけ出して音楽をつくっていく。
話は戻るんですけど、（これが演劇でいうと、）自分の劇作のスキルを上げるためには、過去の戯曲を読んで拾い上げていくしかないということなんです。そこから、今の時代にフィットするものは何だろうと考える。僕にとってはそれが「社会問題」なんです。もともと、「社会とどう関わっていくか」ということが（僕の）テーマだったので、宮本研のような社会問題を描く演劇に自然と傾倒していったのかなとは思いますね。
西堂　この3・11後に、シライケイタや、（劇団）チョコレートケーキ、女性作家の瀬戸山美咲さんなどの劇作家たちが世代的に浮上してきて、一種のムーブメントになっている。そういう一つの流れの中で、他の劇作家をどのように見てますか？ 仲間意識みたいなものはあるんですか？
中津留　みんなそれぞれの才能があると思います。一緒くたにされがちですけど、僕らの中では違いをリスペクトしなきゃいけないなと思っているんです。僕やシライケイタ、瀬戸山美咲、チョコレートケーキの古川君とかは、外から見たら似たような人たちかもしれない。そのへんの世代は「あのへんの一派の人たちね」ってなるかもしれないですけど。別にみんなで話したことがあるわけではないですけど、僕らの中では違いをリスペクトする。長田育恵さんは評伝ものをやるじゃないですか。僕は評伝ものは書かない。

美咲はちょっと独特な感じがありますよね。彼女は書ける時と書けない時の差がありますから打率の問題ですよね。でも、そういうところも含めて好きな作家です。ケイタはもっとマッチョですよね。漢《おとこ》という感じです。古川君は、着眼点はいいんだけど、僕のほうが創作するものが多いと思う。彼のほうが史実を大切にする傾向にある。僕はそこまで史実にこだわりすぎないほうが良いと思っているタイプなので、虚構やフィクション性を大事にしている。そういうふうに（彼らを）見ていますね。

西堂　みんな歴史を扱うことが好きだということで共通していますね。それから、中津留さん以外は、みんな東京生まれなんですよ。彼らは東京の文化圏の中から出てきている。（だから九州出身の）中津留さんには独特なところがあるんだと思う。

生まれた土地を土台に描く

西堂　今年の『堕ち潮』という作品、とても良かったと思います。

中津留　ありがとうございます。

西堂　自分の家を素材にしていますね。大学へ行って演劇をやる、中津留さん自身と思しき青年も出てくる。一九七〇年代の九州の風景がすごく色濃く見えてきた。このディテールは、その土地を知ってないと書けないと思いました。想像上のフィクションでは書けない領域。そういう意味では、素材を非常にうまく活かしている作品じゃないかな。自分のことを素材にしているのは、この作品だけですか？

中津留　そうですね。普通、劇作家はまず自分の人生にあったことから書くじゃないですか。本当は、作家人生の早い段階でそれを書かなきゃいけなかったんですけど。さっき言ったように、座長からコメディを書け、と言われて「はい、はい」と書いてきた人生だったので、（自分のことを書く）きっかけを失っていたんですね。でもどこかでやらなきゃいけない。伝えたいものがあるから、どこかで作品にしたいなとは十年くらい前から思っていたんですよ。「劇団創設二十年目にこの題材をやりましょう」と劇団員に約束しちゃったんでやりました。

西堂　多くの作家が「私」から出発すると思うんですけど、自分の生まれたところを土台にすることは意外と少ないと思うんですけど。

中津留　（僕が）初めてトム・プロジェクトのために書き下ろした二〇〇七年の『とんでもない女』はご覧になりましたか？　これが（自分の生まれたところを土台にした）最初の作品ですね。僕の地元である大分の言葉を何回も使っているんです。九州にはいわゆる被差別部落に認定されている地域と、されていない地域がある。認定されないと、「うちの市には被差別部落はありません」ということになり、そういうふうに教育が進む。被差別部落があると認定されている市では、あるものとして教えられ、同和教育も進んでいく。しかし、みんなが差別的な目で見ていた地域でも、認定されなかった地域があるんです。それはだんだん年を経るごとに、被差別部落だということが薄れていく。子供たちに教育されないから。子供たちは知らないけど、おじいちゃんだけが覚えている。ちょうど僕の地元に、中学生くらいの時点で結婚する相手を決める地域が山奥と海辺に二ヵ所だけあった。これは何なんだと思って、親に聞いたけど答えてくれない。大人になってから、「昔は差別的な地域ではあったのよ」ということを聞いて、なるほどなと思った。差別されていて、（将来）結婚できないかもしれないから早い段階で結婚相手を決めちゃうみたいな。（実際には）結婚しなくてもいいけど、そういう風習があった。『とんでもない女』は、このことを題材にして書いた作品なんです。そういう意味では生活に密着していたというか……。

西堂　素材となるような背景が九州だと山ほどある。少し違うかもしれないけど、桟敷童子の東憲司さんも、つねに福岡の背景を背負っていますね。とくに言葉については、擬音語を使ったり方言を使ったりする。そういう言語の問題にも（生まれたところの）影響がかなり出てくるんじゃないかと思います。中津留さんは、台詞の言葉についてどう考えますか？　方言（の影響）とか……。

中津留　方言は多く書いているほうだと思います。『とんでもない女』では大分の言葉を使っていますし、

『堕ち潮』もそうです。九州が独立国家を築く『TRASHMASTERSIZM』も後半のあるシーンだけは大分弁になっていますね。それから『埋没』という作品では土佐弁を、トムで書いた『明日がある、かな』でも栃木のほうの言葉を使っています。（方言を使った作品は）まだありますよ。

西堂　僕が聞きたかったのは、方言を使った作品じゃなくて、自分の台詞の言語性みたいなことです。言葉というものは自分の身体性と繫がるじゃないですか。自分の言葉の土台というものを考えると、自分の身体性を表わすのに一番ふさわしい言語とは自分が生まれ育った地元の言葉じゃないかということです。それは東京の作家には欠けていることなんです。

中津留　僕たちは、ある意味バイリンガルですから（笑）、言葉の扱い方を二つ知っているんです。例えば、皆さんとこういうふうに話す場や議論する場では標準語のほうが有効ですよね。だけど、例えば田舎の人たちと話すときには、方言のほうがいいんですよ。方言のほうがニュアンスが多いんです。説明するのが難しい部分をイントネーションや間合い、独特なノリによって、同じ言葉でもこういう言い方の時はこんなニュアンスだなって受け取れるんです。人間ってそういう能力を持っている。だからそういう繊細なものを感じ取らなきゃいけないわけです。あとは、田舎だから人に言えないような話や秘密も多い。そうすると、人に対していろんなことを追及することもないわけです。だけど東京に来ると、そういう問題点とかを話し合うときに追及していかなきゃいけない。そこが、（田舎と都会では）違うというか。地元に戻って市議会議員とかをやっていない限り、田舎では何か問題を追及するという機会がないんですよ。だからどちらかと言うと方言は、柔らかく温厚に接することに長けた言語です。

西堂　共同体の違いですね。そこの中（地元）で住み続けなくちゃならないから、下手に対立をつくれない。そういう中での生き方が田舎の場合は問われてくるだろうと。

中津留　そうです、そうです。

西堂　そうなるとドラマの在り方も変わってきますね。

中津留　全然違うと思います。

西堂　そういう意味でいうと、中津留さんはこれから自分の生まれ故郷を素材にしながら書いていかれるのかな？

中津留　前回公演の『ガラクタ』も、方言は使わなかったんですけど、田舎をモデルにした話でした。田舎の話を書く時に、人間の在り方として間違った人間が出てくるわけです。これもいろいろ賛否が分かれるんですけど。作劇をする上で「間違ったものはいらない。夢を見たいんだ」と言う批評家もいる（笑）。人間が間違うといったら言いすぎだけど、事の善悪はおいておくとして、普通ではありえない選択がどうして起きるのかを追及しないといけないじゃないですか。演劇が人間を科学するものならね。これがさっき言った人間の暗部というか、人前ではあまり見せないもの、見たくないものです。田舎を描くということは、そういった人間の暗部を描くことになっちゃうんです。田舎は秘密にしていることが多い社会なんだと思う。開かれてない。

西堂　問題解決できないことのほうが普通ですね。ドラマだからクリアになるかというと、むしろならない。

中津留　そうですね。

西堂　解決にならないような結末が中津留さんの作品には多いですね。中津留さんのドラマの中には、つねに人間社会に対しての抵抗とか悪意が託されているのかな。

中津留　悪意というか、業ですね。人間の悪運の強さみたいなものはあるでしょうね。

西堂　『ガラクタ』でも、「悪い奴を懲らしめてほしい」という観客のカタルシスを求める選挙のシーンで、あえて（観客が支持する）候補者を落選させている。そこが中津留流だなと。

中津留　あれはリアルに、（モデルにした）寿都町の町長選で現職が勝っちゃったんであああいうふうにしたんですよ（笑）。

西堂　でも観客って例外を求めているよね。
中津留　そう。だから（選挙のシーンを）フィクションにするか、現実を突きつけるか、どっちもあったんですが……。僕は選挙のシーンを書く時に、（実際の選挙結果が出るまで）ちょっと待ってたんですよ。
西堂　なるほど。
中津留　僕は現職が負けたほうが良かったんですけど、現職が勝っちゃったから、ああいうふうにしたんです（笑）。もし現職が負けて反対派が勝った場合は、（登場人物の）ママが改心せずにそのまま（核ごみ処分場誘致派として）行く、ということを考えていたんです。ご覧になってない方にはわかりにくい話ですが。

とてつもない現実とフィクションの在り方

西堂　ドキュメント性を素材に劇を考えた時、事実がフィクションを超えてしまうことって往々にしてあるので、すごくスリリングに感じますね。
中津留　事実を書くほうが作家としては良いんですよ。やっぱり事実には根拠があるから。作家は重い責任を持って脚本を書いていますけど、「ここにエビデンス（根拠）がある」ということが、書く上で非常に大切になる。だけどフィクションをつくる者としてそこに甘んじてはいけないという思いもあるんです。さっきも言った通り、今、現実のほうがすごいことが起きてるじゃないですか。虚構（フィクション）をつくる僕たちが、その現実に負けてはいけなくて。「この時代にどんなフィクションが必要なのだろうか？」っていうことを考えていきますね。
西堂　とくに3・11以降、とてつもない現実が起こっちゃって、フィクションをやってもちょっとやそっとじゃ敵わない。
中津留　本当にそう思います。

西堂　それを劇作家はすごく突きつけられた気がする。

中津留　３・11後は活動を休んでいた人もいましたものね。しばらく戯曲を書けなくなったって人もいたし。

西堂　あの時、中津留さんはいち早く立ち上がって、二ヵ月後には新作を書いてましたね。

中津留　そうです、そうです。

西堂　その気迫はどこから出てきたんですか？

中津留　僕が俳優になるための勉強をしていた時にちょうど阪神・淡路大震災があったんです。その時、世の中で一番いらない職業は俳優だなと思った。自分の職業を本当に心から恥じたんです。「何でこんなくだらないことを目指してるんだ」と思いました（笑）。

西堂　ははは（笑）。

中津留　ところが、東日本大震災の時には「今こそ芸術家であるわれわれが立ち上がらないといけない」っていう考えに変わっていたんです。それは僕らの成長なんじゃないですかね。

西堂　一九九五年と二〇一一年の間には十六年のタイムラグがあって、中津留さんも二十代から三十代後半になった。一番人間が変わる時ですよね。演劇を引き受けていくという自覚がその十六年の間で目覚めたと同時に、ある意味で日本の演劇の歴史も集団的にそういった経験をしたんじゃないかな。阪神・淡路大震災の時には手が付かなくなったけど、二度目の時（東日本大震災）には、わりと皆が冷静に対応したというか。でも今、三度目（コロナ禍）が来てますね。

中津留　そうですね。

西堂　この三度目では、中津留さんは四十代後半なわけだけども。今回の対処はどうですか？

中津留　慣れたもんですね（笑）。何があっても動じてないです。

西堂　ほお、そうですか！

中津留　僕の視点が悟りの境地みたいになりすぎちゃうと、作品も観客を置いていっちゃうと思うんです。「良いこと言ってるけど、そうはなれないぞ」みたいな（笑）。でも人間って成長するから、僕個人が悟りを開いたとしても、作品をつくる時に考える「どんな世代のどんなターゲットに向けてこの作品をつくっていくのか、そこからどうしたいのか」っていう問題は、また別だと思うんですよ。

西堂　作家としては個人だけれども、共同作業している俳優や観客は集団で、他者ですからね。

中津留　今ではなく百年後に上演する戯曲を書けって言われたら、そういう（悟りを開いた視点の）作品を書けるじゃないですか。それはそれで楽しいのかもしれないけど、今上演することを前提として戯曲を書いているから、観客に何を伝えて何を考えてもらうか、そして何を持って帰ってもらうかってことを考えていく。そうすると、自ずと（舞台の）仕掛けが決まってきますね。

西堂　ちょうど一時間くらいたったので、ここで一回休憩を入れて第2部のほうに繋げたいと思います。前半の第1部は、中津留さんの演劇人生にかなり踏み込んだ話だったと思うので、後半は創作についてうかがいます。

第2部　現実と虚構のあいだ

震災の描き方

西堂　それではこれから第2部を始めたいと思います。第1部で出てきた二〇一一年の3・11東日本大震災から話を繋いでいきたいと思います。僕が中津留さんの芝居を観たのも二〇一一年以降でした。その頃から中津留章仁とTRASHMASTERSが発見され、話題になりました。

中津留　東日本大震災の3・11の一ヵ月後くらいに上演する予定があり、それまで書いていた戯曲を全部捨てて、震災の話にしたいんだということを制作者と話しました。俳優さんの事務所の意向などもあるので、すべての俳優さんに内容変更の話をして、すべてOKが出たのが一週間後くらいだったんですよ。そこから稽古を再開して、三週間くらいでつくった記憶があります。ただ、まず公演をやるかやらないかが問題になりました。あの時多くのカンパニーが公演を中止したんです。みんなが演劇をやめてしまうのはどうなのかっていう議論もありました。あとは（計画停電の最中で）電力を使うという意見もあったんです。照明がすごく電力を食うわけです。そういう問題もあるから、後半は灯体を一つも使わずに、一時間ロウソクと懐中電灯だけで芝居をつくるということをやってみたんです。そういうふうに、いろいろな演出に挑戦することになったのが『黄色い叫び』という作品ですね。これは四回再演してますかね。（使用しているのは）標準語なんですけど、とある田舎という設定で、舞台になっているのは青年団の事務所なんです。そこに台風が来ている。主人公は東京から田舎に出戻ってきた人という設定で、東北のほうに（震災の）ボランティア活動をしに行っている。そんなところから始まるんですが、田舎の中ではそういう自然災害に対する意識が低いわけです。そこでまた台風の被害に遭ってしまうというストーリーをつくりました。その中に、今考えても結構えげつない台詞がありまして。サーファーの役がいて、台風で高波がくるんですけど、彼らにとってはその波が逆にワクワクするんですね。地元のサーファーってみんな高い波に乗りたいんですよ。それで（サーファーの役に）「高い波に乗らねーやつはヘタレだ」という台詞を書いたんです。途中で出てくる青年団の中の消防士に、「俺らの仕事が増えるから海に出るな」って言われるんですけど、「もう波にのまれたヤツは助けなくていいよ」って言い返す台詞がある（笑）。「のまれるヤツらがダセーんだから」みたいな。そういうのを二〇一一年のタイミングで描いていて、何回も再演を繰り返すうちに薄れてきた。でも震災から十年目になる今年（二〇二一年）の再演では、初めて宮城の仙台に持っていきました。そうしたらやっぱり客席がすごくピリついて、「終わった後に観客からぶん殴られるんじゃないかな」と思いました（笑）。ちょっと予想はしていたんです。そういうふうになるかもしれないよって俳優には伝えていました。でもその場はやり切るしかないですから。終演後にお客さんに何を持って帰ってもらえるか、何を伝えられるかが重要だと。地元の人たちの凍りつき方を、俳優も演じながら感じていたようで相当ビビったみたいです。「ああ、すごい空気だな」っていう（笑）。十年たっても、やっぱり彼らの頭の中にはその瞬間のことが鮮明にあるわけだから。そうやって思い出せるのは演劇の良さでもあるんですね。

西堂　演劇がフィクションだからこそできるってことですね。ちょうど福島（原発事故）の時に谷賢一さんが『福島三部作』というのをつくっていますが、彼もこの作品を福島に持っていった時に同じようなことを感じたみたいです。実際に震災に遭った人が客として来る。そのときに震災の表現をどうするのか。トラウマがある客に対してどう向かい合ったらいいのか。通常の演劇でそういうことは考えないじゃないですか。それがこういう現実が押し寄せてきた時に問われてくる。同時に中津留さんとか谷さんっていう表現者の立ち位置とか倫理観も問われてきますね。

中津留　そうですね。倫理観というのはとても大切で、今さっき言ったサーファーの台詞なんていうのは本当に辛辣なわけですけど、そういうものがない演劇は結局つまらなくなってしまう気がするんですね。つまらなくなってしまうっていうのはつまり……。

西堂　綺麗事で終わっちゃう？

中津留　人間の多様性というか。東日本大震災の時、もちろん映像を見てわかるように、すごいことが起きているんだけど、九州の実家ではただ水がなくなっただけということになっていた（笑）。水とか食料の部分では影響があるけど、他はとくにないわけです。地域によって全然思いが違う。だって広島に行ったら、いまだに原爆のことについてはシビアですし。やっぱり地域性っていうのは、モノをつくるうえで、すごく大きいと思いますね。『黄色い叫び』は日記のようなつもりで書いたもので、そのときに私が感じた人間の思いというものをいろんな役に散りばめて書いてあるんですね。当時思っていたのは、五十年後にこれを読んだときにどうなのか、ちゃんと色あせないで届くかということです。自分の中でラインを引いて、これはきっと色あせないであろうと思うものだけを載せたつもりです。

西堂　この（震災の）頃に僕がよく考えていたのは、どの芝居を見ても震災のメタファーが溢れていて、その時創り手側がこの震災というものを「ネタ」に使っているかどうかが一つの基準だったんです。つまり悲劇的なイシューとして震災を使っているのは、いわば震災を利用している。そうではなくてさっきの倫理観ではないですけど、そういう事件なり事実というものを、どういうふうに自分が「当事者」として引き受けているか。まあネタとして利用している人は当事者ではないんだよね。その引き受け方の差によって表現を区別していました。だから舞台を観ていて、「これはネタに使っているか」「これはどういうスタンスでやっているのか」と考えていました。綺麗事で終わってしまっている場合もあって、これもまた「つまらない」わけですね。

震災ボランティアで目にした報道する側の歪み

西堂　中津留さんは実際にボランティアの取材に行って、そこで見たものを作品に反映していた。ボランティアの中にも結構あくどい連中もいる。命知らずのところもある。世を儚んで「放射能を浴びてもいい」「もうどうせ死ぬんだから」と、金儲けして最後は遊んで暮らそうみたいな者もいる。そういう側面や人を描けるのが演劇なんじゃないか。こういうのは決して大新聞には出てこないわけですね。

中津留　今その話をすると、『黄色い叫び』を四月に初演したあとに、うちはこういう作風だから、劇団員の人たちも「ボランティアに行こう」となっていく。ちょうど劇団員から「せっかくだから大人数で行かない？」という声が上がった。ボランティアの人に「できれば団体で来てくれたほうがより力になる」と言われたと劇団員の俳優から聞いたので、劇団内で有志を集めたんです。途中で仕事の都合で東京に戻ったり、その代わりに新しい人が来たりしながら随時五、六人ぐらいはいたかな。そのようなチームで石巻に行きました。石巻市は海辺の町で、港がすごく被害に遭っていた。そこに水産加工をやっている缶詰会社があって、四十何万缶かある在庫のうちの十何万缶ぐらいが決壊して流れ出たわけです。ヘドロと一緒に十何万缶もの缶詰がその辺に転がっている状況が続いた。震災当日の話らしいんですけれど、「あそこへ行けばタダで缶詰がもらえる」と思って、その缶詰を取りに来る人たちがいた。そういう人たちが来るもんだから、社員が何人かで見回りに行ったんです。「持っていかないでください」と言うために。その時に、小学校の先生が来たんですよ。子供たちがお腹を空かしている、ここに来れば食べ物があると聞いたから僕は来たと言うわけです。子供のお腹が空いているという一つの正しさ、正義と、その缶詰は会社の財産だから守らなきゃいけないという正義がぶつかりあう。それでどうなったかっていうと、社長さんが、「そういうことだったらどんどん持っていってもらいなさい」と言ったので先生たちにあげたらしいんです。そのことが新聞に載ったのがきっかけで、そこの会社をみんなで救おうとボランティアの人が集まるんですね。それで僕らも最初の仕事として、その缶詰の回収に行ったんです。もちろんそうやってボランティアの人たちが入ってくるから、取材が多いわけです。それで僕らが缶詰を拾ってると、社員の人が気を利かせて音楽をかけてくれる。ずっとヘドロの中で缶詰を探すという単純な作業をしているわけだから、音楽があるとテンションが上がるじゃないですか。そしたら取材の時間になった。もちろん音楽を止めます。その社長の息子の専務が取材される後ろにちょうど僕らがいて、ちょっとテンション高く（缶拾いを）やってる。そうしたら取材陣から、「そんなに明るく楽しそうにやらないでくれ」っていう演出が入るわけです（笑）。その時、リアルって何だ？ただテンションを上げてやってただけですよ。それが何か楽しそうに見えたみたいで、「もうちょっと粛々とやってくれ」みたいな、そんなニュアンスのことを言われた（笑）。本当は僕らがテンションを上げてやっているのがリアルじゃないですか。でも報道するうえではそういうのがあると邪魔になるから、粛々と暗い気持ちでやるみたいな、そういう演出が入った。それがたぶん全国に放送するうえでは正しいというか、そういうジャーナリズムが持つ、リアルの歪みがあったんです。

西堂　なるほど。報道する側には規定のルールがあるんですね。

中津留　もう一つは、これはまた同じボランティアの団体の話なんですけれども、『背水の孤島』のモデルになった家族の話です。この家族というのは、石巻の隣の、違う土地の人たちだったんです。だけど家が流された。でもたまたまその親戚が石巻に住んでいて、親戚の家は無事だったのでそこに避難していた。そこの納屋が空いてたので、家族で住まわしてもらっていたんです。ところが自衛隊から毎日物資が届けられても、その人たちは地元の人じゃないから、物資が回ってこないんです。（物資が）もらえなくて、しょうがないから毎日ご飯とワカメしか入ってない味噌汁だけでずっと耐え忍んでいるっていう話があった。さすがにかわいそうだねって話になった。ある時、二槽式洗濯機なんだけども、使えるものがたまたま見つかったんです。持ち主さんがいらないって言ったので、電気もちょうど通ったから、その家族にせめて洗濯機だけでも持っていってあげようよっていうことになった。それで（洗濯機を）運んで行ったら、ちょうどそこに某テレビ局のクルーが入っていて、その家族を取材していて、そのクルーから「駄目」が出た。このあたりでは、皆さん、手で洗濯をしていたんですね。もし洗濯機があったら、このあたりの人たちは洗濯機で洗濯しているというふうに思われる。ですから周りと同じように手で洗濯する画が欲しいわけですよ。結局、ディレクターさんの意向で洗濯機はもらえず……みたいな話があったんですね。そのボランティア団体としては、リアルな気持ちで、洗濯機をもらってほしかったと言うか、あげたかった。だけど報道がそこに入ってくると、ちょっと違う視点になるんですね。あの家も報道が入ってなければ、洗濯機をもらえたわけじゃないですか。リアルとジャーナリズムの溝じゃないですけど、僕はそこに非常に憤りを覚えたわけですね。ですから『背水の孤島』っていう芝居をつくりました。主人公はテレビ局の報道部に勤めていて、ドキュメンタリーをつくるチームのディレクターなんだけども、納屋に住む家族をずっと追っかけて行く。そこに姉と弟がいるんだけど、弟がどうも賢いらしく、東大を受験する。で、その家族はご飯とワカメだけの味噌汁を食べているけど、（テレビ局の）クルーは道の前にデカい車を停めて、そこで普通にコンビニの弁当を食べてるわけ。隠しながらだけど、普通に食べている。それをその子供たちが見るわけです。そういう在り方が、僕の芝居を書くためのタネになった。僕の中で一つの大きな憤りを感じた瞬間というかね。当事者か当事者でないかということが、一つの大きな物差しになってくる。

西堂　結局、天災であった津波が人災に変わっていく瞬間ですね。

中津留　そうですね。人災って、いわゆる福島での原発事故が主だと言われていますけど、クルーがコンビニの弁当を普通に食べているっていうのは、被災者の人たち、とくに納屋の子たちを少なからず傷付けてるんじゃないかなと僕は思うわけです。

西堂　そうだよね、うん。

中津留　だけどクルーはクルーで仕事をしに来てるし、別にご飯を食べるのは当たり前だと思っている。自分たちは被災者ではないわけですから、そこを割り切っているんですね。彼らにどこまで気を遣っても、もう遣いきれないとクルーの人たちはどこかで線を引いているんですね。もう諦めている。たぶん最初はみんなすごく気を遣っていたんだろうけど、そこまで言い出したらキリがないっていうところに行っちゃったんでしょうね。だから「モラルがちょっと崩壊してるんじゃないか、この人たち」というふうに僕は思った。それを芝居にしたたってことです。

「演劇」というメディア

西堂　中津留さんはメディアの問題について結構書かれていて、今年も『ファクトチェック』（青年劇場）っていう作品をつくられています。外側に報道されていることと、それと別の内側の問題っていうのは、やはり演劇じゃないと暴けない、というか描けない。ある意味演劇ってミニマムなメディアなんじゃないかな。大メディアではできないことが、演劇という枠の中で、しかもフィクションを通してできる。その可能性に対しての信頼感って相当あるんじゃないかなと思うんですけど。

中津留　そう言っていただけると大変ありがたいですね。ただ、例えば某放送局には劇場中継があるじゃないですか。さらにわれわれには憲法上の表現の自由というものがある。それがあるからわれわれはこういう演劇をつくっていられるし、皆さんもいろんなものを文章で表現できる。そういう多様な文化や考え方が保証されている背景には、表現の自由というものが担保としてあるわけです。ところが変な話ですけど、『ファクトチェック』のような作品を某放送局で劇場中継する話が来たとしても、「これはちょっとうちではできない」と言われるんだそうです。例えば、皆さんも知っている通り「気違《きちが》い」っていうのは放送しちゃいけない言葉なんですね。口を見ればわかっちゃうんだけど、その部分だけを潰して放送する方法もあるし、昔はそのまま流していたこともあるんですよ。これはフィクションだし、戯曲にそう書かれてあるからその通り放送すべきだっていう（表現の自由に則った）倫理のもとで、放送をしていた時期もあった。フィクションはそういうものだと思います。『ファクトチェック』というのは安倍政権の後期と菅政権の一年ぐらいを徹底的に批判した芝居なんだけれども、名前を変えているし、物語も創作していますす。それでも、そういった題材だと放送できないと言われてしまう。その放送局だけが唯一表現の自由を守ってくれていたんだけど、今はそうではなくなってしまった。他方で、今はいわゆるネットでの配信ができるようになって、それぞれ自分たちの裁量によって表現できるようになりました。そういうメディアが持てるようになったから、こちらもテレビに頼らなくても良くなったというのがあります。でもまあ、メディアの規制が厳しくなる傾向になるだろうという予感は何となくありました。なのでそうなったら逆に、フィクションの、演劇だけができることや、演劇でしかなしえないことがどんどん増えてくると僕は思うんですね。演劇は演劇でしかやれないことに特化して進化すべきだと思っているんです。

西堂　二〇〇〇年代になって、いわゆるSNS的なものが広がった時に、その利用法をめぐって両極の問題が出てきましたね。ヘイトスピーチ的な言説が出てきて、それがネットを席巻することもある。あるいは逆にミニメディアとして使って、批判的なメッセージを広げていくっていうこともできる。その活用の仕方次第だと思うんですね。それと演劇っていう小さなメディアがうまく接続できれば、非常に有力な生の声を届けることができる。結局、大メディアっていうのは全部にチェックが入ってる。ギリギリまではやれるかもしれないけれども、ある一線を超えたら絶対に潰される。そういうことが非常に鮮明になってきたのがここ十年ぐらいじゃないかな。

中津留　そうですね。ですからもう一度、芸術家は表現の自由というものをたださなきゃいけない。それを僕は近いうちにやろうとは思っています。さっき出てきたヘイトスピーチに関して言うと、そもそも表現の自由というもので表現自体は守られている。集会・思想の自由があるわけだから、どんな思想を持ったって構わない。そのうえで、ヘイトスピーチは、それが社会正義のためになっているかどうかっていうことが一つの基準になっている。特定の人種、個や団体を攻撃したり、侮辱してはいけませんよね。こういった社会正義は、それこそジャーナリズムが担う大きな役割ですよ。社会規範、社会正義を考えて、やっぱりヘイトスピーチはおかしいっていう言論をつくっていくのがジャーナリズムの仕事、役割かなと思う。

あともう一つは僕ら芸術家の仕事です。演劇は、人間の思いからつくっていく。侮辱された側の人間を描いたり、攻撃する側の人間の心情を描くことで、人の痛みや、人間のおかしさを伝える。アプローチはそれぞれ違うかもしれないけれども、結局、ある規範、モラル、社会正義の観点から見ると、ヘイトスピーチはおかしいってことになる。表現を守ることと、おかしな表現を指摘・排除することの両輪で考えなくてはいけない。憲法の中の言葉で言うと、公共の福祉 common good ですかね。直訳すれば「共通善」っていう言葉でもいいのかもしれないけど、そういうことを考えていけるといいのかな。

西堂　そういう問題って意外と新しい提言のような気がしますね。つまり、今までの芸術家って、自分で(好きに)作品をつくっていればいいじゃないかと胡坐をかいていたところがなきにしもあらずでした。コロナ禍の問題が出てきて、芸術家の生存の問題が出てきたときに、何とか社会善として、あるいは公共材として演劇を守っていかなきゃいけないという発想が芽生えてきた。これは一種の運動だと思うんですが、この在り方って随分新しい気がするんですよ。

中津留　演劇と運動はどう繋がっているのかというと……（学生たちに）みんなハロルド・ピンターって知ってる？ 後期のピンターは反戦活動家、人権活動家みたいなものだった。彼はそれがなかったからノーベル賞を取れなかったかもしれません。演劇はフィクションですけど、世の中とどう関わっていくかっていうことのためにフィクションをつくっています。TRASHMASTERSのテーマって「世直し」なんですよ。社会とつねに関わっていこうと思っていて、どういうふうに社会と作品が繋がっていくか、そしてできれば、現実の社会をどうしたら変えていけるかっていうことを考えています。これが難しいんだけど、トライはしなきゃいけない。芸術というのはそういうものだと思っています。

もう一つは、芸術は君たちのとても身近なところにあるもので、本当に日々悩んでいるような題材を取り上げるのも、僕らがやっているような演劇の役割だと思う。

演劇と社会活動

中津留　僕はアーティストとして当たり前のことをやっていると思っているだけです。普通こうあるべきだと思っているんです。

西堂　ピンターについて「活動家」っていう言い方をされたけれど、英語にはアクティヴィスト(activist)っていう言葉があるんですね。演劇人は芸術活動をやると同時に社会への行為者、参加者である。社会に働きかけていく人なんですね。これを同時にやって行かないといけない。こういうアクティヴィズムは、演劇が娯楽やただ楽しいだけのエンターテインメントに括られることによって不要不急とされて切り捨てられようとした時に、真っ向から対決するものですね。「社会派」という言葉には、芸術と社会活動トータルなものだというニュアンスがあると思うんですね。そういうふうに捉え返していかないと、演劇は非常に痩せた、あるいは小さな楽しみにしかならないね。

中津留　そうですね。本当にそう思います。だから演劇は生活に必要なのか、不要不急なものなのかどうかというのは、去年すごく議論になったわけですね。議論になっただけでもありがたいし、他国と比べてわれわれの扱いがどう違うのかっていう差も明確に出たし。「文化芸術の民度」は、これから十年ぐらいかけてそれを上げていかなきゃいけないと思う。僕らはそういう仕事をしているからね。「経済的に成功した人が勝者である」みたいな考え方がずっとあったから、こんなことになってしまった。つまり個人が成功すればいいと。

例えば、劇団で今ご飯を食べられているのは僕だけなんです。やっぱり俳優さんたちはまだアルバイトをしている。でもそれじゃいけない。俳優をこの仕事で食べさせていきたい。僕個人はこれでご飯を食べられてるから、それでいいじゃないかというのが今までの考え方だった。でも他の人がもっと食べられるようなスキームをつくったり、仕組みを考えていくっていうことを僕みたいな立場の人間がやっていかない限り、演劇界全体が潤っていかない。そこに良い人材が集まらない。当然のことだよね。経済基盤でずっと泣かされ続けてきた業界ですから。そういうことも含めて考えていかなきゃいけないなとは思ってる。

西堂　社会的な行為としての演劇っていうことで言えば、例えばドイツでは芸術家はいわば文化的な財産である。だからコロナ禍であっても、きちんと経済的な保証をするシステムがある。一本も芝居を打たなくても国はお金を出してくれる。

中津留　重要な人材だと捉えられる位置付けなんですよね、芸術家って。

西堂　もしそれで（芸術活動を）やめられてしまったら多大な損失であるっていうのがドイツの考え方。

それと日本とは彼我の差がある。これを少しでも近づけなくてはいけない。そういう認識をまず創り手が持たなくちゃいけない。それが先程中津留さんが言いたかった「運動」ということじゃないかな。これまでは「好きでやってるんだからいいんじゃないか」っていう形で演劇は見られてきた。「娯楽」や「エンターテインメント」っていう言葉は、僕はそういうことに利用されてきたんだと思うんです。実は演劇ってもっと根源的で社会的な財産だということを、これからの世代の人たちは文化論として持っていく。それを（学生たちには）学んで欲しいなって思っています。

仕事としての演劇

西堂　今日の中津留さんの話は非常に皆さんの将来を明るく照らし出してくれるんじゃないかな。

中津留　いや、皆さんに頑張ってほしいんですよ。一緒に頑張りましょうよ。演劇をやるかわからないですけど、演劇の中でも舞台の技術を学んでいけばいろんな仕事がありますから。例えば、うちの場合は最近、地域社会の抱えている問題を扱うことが多かったんです。高知の芝居もそうですし。そういうことは普通に生きていると知らないじゃないですか。僕は周りに情報をくれる人がいるけど、意識的に集めないとなかなか集まらない。そして、本当に芝居になるのかどうか吟味する時間も必要です。ようやく「これはいけるかもしれない」って思うのは取材に行ってからで、「これは絶対いけるな」って思っていた題材が、いざ取材に行くとダメな時もある。そうやって考えていくのは、作家一人の力ではなくて、今はドラマトゥルクっていう、作家と一緒に本（の構成や細部など）をつくる仕事があります。後は、（ＨＰなどをつくる）エンジニアとか、制作者じゃなくても、劇団によってはいろんな関わり方ができると思うんです。文章を書く仕事はきっと良いと思います。そういう仕事っていっぱいあると思うから、探してほしいです。もちろん、西堂さんみたいに偉大な劇評家を目指すもいいんですが（笑）、劇評を書くうえでは、歴史とかいろいろな知識を身につけなきゃなりませんね。今話したこと以外にも、劇団の中で、皆さんの学びが活かせるような場所があるかもしれません。

西堂　演劇ってほんとに間口が広いんだよね。

中津留　（価値観の多様性という点で）いろんな人がいるのがいいんですよ。

西堂　とくに劇団のような集団の中には、これが取り柄だと思える自分の居場所があるんだよね。そういう集団が持ってる面白さっていうものを、もう一回ちゃんと見直していく。その向こうに舞台表現っていうのがあるんじゃないかって思う。

中津留　音楽の話で、バンドが「昔はよかった」「（メジャー）デビューしてからつまんなくなった」みたいな話をされることがあります。大人がつくった音楽にはめていけば、みんなにとって聴き心地のいい曲になって売れるかもしれないけど、果たしてそれが良いことなのかどうかっていうことはもう一度考えなきゃいけないと思います。お芝居も、みんなが観やすいお芝居だけが良いのか、そこに創造性や新しさはあるのかっていうことですよね。新しさっていうのは芸術家の大きな使命として絶対に大切です。僕は四十代だけど、二十代で本当に天才だなと思う人が現れたら、筆を折るかもしれない。「あいつがいるなら日本は安泰だ」と思う人が現れたら、その人の制作に回ってもいいと思う。本当にそういう気持ちで作品をつくっています。演劇人はみんな、自分がアーティスト、表現者として活動してるけど、そういった裏方の仕事も同時にやったりします。そういう脳が働くんですね。自分があと三人くらいいたらできるんだけど、と思うことはよくあります。

西堂　「演劇は総合芸術である」と言われるけども、音楽や美術などのいろんな要素が入っているという意味で「総合芸術」であると同時に、いろんな人たちが集まって、いろんな才能が発揮できるという意味での「総合芸術」だとも思うんですね。人材の総合化っていうこともあると思う。それをもう一回、ちゃんと提示し直す必要があるかもしれない。それがある種の社会性じゃないかな。

中津留　そうですね。僕なんかは会社勤めが絶対に嫌だったんです。こういう物をつくる仕事をしたいなと思ったから、（今の仕事は）全然苦じゃない。いろいろ辛いこともあったしすごく苦しかったけど、今振り返ってもまったく大変だとか苦しかったとかっていうふうに思わない。なぜなら好きなことをやってるから。これに尽きる。

人生における選択

西堂　そうですね。好きであると同時に向いてるかどうかってのも結構大きいよね。

中津留　でも向き不向きは置いといていい気がしますよ。やりたいことをやったほうがいいんじゃないだろうか。

西堂　うん、若いうちはね。

中津留　そうそう。失敗してもいいと思ってるんで。それ大事。失敗するのを恐れないほうがいいですよ。失敗は絶対にするから。失敗してもいいと思って生きた方がいい。

西堂　演劇でやっていくにはその覚悟が必要ですよね。

中津留　うん、演劇だけじゃなくて何をするにしても必要な気がするけどな。失敗は人間絶対するものだと思って突き進んだほうがいいかな。もし二択で迷ったのなら、厳しいほうに行ったほうがいいってことです、絶対に。

西堂　そう、リスクを背負うほうに。

中津留　そうそう。絶対的に二択になるんだけど、その時に厳しいほうに飛び込めっていうのは、僕が尊敬している岡本太郎も同じことを言ってる。二択になったらキツいほうに行ったほうがいい。例えば就職で「演劇やりたいけど、これだと食べていけない」って悩んだ時に。

西堂　中津留さんも演劇の道に進んだおかげで親に勘当されたらしいから。

中津留　そうですよ、勘当同然（笑）。そのくらいの覚悟でした。別に今では仲良いですよ。賞を取ったら掌を返したようにね、「ほら、うちの息子が！」みたいな（笑）。調子いいなと思いましたけど（笑）。でもそんなもんですからね。結局自分の人生だから、自分で決めるしかないです。本当は音楽をやりたかったのにってちょっとでも思って就職すると、その宿題がどこかに残る。その衝動が三十（歳）ぐらいになった時に湧き起こってくるんですよ。音楽の仕事に進むのはやめたんだけど、また年を経て音楽をやりたくなっちゃうみたいな。人間ってそういうところがあるから。やっぱり宿題を残すんだったら、今きちんとそれと向き合ってやったほうが私はいいと思うんですよね。

西堂　人生の選択の中で、卒業後に即演劇を選ぶというのは難しいかもしれないけど、何年かたって演劇に戻ってきてもいいですしね。

中津留　あとは、これも岡本太郎が言っているんですけど、政治や経済っていう言葉は、非常によそよそしいものですよね。よそよそしいけれど、生活するうえでお金払ったりするでしょ？　実はそれも経済なんです。政治も、君たちの（所属する）学校の教育もそうだし、制度を決めているのは全部政治だって考えたら、生活と切り離せないでしょう？　同じように芸術も本当にそのへんに転がっているようなものなんですよ。そんなによそよそしいものじゃない。高尚なものでもないし、日常からかけ離れた世界でもない。僕が今言ってる芸術っていうのは、子供はほっといたら絵とか描くじゃない？　歌を歌ったりするじゃないですか。ああいうことですよ。ああいうことを人間は生きているうえで望むんです。音楽やろう、絵画やろうと何か芸術に触れたくなる衝動があるんですよ。大人になっていくにつれてそういうものは無駄な時間にしてしまうけど、でもそうじゃないかもしれない。だから演劇っていう行為も、もっと皆さんにとって身近なものになるように、プレゼンしなきゃいけないと思っています。まだ僕らが成熟してないんだけど、本当はそういうものだと思っています。何かもうすごくやられちゃった、人生観変わっちゃったみたいな、そういう衝撃を演劇を観て受けることがあるだろうし、そういうことって生きていく中ですごく大切な気がします。勉強も大事だけど、芸術に触れることも大切です。

西堂　はい、どうもありがとうございます。良い締めくくりになったんじゃないかと思います。これ以上付け加えることもないかなと思いますので、今日はここらへんで終わりにいたしましょうか。どうもありがとうございました。

中津留　どうもありがとうございました。

（2021・12・17）

第6章

野木萌葱
綺想を紡ぐ

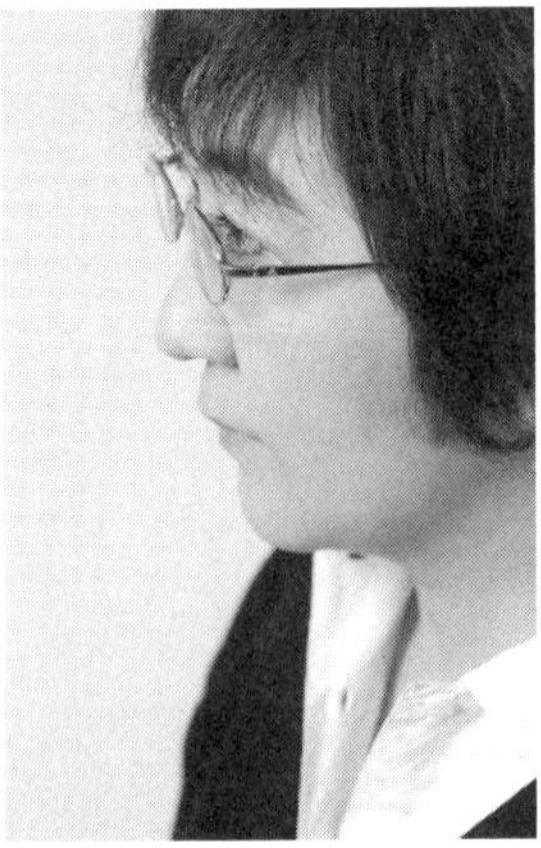

野木萌葱（のぎ・もえぎ）

1977年生。横浜市出身。劇作家・演出家。「パラドックス定数」主宰。

日本大学芸術学部演劇学科劇作コース卒。在学中の1998年「パラドックス定数」をユニットとして旗揚げ。2007年『東京裁判』初演時に劇団化。

史実や実際の事件を枠組みとして用い、大胆な想像力で物語を創造。濃密な人間関係より生まれる緊張感のある会話劇を得意とする。

2016年より「ウォーキング・スタッフ」プロデュース公演（和田憲明演出）にて『三億円事件』『怪人21面相』等が上演され、読売演劇大賞優秀作品賞、文化庁芸術祭賞演劇部門優秀賞を受賞するに至る。また「パラドックス定数」として2018年〜2019年に7作品を上演。この中の『731』『Nf3Nf6』にて第26回読売演劇大賞優秀演出家賞を受賞。

ほか劇団外の脚本作品：舞台『崩れゆくセールスマン』『外交官』『ズベズダ　荒野より宙へ』（青年座）、『骨と十字架』（新国立劇場）、『湊横濱荒狗挽歌〜新粧、三人吉三。』（KAAT神奈川芸術劇場）、ドラマ「連続ドラマW『コールドケース〜真実の扉』2、3」（WOWOW）。

［扉の写真］［扉の写真］上：『vitalsigns』より／
下：『Das Orchester』より（ともに撮影：WATANABE Ryuta）

第１部　自然体で演劇に関わる

演劇との出会い

西堂　今回は野木萌葱さんをお招きして、「綺想を紡ぐ」というタイトルでお話をうかがいたいと思います。今回、座・高円寺の「思考の種まき講座」という形でトークをやらせていただきますが、今日は前半は野木さんの演劇人生について語っていただき、後半でパラドックス定数をはじめとして、野木さんのいろんな創作の秘話みたいなものを聞かせていただくという流れで進めていきたいと思います。

野木　わかりました。

西堂　野木さんは横浜に生まれ、日本大学の藝術学部に進まれて、劇作コース（現在は、演劇学科舞台構想コース劇作専攻）に入られたということですが、演劇との出会いはどんなところだったんですか？

野木　出会いは中学二年生、すなわち十四歳の時ですね。

西堂　演劇部ですか？

野木　違うんですよ。中学校に演劇部がなくて……。私が通っていた中学校は、一学年三クラスの本当に小さいところでしたが、学芸祭といって、一クラス約三十分、全学年計九クラスが一日ぶっ続けで計九本のお芝居をやるという常軌を逸した行事がありました。高校演劇の偉い人であったという校長先生は、とにかくそれをやりたかったらしいんですね。クラス対抗戦みたいな感じでやりました。それが、自分で戯曲を書いてしまった最初の体験ですね。

西堂　その時は、俳優もやられていたんですか？
野木　いやいや、劇作だけですね。演出の女の子と二人でワーワー言いながら……。
西堂　それは女子校ですか？
野木　いや、共学です。
西堂　じゃあ、中二で台本だけを書かれたのが出発点？
野木　そうですね。中一の頃から書き始めたのかな。
西堂　ものを書こうという意欲は、もうすでに芽生えていた？
野木　関係あるかわかりませんが、幼稚園の時から勝手に絵本とかつくっていましたね。
西堂　ああ、そうですか。じゃあ創作は、すでに幼稚園、小学校から、いろんな形で始められていたということですね。
野木　遊びですけれど、そうなりますね。
西堂　それで、中二の時に初めて台本という形にされて、その後どういう展開を？
野木　（先程お話しした学芸祭は、）中学二年の時まではクラス対抗戦だったんですが、その翌年から校長先生が冷静になったのか、一日ぶっ続けのお芝居はどうなんだろう、みたいな感じになって、一学年一作品になったんですね。つまり（九作品だったのが）三作品になった。中学二年の時に演出をやった彼女が次は脚本を書いて。その時、あ、私、（俳優として）出てたわ！まだ（俳優を）やっていましたね。
西堂　高校の時はどうですか？
野木　高校では、演劇部に入ってしまいました。
西堂　じゃあ本格的に演劇に目覚めたのは、高校時代ということですか？
野木　目覚めた……？どうなんでしょう？
西堂　その時は台本を書いていたんですか？

野木　書いていました。
西堂　演出なんかも？
野木　やっていましたね。
西堂　舞台には出ましたか？
野木　出てない……。あ、一回だけ出ました。
西堂　高校時代から演劇にある程度焦点を絞りながら、大学は当然のごとく劇作コースを目指した、という感じですか？
野木　そう……ですね。外側からは「目指してます」という感じにしか見えないですけど……。自分の中で、演劇がウォーっと燃え上がるのはなかったんです。
西堂　まるで箸を持つようにペンを持って、ご飯をかき込むように原稿用紙に向かい始めたと。
野木　まあ素敵！　でもそうなりますね。何て言ったらいいのかな……。ごにょごにょしちゃってすみません。
西堂　いや、自然でいいですよ。今日打ち合わせで三十分話しただけでも、野木さんはすごく自然体で生きてこられた方だなって感じました。周囲の目とかを過度に背負わず、好きなように、あるがままに生きているみたいな感じがします。
野木　良いのか悪いのか。
西堂　表現者としてすごく良いんじゃないかと思います。
野木　わかりました。（演劇をやろうと思ったのは）無自覚というか……。

とにかく書いた日藝時代

西堂　それで（日大藝術学部の）劇作コースに入られる時、親とか周囲の人から、「大丈夫なのか」といったブレーキはかかりませんでしたか？

野木　ブレーキはなかったですね。母は美術、絵画、父は音楽を、二人ともやりたかったけどできなかったらしいので。逆に、「やめるな」と言われましたね。「やるならやれ」と。

西堂　じゃあ、芸術に対する理解がすごく整っていた。

野木　理解……でしょうか……？

西堂　「芸術はなかなか食えないからやめろ」って言うのが世の親でしょ？　だから、（両親が）背中を押してくれるのは、いい意味でかなり特殊な環境かと思うんですけど……。

野木　ありがたいですね。

西堂　大学一年からもう劇作コースに所属されていたんですか？

野木　はい、そうです。

西堂　そこでずいぶん修業をされたんですか？

野木　そう……ですね。劇作コースには先生が二人いたんですけど、一人の先生は「とにかく書きなさい。書き上げなさい」という方だったので、「はい、わかりました」と素直に従い、書きました。自分がどんなに下らないとかつまらないとか思っても、とにかく書き上げなさい、と。

西堂　野木さんは劇作コースの第一期生、言ってみればパイオニアのような存在ですが、どんな授業を受けていたんですか？　先輩がいないわけですよね？

野木　正確に言うと、たくさんのコースがくっついたり離れたりの繰り返しで、私がいた時とは違うようなんです。私の時は劇作コース・理評コースと分かれていたんですけど、私が入学する前はそれが一緒だったらしい。で、また私が入った時に分かれて、またくっついた、みたいなことは耳にしました。

西堂　僕も日藝の大学院に非常勤講師として三年間行っていたんですが、その時にいた劇作コースの学生は頑張っていて、大学生の間にものすごい量を書いていましたね。だから、かなりしごかれたのかと思って見ていました。

野木　しごかれたうちに入るのかな？　でもたくさん書いていましたね。

西堂　野木さんがいらっしゃった一期生の頃と、僕が講師をしていた二〇一〇年前後では、（年が）一まわりくらい違うので、先生たちもずいぶん変わったでしょうね。僕のいた頃よりちょっと前までは、斎藤憐さんとか川村毅さんとかプロの劇作家が指導に来られていましたが、野木さんの頃はどんな先生がいらっしゃったんですか？

野木　大変お世話になった先生を悪く言うわけではないんですけれども、誰もが知っている演劇の方ではなかったと思います（沈黙）。

西堂　沈黙が……。

野木　すみません。……岡安伸治先生！

西堂　岡安さんに習ったんですか！

野木　はい。学生時代に本屋さんに行ったら、『岡安伸治劇作集』っていうのがあったんですよ。「すごい！」と思って帯を見たら「今一番危険な劇作家」って書いてあったので、「うわ！　すごい人に習ってるんだ！」と（驚きました）。

西堂　（彼が主宰する）劇団は世仁下乃一座ですね。

野木　そうですか。私、劇団は観なかったなぁ。

西堂　でもあの岡安伸治でしょ？

野木　そうです。（先生が書かれた）走る長距離トラックの『太平洋ベルトライン』は本当に面白いです。あと、ずっと走っているバスの中で（会話が）交わされる『ドリームエクスプレスAT』とか、面白い現代劇作家だと思いながら読んでいました。

西堂　プロレタリア演劇の系譜に当たる人ですね。いい意味で「危険な」劇作家です。

野木　その枠組みになるんですか。
西堂　ええ、岡安さんは肉体労働者を主人公に描くプロレタリア演劇ふうと言われていました。
野木　あ、そうだ、思い出しました。すごく恥ずかしいですが、岡安さんの戯曲集を読んで、あまりにも面白くて、授業が終わった後に、先生に「面白かったです」って（言いに行きました）。今から考えると生意気なことを言って、先生は苦笑いされて……。
西堂　その時の指導方法はどんな感じでしたか？
野木　岡安先生の授業では、劇作コースだけど、たしか（ソーントン・ワイルダーの）『わが町』とか、学生の書いた本の一場面とかを実際にやってみよう、というものもありました。同期なので、（台詞が）「言いづらい」とか「よくわかんない」とか言いたい放題なんですけどね。それをやって本を修正する。でも当時は授業内で遊んでいるという感じでした。あと、映画を観ることもありました。
西堂　その頃（大学時代）のメンバーを中心にして、パラドックス定数の最初のユニットが立ち上がったという感じですか？
野木　そうですね。演劇学科の学生が多かったですが、劇作コースはいなかったです。
西堂　演技コースとかそういう感じですか？
野木　はい、そうですね。最初は演技コースの方に声をかけました。
西堂　最初に旗揚げしたのは、大学の三年ですね。
野木　そうです。
西堂　早いですね。
野木　いや、学科が同じ同期の中で一番遅いですよ。
西堂　大学三年というと、一九九〇年代末くらいですか？
野木　そうです。一九九八年でしたね。

西堂　日藝だと学生で旗揚げするというのは、もう当たり前だったのですか？
野木　当たり前でしたね。もうたくさんありました。
西堂　結構乱立しながら競い合っている感じでしたか？
野木　競っていたのかなあ……？　ちょっとそこはわからないですけど。
西堂　競ってなくてもとにかくやっていた？
野木　はい、やっていました。
西堂　それで評判はどうでしたか？　結構手ごたえはありましたか？
野木　いや、最初に潰れる劇団だって言われていたので、「だよね」って思いながらやっていました。赤字の分をアルバイトして返して、お金が溜まってきたら、またやろうかっていうそんな感じでずっとやっていました。
西堂　めげるとか挫折するとかそういうことはなくて、すぐ立ち直ってやると。
野木　そうでしたね、はい（笑）。
西堂　そこは、ちょっとすごいというか、なかなか出会ったことのない人だなと思った所以の一つなんです。
野木　ふわっとやっていました。
西堂　パラドックス定数っていう名前の由来もよく聞かれますか？
野木　時々。
西堂　「数学得意だろう」とか？
野木　まったく。
西堂　パラドックス定数は、「第○回公演」じゃなくて、「第○○項」と、「項」になっています。これには何か理由があるんですか？

野木　旗揚げの時に、「公演なのか？」とか生意気なことを考えたのかな……。チェック項目じゃないですけど、一つ、もう一つと……。

西堂　項目の項？

野木　そうです。そんな感じがいいなと。

西堂　パラドックス定数っていう劇団名はどういう経緯で付けられたのか聞いてよろしいですか……。

野木　これね……。はい、答えます。パラドックス定数は、設立当時は劇団ではなかったんですけれども、集団をつくって第一回公演をやろうということになって。先程言ったように、同じ学年の中で一番旗揚げが遅かったんですよ。そして、同期の知り合いや友達が劇団をつくっていたんですけど、チケットをチケットぴあに委託するんですよ。それがステータスみたいになっていて。当時週刊で出ていた情報誌『ぴあ』に劇団の名前が小さいんですけど載っていて、すごいなとか思っていました。私も「ついにチケットの委託をするんだ」ということでお電話をして、「では劇団名を教えてください」って聞かれた時に私はお芝居のタイトルを言ったんですよ。「このタイトルのチケットを売りたいので、これで登録お願いします」と。そうしたら「すみません。劇団名が必要なんです。今！」と言われたので慌てて机の上にあった本をバッと開いて見つけたのが、「パラドックス定数」です。

西堂　（笑）たしかに一番最初に潰れそうですね。

野木　でしょう？

西堂　よく第二項がありましたね。

野木　はい、やりました。

西堂　そのノンシャランとした感じが（他の人と違いますよね）。

野木　ノンシャラン？

西堂　要するに、屈託なく次に向かえる。

野木　そうですね。
西堂　でもたしかに日藝は成功したいという学生が多いですよね。
野木　そうなんですか？
西堂　多いです。演劇業界に残りたくて、そのための方法を考えるみたいな学生が多いですね。その中でやっぱり野木さんは異色中の異色だった。どうやって残ろうとしたの？
野木　やめなきゃ残るでしょう？
西堂　（笑）それはパラドックスですね。まさに逆説。
野木　「やめなきゃ残る」は正論じゃないんですか？
西堂　なるほど。わかりました。
それで、無事に四年で大学を卒業されましたか？
野木　はい。ちゃんと四年で卒業できました。
西堂　その後、就職とかは少し考えられたんですか？
野木　まったく考えなかったです。
西堂　なぜかっていうのを聞いてもいいですか……。
野木　なぜか？　なぜ考えなかったか？

劇団としての出発

西堂　野木さんの頃って、いわゆる就職氷河期ですよね。
野木　……。今、私が黙り込んだのは、「就職氷河期ですよね」に対して「そうなんですか？」って返そうとしたけど……それ（就職氷河期）すらもわからないんです。
西堂　一般的に言うとそうなんですよ。例えば、瀬戸山美咲さんと同じ年なのだけども、彼女も卒業した時に就職氷河期だから就職しなくていいってどうも親が言ってくれたみたいでね。それで演劇を続けられたと。（就職が候補から外れたので）演劇を続ける他に選択肢がなかったんですね。だけど、野木さんの場合はもう最初から就職という二文字がなかったんですか？

野木　（就職ではなく）次何やろうかなって考えていましたね。

西堂　うん。生活については考えない？

野木　いや、アルバイトはガンガンやって、両親にちょっとだけど……。

西堂　家にお金を入れていた？

野木　微々たるものですけど、はい。

西堂　もらっているわけじゃなく？

野木　もらいはしなかったですね。

西堂　そして仲間たちっていうのは、ある程度固定メンバーで始めていくわけですか？

野木　いや、そうでもなかった。

西堂　流動的？

野木　流動的でしたね。でも結構出てくれる人たちが現われ始めました。

西堂　そうすると、ある程度自分の言葉を託せる俳優が一応いたという感じですか？

野木　いました。

西堂　実際に毎回毎回メンバーが変わっていくという状況で続けていかれて、不具合はなかったですか？

野木　なかったですね。

西堂　その頃は、どこの劇場でやられていたんですか？

野木　今はない江古田ストアハウス、高田馬場プロトシアター、南阿佐ヶ谷アールヴィゴ。さあ、知らないでしょう（笑）。

西堂　いや、僕はよく知ってますけど（笑）。江古田のストアハウスは日藝の旗揚げの定番ですよね。あそこでやられたのか。僕もよく出入りしていました。プロトシアターは、亡くなられた大橋宏さんの劇団Ｄ・Ｍが拠点にしていましたね。たぶん東京で一番安い。
野木　そうです。安かったです。
西堂　阿佐ヶ谷も結構安そうだね。
野木　はい（笑）。
西堂　あとはどんなところで（やられましたか）？
野木　阿佐ヶ谷でもう一つやったんですけど、忘れちゃったな。あとは東演パラータでやりましたね。
西堂　本当に絵に描いたような小劇団として出発されているんですね。
野木　そうですね。
西堂　お客の動員はその頃、どれくらいだったんでしょうか？
野木　百人、二百人。
西堂　百人、二百人？　どうでしょうか。百人の客で続けるって結構……。言葉が詰まってしまったけど、なかなか大変じゃないですか？　って言うと、僕が常識人になってしまいますね。小集団でも、普通にチケットを手売りで売れば、最低でも三百人くらいは入るんじゃないかな。
野木　そうなんですか？
西堂　でも、当然のことながら百人でもそんなにめげずにやってたわけですよね。
野木　はい。
西堂　百人もいれば十分と？
野木　十分……。赤字だらけでしたのでもちろんお客さん増えたら嬉しいなとか思ってましたけど、とくに何かをすることはなかったかな……。他の公演を観に行ってチラシを折り込んでもらったりとか、劇場さんにポスター貼ったり、チラシ置かせてもらったりとかやってましたけど。特別何かお客様を増やすためにやっていたことはないので、今から思えばそんなにお客様を増やすことに躍起になってはいなかったのかもしれません……。ごめんなさいね、お客様の前で。

西堂　評判が少し出たりして客が少しずつ増えていくことが励みになって、劇団員も何とか続けていけると思うんだけども、あまりそういうことも考えずに、ただつくりたいというだけでつくっていたんですか？

野木　そうですね。

西堂　そういう状況が何年くらい続いたんですか？　ユニットから劇団に変えるのが二〇〇七年くらいですよね。

野木　そうなんです。

西堂　そこまではだいたい百人、百五十人から二百人くらい？

野木　そうですね。劇団になる直前の公演でやっと三百人を超えて。あれはほんとに嬉しかったなあ。

西堂　ああ、やっぱり野木さんでも嬉しいんだ。

野木　嬉しい。三百人いったぞ。百の位が変わった！

西堂　なるほどね。今の若手劇団だと三百人入らなかったらもうやめちゃいますね。二〇〇七年に劇団になる前に、後に大ヒットする『三億円事件』を書かれているんですね。

野木　はい、そうです。

西堂　すでに『三億円事件』を書かれていたのはすごいなと思いますが、それをやっていても客が入っていなかったんですね。

野木　そうですね、あれは（お客様が三百人）いかなかったですね。

西堂　評判にもならなかった？

野木　評判？　なっていたのかな？　わからないです。インターネットも今よりは全然普及していませんでしたし。

西堂　でも、あそこ（の劇団）面白いぞとか、口コミで広がっていったりするのがこういう界隈の動きだと思うんだけど。要するにそういう界隈に、そもそもいなかったってことですか。

野木　そうかもしれませんね。

西堂　独立で漂流してた？

野木　漂流してました。

西堂　じゃあ、仲の良い劇団とか、ライバル劇団も一切なし？

野木　はい。

西堂　独立独歩ですか？

野木　独立独歩するぞ、とも思っていませんでした。またこんな反応になって申し訳ないです。

西堂　いや、いいと思いますよ。あまり世間とか興味なかった？

野木　なかった……。かといって、世間なんてヘン！（世間を馬鹿にしよう）とも思ってなかったですね（笑）。

西堂　世間に対してアンチを唱えるとかじゃなくてもう否《ノン》ですね。

野木　ひどい表現ですが、目に入っていなかったというか。

転機となった『三億円事件』

西堂　それで、二〇〇七年までにすでに三十作品くらい上演をしていて、かれこれ十年のキャリアですね。

野木　九八年が最初（の公演）だったので、九年近くですね。

西堂　この頃（二〇〇七年頃）からメンバーはだいたい固定し始めたんですか？

野木　……そうでもないです。でも、段々と似たようなメンバーにはなってきたかな。

西堂　実は今日、僕はカレンダーを持ってきたんです……（パラドックス定数の俳優が登場するカレンダー）。なかなか良い写真なんですよ。
野木　写真、ものすごく良いです。
西堂　渡辺竜太さん（カメラマン）がいいですね。これを見て気づいたんですが、男ばっかりじゃないかと。そう考えてみると、野木さんの芝居って、男の声しか記憶に残ってないなと思いました。それは、男芝居をやるって決めてたんですか？
野木　決めてはないです。二〇〇二年の『三億円事件』の初演から、（出演者が）ほぼ男性になりました。
西堂　そういう踏ん切り方には何か理由が？
野木　そうですね……。お芝居をやめるとは思わなかったんですけど、二〇〇二年の『三億円事件』の前に、青山のシナリオセンターに行ってみようかなって考えて。資料を取り寄せるところまで行ったんですけど、「もし本当にこっち（映像）に行く決断をしたら、パラドックス定数はできなくなるかな？　それは嫌だな」と思いながら、じゃあやりたいことをやろうと思ってやったのが『三億円事件』なんです。それで、（『三億円事件』は）刑事たちの話なので、当時女性の方には向いてなかった。
西堂　そういう事情が。
野木　はい。男性だけでガン！と……。
西堂　シナリオセンターに行くってことは、要するに脚本家を目指そうか、なんてチラッと思ったんですか。
野木　そうですね、思ったんでしょうね。
西堂　脚本って言ってもテレビの脚本を書きたいと？
野木　はい。
西堂　何でまた？

野木　何でだったのかな……。大学時代の先生が役に立たなかったわけではないんですけども、「シナリオセンター」とか、そういう名前の付いたものに惹かれてしまったのかな。行ってみようかな、行かなきゃダメなんじゃないか、と一回グラッとなりましたね。

西堂　それで、『三億円事件』を二〇〇二年に（野木演出で）やられて、二〇一六年に和田憲明さんによって、（『三億円事件』が）プロデュース公演された。それが話題になったんですね。ご存知ですか？

野木　（和田憲明氏のプロデュース公演を）観ました。

西堂　話題になったことは（ご存知ですか）？

野木　わ、話題……。ありがとうございます。

西堂　これで読売演劇大賞の優秀作品賞を受賞されたのはご存知ですよね。

野木　はい。

西堂　再演と言っていいのかリメイクと言っていいのかわからないですけど、二〇〇二年に書かれたものが十数年後にもう一回（和田憲明氏のプロデュース公演で）世に出た形で。それまでに一回くらい（ご自身で）再演はされてたんですか？

野木　劇団で二〇〇八年にやりました。その二〇〇八年版を元にして和田憲明さんがやって下さった。（内容は）ほぼ一緒です。

西堂　どういう経緯で（和田憲明氏のプロデュース公演として）上演されることになったんですか？

野木　プロデューサーって言っていいのかな……。ウォーキングスタッフ・プロデュースの石井久美子さんから、『三億円事件』やらせてください、と言われて。なぜかわからないけど、彼女は最初二〇〇二年バージョンをやりたいと言ってくださって。ただ、二〇〇二年バージョンは若くて、もう恥ずかしくって。二〇〇八年バージョンがあるから、頼むからそっちにしてくれって頼み込んで、二〇〇八年バージョンにしてもらいました。登場人物の数も違いますし。かなり違うと思います。でも大筋は一緒。

西堂　それがプロデュース公演として世に出るって、びっくりされましたか？　そうでもない？　当然だ、みたいな？
野木　わぁ、『三億円事件』だ！　みたいな。
西堂　まるで他人の作品を観るかのように。
野木　（自分で）『三億円事件』の戯曲を書きましたから、他人の作品って感じはしなかったんですけど。
西堂　（『三億円事件』を）上演された劇場はどこでしたか？
野木　パラドックス定数で上演したのは、東演パラータと、下北沢ＯＦＦ・ＯＦＦシアターですね。
西堂　ウォーキングスタッフが上演したのは……。
野木　シアター711。
西堂　あぁやっぱりあそこか。本当に狭いところですよね、ザ・スズナリの横にある……。『怪人21面相』の上演も確かあそこですよね？
野木　ウォーキングスタッフさんはシアター711でやってらっしゃいました。
西堂　小劇場でのこの二本の作品は大評判になりました。『怪人21面相』は初演から改作されているんですか？
野木　してます。大筋は同じなので。私は本当に一ページ目から書き直すんですよ。なので、全部書き直しました、って言っているんですけど、もしかしたらご覧になってくれたお客様からしたら、何も変わってない！って思われるかもしれません。
西堂　なるほど。それで、二〇一六、一七、一八年くらいから、世間的に野木さんのお名前がすごく知られるようになったんですよ。
野木　はぁ……。
西堂　僕もその頃に野木さんのお名前を知りました。そうしたら二〇一八年にシアター風姿花伝で、プロミシングカンパニーに選ばれて、一年間で七作品を上演された。僕はそのうち、五作品くらい観たと思うんですが。

野木　ありがとうございます。

西堂　企画自体がレトロスペクティブ（回顧上演）なんで、二〇〇三年以降に書かれたものです。二〇〇三年っていうと、野木さんが二十代半ばでこんなすごい作品を書いていたんだと思うと、びっくりしたんですよ。

野木　嬉しかったり……。でもすみません、やっぱり書き直してるのでそうとも言えないところもある……。

西堂　書き直されたにしても、原型はすでに書かれていて。

野木　はい、原型は書いてます。

西堂　逆に言うと、何でこれだけの作品を書かれたにもかかわらず、二〇一六～一八年まで話題にならなかったのかっていうのが、僕は非常に不思議でした。

野木　必要とされてなかったんじゃないですかね。

西堂　それは……野木さんが？　それとも演劇自体が？

野木　両方です。私とそういう演劇（私が書く演劇）が。

西堂　時代に合ってなかった？

野木　合ってないというか、必要としない人は必要としないでしょうし……。

西堂　（観劇してくれる人が）三百人とか入っても、まだレアな人たちなんですね。でも五百人に支持されれば演劇界ではそれなりのレゾンデートル（存在理由）があるわけです。その五百人にも当たらなかったって感じだったんですか？

野木　当時下手っぴだったんだと思います。

西堂　そうですか。それは俳優とかも含めて？

野木　演出も含めて、公演として。
西堂　台本自体は残っていて、それを一から書き直されたとしても、二〇一八年にはさらにブラッシュアップされて、洗練を加えられたということですね。
野木　まぁ恥ずかしい。そうですね、過去に書いたものを読んで恥ずかしいなと思って、書き直しはしました。

馬が喋る

西堂　このシアター風姿花伝で上演された七作品の中でも、『トロンプ・ルイユ』という作品は、（観劇して）すごくびっくりしました。馬が喋る。何でこんなこと思いつくんだろうかと。これはだまし絵っていうタイトル（トロンプ・ルイユはフランス語でだまし絵の意）ですね？この作品は初演当時、「何だこれは？」って言われたんですか？
野木　『トロンプ・ルイユ』の初演は二〇一一年で、比較的あとです。『三億円事件』や『怪人21面相』など、歴史的事実を題材にした舞台がお好きだったお客様はかんかんでしたね。
西堂　でもすでに『東京裁判』や『７３１』とか、結構シビアな歴史的題材を扱っていますよね。
野木　そうですね。
西堂　これらの作品も僕はレトロスペクティブで観たんですけれども、すでにこういった作品を野木さんは二〇〇〇年代初頭に書かれていた。それが二〇一八年に再上演された時、逆にタイムリーだった気もするんですよ。事件物が評価される時代がまた来た……。そんな時流と、野木さんの回顧作品が出会ってしまったんでしょうか？
野木　ごめんなさい、ぴんと来ない……。
西堂　二〇一一年に東日本大震災があって、その後野木さんたちの世代の劇作家が、わりと社会的な素材を使って作品を書き始めた。そういう作品が評価される時代に来ていて、野木さんの作品も、そういう潮流の中の一つとして評価されたんじゃないか。

野木　ほう。

西堂　七三一部隊（を題材にした作品）って野田秀樹さんもやっているし（『エッグ』）、古川健さんもやっている（『遺産』）。一緒のタイミングで『731』が再演されています。そういう流れの中で、野木さんも社会的な演劇をやっている人なんだ、という見方がついてきた。

野木　恥ずかしい。逃げたいですね。

西堂　成功するっていうのは誤解が大事なんで、良いと思うんですよ。僕が「綺想」って言葉を思いついたのは、『トロンプ・ルイユ』だったんですけども、そういったノンセンスな設定の系譜のものと、歴史的な史実を扱ったものとが、野木さんの中に共存しているというのが非常に面白いことだなと思って。何で両方をやれていたのかなって。

野木　ん……？

西堂　野木さんの中では同じ文脈だったんですか？

野木　はい。

西堂　……そこらへんをもうちょっと聞いてみたいな。馬と対話するとか。

野木　あぁ！　思い出してきました。『トロンプ・ルイユ』の初演が二〇一一年の八月だったんですね。それで、三月に震災があったじゃないですか。その震災の真っ最中に公演をやっていたっていうのもあって、私がその時期、相当へばってました。震災だけが理由じゃないんですけれども。さすがに休みたいな、一年に三本（公演するのは）ちょっと無理だ、と思いました。でも休めなかったんですよ。それで本当に、お芝居、演劇、劇団、やだやだって状態になってしまった。ここまで嫌なのに何で劇場が押さえられているんだ？　という気持ちもありまして……。あぁでも恥ずかしいな。私、お芝居をつくる時にね、題材とか、史実を元にして書く時ももちろんそうなんですけど、俳優さん、スタッフさんへのリスペクトがあるんですよ。言葉にすると安っぽくて恥ずかしいんですけど。この人に私の表現を任せたいなとか、一緒にやりたいとか、この人に照明をつくってほしいとか、この題材で当時この人たちはどんなことを考えてたんだろう、知りたいなぁとか。そういうリスペクトがあったんですけど、一切それを持てなくなったんですね。で、これはさすがにまずい、どうしようってなった時に、もうすがる思いだったのが馬。私、馬が大好きで。今でもまだ好きなんです。

西堂　ああ、そうなんですか。

野木　はい、本当に好きで。馬に関わる人、競馬に関わっている人、走っている馬ならいける。もう本当、命綱ですよ、それが。役者とか人間とか（執筆中は）一切見てなかったです。もうずっと馬のことを考えていました。

西堂　それが馬と対話している劇に繋がっているわけですね。

野木　はい。

西堂　じゃあ馬に託したものって、相当大きかったんですね。

野木　託す……とか考えてなかったです。もう私がしがみついていた感じですね。

西堂　現実とか世間とか世界とか全部含めて、馬一頭に集約されてたっていう感じですか？

野木　その意識はなかったですね。自分が摑んでいた感じ。

西堂　その手綱が世間との唯一の紐帯のような感じになっていたわけですね。その馬っていうのが単に思いったという以上に、もっと自分の深い根っこと繫がっていたということですか。

野木　どうなんだろう？　普通に馬が好きっていう、それだけなんですけど。

西堂　うん、でもその好きっていう時、自分の実人生みたいなものが最終的に出てきますよね。すべて信じられなくなったという心境は、二〇一一年の震災とかと、どこか関係あるんですか？

野木　ないと思います。
西堂　では自分の個人史の中でのスランプ？
野木　そうですね。
西堂　そうやって二〇一〇年代をすごしてこられて、ある意味、野木さんの評価自体が押しも押されもしなくなっている。
野木　それはないです。
西堂　いやそれは自分で評価するものじゃなくて他人が評価するものだから（笑）。こうやって話をしてきて、劇作家・演出家としての野木萌葱さんの個人史が、演劇の歴史の中でのいろいろなものと重なり合っているような気もしました。このあとは創作のお話をおうかがいしようと思います。前半はここで終わります。

第2部　脳内宇宙の秘密

ミニ商業化に潰されなかった奇跡

西堂　前半で野木さんのお人柄もよくおわかりになったと思うので、後半はそこを継ぎながら、どのような体験をしてきたのかというところも含めて少し話を広げてみたいと思います。それから、野木さんの作品についての考え方もいろいろ聞いてみたいと思います。

野木　はい。

西堂　皆さんも、今日話を聞いていた中で感じたと思うんですけど、二〇〇〇年代、野木さんはほとんど商業として成り立たないような作品づくりをされてきました。かと言って、かつての運動意識でやっているのとはまた違うし、何なんだろう。演劇が好きで好きでしょうがなくて、やらざるをえないからやっているのとは違うんですよね？

野木　そうです。ああ、でも（演劇を）やっているんですよねぇ。

西堂　（笑）

野木　「やっているんだから好きなんだろう」と言われて、「嫌いです」と答えるのも恥ずかしい気持ちがあるんですよね。矛盾しているのが申し訳ないというか。

西堂　前半で言われた、俳優やスタッフに対するリスペクトが、一つの集団の行為として（演劇を）成り立たせていくんでしょうか？　そのことに関しては非常に誠実に向かわれていたのかと思います。

野木　そうですね。それだけは貫きたいですね。

西堂　それがフッと見えなくなった時にやめざるをえなくなる。

野木　そう……それだ！

西堂　そこで（他人へのリスペクトを見失った時に）馬が出てきたんですよね？

野木　そうですね。一番わかりやすかったのは、二〇一一年の馬ですね。

西堂　夢の中から馬が現われてきた？

野木　もともとまったく別の話をやる予定だったんですけど、劇団のミーティングで「競馬の話やるよ」って言いました。劇団員からは「はぁ？」って言われましたが、「はぁ？　じゃないんだ！　やるんだ！」と。

西堂　その時の押しは強かったんですね。

野木　もうそれしかない！　私の中にはそれしかない！　と。

西堂　それについて、劇団員も「野木さんが言うんだからしょうがない。ついて行こう」というふうに容認したんですか。

野木　いや、劇団員からは「え、四つん這い？」って言われました（笑）。だから私も「四つん這いになりたいかー！」って言い返しました。

西堂　（笑）四つ足で歩けと。

野木　結果的には四つ足では歩いていないんですけれども（笑）。そんなやり取りがあって、「じゃあ馬の話やるよ」という話になりました。

西堂　そこまで追い詰められても商業化しないでやってきたというパラドックス定数の在り方が、僕にはものすごく特異な例に思えるんですよ。なぜかと言うと、二〇〇〇年代って、小劇団においても「ミニ商業化」していく時代だったんじゃないかって思っているから。

野木　そうだったんですか。

西堂　二〇〇〇年代の演劇の中では商業化が結構大きなテーマだったんじゃないか。例えば、この頃、ホリプロがストレートプレイに参画してきたんですよ。誰の戯曲でやるかというと、実は井上ひさしなんです。ある意味で商業主義の反対側にいるはずの井上ひさしを、むしろ商業演劇のホリプロが使い始めていった。だから演劇界自体が商業化の流れを止められなかった。一方、二〇〇〇年代で記憶に残っている舞台は、例えば新国立劇場の『焼肉ドラゴン』だとか、（二兎社の）永井愛さんの作品だとか。彼女は新国立劇場と対立したりもしましたけど。あるいは世田谷パブリックシアターで上演されていた（MODEの）松本修のカフカの連作（『アメリカ』『審判』『失踪者』）とか。公共劇場から良い作品が生まれてきた。これがある意味、商業主義とギリギリ対抗していたなと思いました。PARCO劇場もシアターコクーンも完全に商業化して、その大きな流れの中に実は小劇場も入っていたんじゃないか。その中でパラドックス定数が存立していたことは、本当に奇跡だと思うんですよ。

野木　はい……。
西堂　別に恐縮されなくてもいいんですけども（笑）。

きっかけは外側

西堂　そういう中で二〇一一年の東日本大震災があって、演劇の流れが少し変わったなと思います。それまでミニ商業化に対して嫌だなと思っていた劇作家たちが一斉に評価され始めてきた。瀬戸山美咲さんや、長田育恵さん、シライケイタさんとか、古川健さん。その中にたまたま七三一部隊を素材として使った野木さんもいたってことなんですね。
野木　たまたまです。
西堂　たまたまにしろ、七三一や東京裁判（のような歴史的題材）が目に入ってきた動機や理由は何かあったんですか？
野木　東京裁判はお客様のリクエストなんですよ。だから、本当に外側からいただいたもので、自分自身を掘り当てて見つけた題材とかそういうのではないんです。お客様から「東京裁判（を題材にした作品）が観たいです！」と言われて、私は「何を言ってるんだ」と思いました。でもそう言ってくださったものですから、「ありがとうございます」と。それで、挑戦してみようかと思いました。
西堂　七三一は？
野木　これも（きっかけは）外側なんです。何か過去のことを書きたいと思って図書館で本を眺めていたら、「日本の戦争」の書棚があるじゃないですか。そこにあった本のタイトルが明朝体で『七三一』だったんですよ。何も知らなかったものですから、最初は「なんで七三一？ これは戦争に関係あるのかな？」と思いました。本当に恥ずかしい。そのタイトルをしばらく見ていました。『七三一』って数字だけなので、「広島」とか「長崎」とかと違って異様なんですよ。だから、読んでみて、こんなことがあったのか、と……。

西堂　外部から来たオファーに応じたと言われましたが、そのように題材をもらって取り組んでみた作品は他にもあるんですか？

野木　ちょっとずれますけど、大昔に書いた『インテレクチュアル・マスターベーション』っていう大杉栄の話もそう（お客様からのリクエスト）ですね。

西堂　あと太宰治の脚色もあるんですよね。

野木　ああ、ありますね。思い出しました。

西堂　それも丸腰で受けたというか……。

野木　三鷹市芸術文化センターというところに森元隆樹さんという演劇が大好きで熱意のある方がいらっしゃるんですね。ご存じの方もいらっしゃるかと思うんですけど、その森元さんが、三鷹と縁の深い太宰治をモチーフにした演劇を一年に一作品やるという企画（現在は太宰治朗読会）を、何年か前まで毎年星のホールでやられていました。前からそのお話をいただいていましたが、太宰にはまったく興味がなかったので、生意気なことに断っていたんですね。「芥川龍之介ならやる」とか言って。それでも、森元さんがずっと誘ってくださっていたので、「ここまで言ってくださるなら……」と心を改め、「今まですみませんでした。やります」と言ってやりました。

西堂　今、芥川の名前が出ましたが、近代文学で興味のある作家とか、それをもじりながら改作しようとした作品は、今までありましたか？

野木　江戸川乱歩、横溝正史、そして夢野久作が出てくる、『ＨＩＤＥ ＡＮＤ ＳＥＥＫ』というお祭り騒ぎみたいな突拍子もないお芝居が一本あります。

西堂　推理小説も結構お好きなんですか？

野木　好きと言うほど読んでないのが恥ずかしい……。でも興味はあります。

西堂　作家を一つの典拠としながらリメイクしていくのは、劇作の王道の一つだと思います。作家を典拠とするのは他にはありますか？

野木　今お話しした『HIDE AND SEEK』も、外部から「野木さん知ってた？　この三人（江戸川、横溝、夢野）って知り合いなんだよ」と言われたのがきっかけなんです。

西堂　アンテナを張っている人が外部にいて、そういう人が野木さんにいろいろ持ちこんくることがあったんですね。

野木　あります。あります。世間話から始まって……。

西堂　それはプロデューサーなんですか？　それとも世間一般の人なんですか？

野木　俳優です。

西堂　パラドックス定数の俳優ですか？

野木　違います。これ、ばれるな（笑）。『HIDE AND SEEK』の題材をもらった時、「ありがとう。私やってみます」って言ったら、その人が「野木さん一つ条件がある」。「何？」って言ったら「俺を出せ」って。

西堂　「俺を主役に」とは？

野木　それはないです！

西堂　結構教養ある人が周りにいたってことですね。

野木　そうですね。

西堂　いつの間にかそういう人材が野木さんの周りを取り囲んでいた。

野木　ありがたいことに。

西堂　それはすごい財産ですね。演劇において持っているといい大事な人材です。野木さんが一人で図書館に行って「七三一」という明朝体を見ただけではなく、周りに世間があったってことですね。

野木　そう言って（リクエストして）くださる方がいてありがたいと思うのと同時に、「ん？ 図々しいなぁ」とも思います（笑）。すみません。でももし何か機会があったら、ぜひ（リクエストしてください）。

西堂　そういうオファーというか、善意の提案みたいなものを受けることで、人へのリスペクトが働くのでしょうか。

野木　そうだと思います。でもそこまででストップなんですよ。私が「（リクエストしてくれた劇が）どうなっても知りませんよ」って言うと、「いいです」って。あとは何も言わずに公演を観に来てくれる。

西堂　「俺を出せ」ではなく？

野木　あぁ……でも（その人）役者だからなぁ。（舞台に出たい）気持ちはわかるので、「よしわかった」って言って、出演してもらいましたけど。

西堂　『東京裁判』も外部の依頼ですか？

野木　はい。

西堂　世間話から？

野木　はい、世間話ですね、お客様が来てくださって。その方は「パラドックス定数の『東京裁判』が観たいんです！」っておっしゃって。

西堂　それはどういう理由か聞きました？

野木　いや、わかんないです。まず聞かなかったですね。もしかしたら「聞いたらつまらなくなるぞ」という意識が働いたのかもしれないです。

西堂　なるほど。じゃあ、あとはお題を頼りに自力で展開していく。

野木　そうですね、最初の取っ掛かりだけいただいて。

他のものはいらんだろう

西堂　その時に東京裁判を扱った他の作家の作品は読みました？　例えば、井上ひさしの『東京裁判三部作』。
野木　読んでないです。
西堂　井上ひさしは東京裁判をライフワークにしてました。
野木　はい、知ってます。
西堂　一切、読まず。
野木　一切。
西堂　それはあえて読まない、もしくは気にしたらまずいとかそういうのもあったんですか。
野木　そのお客様のせいにするのもあれなんですけど、「パラドックス定数の東京裁判が見たいんです」と言われた以上、他のものはいらんだろう、と。
西堂　なるほど。その踏ん切り方が素晴らしいですね。野木さんはドラマトゥルクって知ってますか。
野木　知ってます。
西堂　野木さんの周りにはドラマトゥルク的な人はいらっしゃいますか。
野木　いません。
西堂　ドラマトゥルクがそばにいると、「井上ひさしはこんなのやってるよ」とか他の資料をどんどん持ってきたりするんです。
野木　そうなんですか。
西堂　そういう仕事がドラマトゥルクの一つです。今までやられてきたものを調べ上げて「これ以外のことをやってください」と。でもそういう人は幸か不幸かいなかった。一人でやっていたという感じですか。
野木　はい。

西堂　そうすると、完全に自分の独創性の中だけでつくり上げていく。
野木　そうですね、頭の中と稽古場と……。
西堂　文献とかたくさん読まれたりするほうですか。
野木　読みはします。でも多いとは言えないと思います。
西堂　でも作家って「誰かがすでにやっていた」ということが怖くて、いろいろ渉猟しますよね。
野木　渉猟？
西堂　かぶっちゃまずいと思って漁るわけですよ。
野木　でも誰かはもう絶対やってますよ。
西堂　それでもやってないところを見つけてやったのが井上ひさしの仕事だったんです。ありとあらゆるものを集めて「ここだけはやってない」というのが彼の売りだったんですよ。（野木さんは）そういうことはあまり関係なく、パラドックス定数の東京裁判だからかぶりようがないと。
野木　ごめんなさい。かぶるとか、かぶらないとかまで考えなかったです。
西堂　ではわりと丸腰でやられていた感じで。
野木　そうですね。
西堂　七三一は、ほぼ似たような時期にわりと同時代の先鋭的な人たちが書いていた。それに関して思うところはありますか。
野木　ないですね。
西堂　全然気にされなかった？
野木　はい。
西堂　なるほど。わかりました。

自分を超えた創作

西堂　ではこれからは野木さん自身がどんなふうに劇作を書いているのか、創作の秘訣をおうかがいします。例えば、この前の『vitalsigns』（二〇二一年十二月上演）は非常に不思議な作品で、ある種ＳＦ的です。他の人がなかなか思いつかないようなことを思いついてしまう野木さんの頭の中はどうなっているのかと思いました。

野木　私、外側の感覚が強いんですよ。恥ずかしいことを言うんですけど、散歩していると、現実にはいない男の人が突然頭の中にフッと現われる。「あれ？ この人、どこにいるんだろう？ 狭いところにいるなぁ。あ、潜水艇の中にいるわ。何しに行くんだろう？」という感じ（で彼を観察していく）。

西堂　ある種の妄想？

野木　妄想ですね。

西堂　その妄想を追いかけていく。そうするとだんだんと男の人の声が聞こえてきたりする。

野木　そうです。

西堂　その声をほとんど写すように書いている？

野木　写す……？ 腹立たしいことに、全部はっきりとは聞こえないんですよ。焦っているとか、言い争いをしているとか、困ったことになっているというのはわかるんですけど、それがなんだ？ どうした？ という感じなんです。

西堂　でもそれって半ば野木さんの頭の中でつくり出した人物ですよね？ それは自分の声を聞いているというのとはまた違うわけですか。

野木　自分の声ではないですね。その男の人の声でしたね。

西堂　その男の人の声に自分が投影されるとかとはまた違うんですか？

野木　（男の人が喋るのが）私の考えていることだということはわかるんですよ。でも私が論理的に振り絞って出てくるものではない。何でそんなこと言ったの？ということが多発するので、ずっとそれを見ていく。
西堂　そうすると、野木さんの中にもう一人別の人がいるみたいな感じですか？
野木　登場人物が五人なら（私の中に）五人います。
西堂　日常生活でそれ（妄想）をすると危ないですよ。
野木　かつて（妄想しているところを）劇団員に見つかったことがあるのですが、あれはひどかったですね。劇団員から「（この世でないところに）いっちゃってる」と言われました。「野木さんやばい！本当にやばい！電車に乗っちゃダメ！」と。
西堂　それくらい狂気に近いところで書かれているということですね。
野木　どうなんでしょう……。説明できればいいのですが……。
西堂　そういうもの（実在しない男性など）をおびき寄せるような作戦はあるんですか？
野木　ある日突然来ますね。「来たな？あなたか」と。
西堂　それは宇宙人みたいなもの？
野木　そうですね。
西堂　そうすると、あの『vitalsigns』という作品は、野木さんにとっては当たり前の現実だったんですね。
野木　当たり前の現実？「いいえ、あれはお芝居です」という返しはおかしなことになりますか？
西堂　うん。捏造したというよりは、聞こえたものをある意味、自動筆記的に書かれたものだから……。
野木　経験上、自動筆記に一番近い形で書けると一番良いもの（物語）が出てきます。フッと出てくるのがベストだと自分は判断します。
西堂　それは創作の秘技ですね。自分の考えていること、思っていること、知っていることを書くのではなく、自分を超えたものを書くという感じですか？

野木　答えになっているかどうかわかりませんが、例えば史実を題材にした物語を書くときは、登場人物は全員軽く私を超えているんですよ。お芝居とアルバイトしか知らない私が何でこのようなものを書かなきゃならないんだ、と。私が（登場人物たちを）追いかけていくという感じですね。

西堂　他者と対話をしながら、超えちゃっている自分を追いかけるのは……辛くないですか？　そういう存在に脅かされませんか？

野木　先程の馬と繋がりますが、逃がしてなるものかと、必死で並走する感じですね。逃がさない。

西堂　その宇宙人を？

野木　そうですね。宇宙人だったり宇宙人と向かい合っている人だったり。

西堂　なぜこんなふうに自分が思いついたのかって、あとになって振り返って不思議に思いませんか？

野木　思いついたという感覚がないんですよ。「あ、来たな。出たな」っていうだけなんです。

西堂　やっぱりＵＦＯですね。未確認物体がそこにいる。

野木　そうですね。最初は「あなたは誰だ？」から始まりますので、ある意味そう（ＵＦＯ）だと思います。

西堂　自分とは何かと言うよりは、あなたは誰か。

野木　そうです。

西堂　それが独特の入射角なのかな。それが戻ってくる時に、自分がちょっと解明できることはありませんか？　他人は何かってことを考えると、結果として自分に戻ってくる。もしかして戻ってこない？

野木　戻ってこない。

西堂　もう遊離しちゃってる？

野木　他人ですから、他人のものを見ているという感じですね。

西堂　だけど、それを自分で見ているわけですよね。自分で書いているわけですから、自分だということは確証があるわけですよね？

野木　書いてる確証？

西堂　うん。だから自と他みたいなものが、完全に分裂しているっていうか。

野木　分裂しててほしいって願っているのかもしれません。書いてるのは自分なので、絶対に野木萌葱の考えとかが出てきてると思うんですけど、それを認めたくないというか、それを懸命にシャットアウトしようとしてるところはあります。

西堂　離れれば離れるほど作品として鋭くなっていく、作品としてインパクトを持つ、というのはあると思うのですが。

野木　他人と離れる。ああ、(他人を) 見ちゃうなあ。

西堂　野木さんの一つの発想というか、創造の一端を垣間見られたという感じがします。あんまり垣間見ないほうがいいか (笑)。

切り詰めた文体と当て書き

西堂　野木さん自身が参考にしたり、好きだったりする劇作家はいらっしゃいますか？(自分以外の劇作家の本、) 読まれます？

野木　学生時代は読みましたけど、この頃はまったく (読みません)。

西堂　学生時代に読んだもので、自分が影響を受けたり印象に残ったりしているものはありますか？

野木　本じゃないけど、やっぱり野田秀樹さんと三谷幸喜さん。影響を受けたのは、翻訳家の方です。映画の字幕スーパーの。時々「誤訳だよ」とか言われちゃったりする戸田奈津子さん。

西堂　どういう影響なのですか？

野木　必要な言葉だけをガッと。
西堂　要するに、言葉の圧縮度みたいな。それは、一つの文体ですね。
野木　戸田奈津子さんみたいな文体を書こうと思ったことはないんですけど、ああいう、余計なこと（を省く）というか、回りくどいのは嫌だ、みたいな（ところに影響を受けています）。映画だからテンポよく感じるんでしょうが。
西堂　字幕ですからね。本当に切り詰めた言葉だけ残るので。ご自分の文体も切り詰めていくというか、テンポのいい会話を考えていますか？
野木　考えるというか、これ都合が良いんですけど、（頭の中の登場人物たちに対して）「頼むよ」って感じです。
西堂　あんまり長台詞を書かない？
野木　はい。
西堂　ですよね。わりと短い台詞が、ポンポンポンと四、五人の中で交わされていく。それは、俳優の集団に対する信頼とかリスペクトがなせる業ですか？
野木　それはあります。
西堂　それは当て書きとは違いますか？
野木　当て書きです。
西堂　当て書きっていうと、この人には普段こんなところがあるけど、もう少しほじくってみようかっていうような人物の造形が、当て書きには秘められていると思うのですが。
野木　それもやりますし、当て書き集団戦みたいなこともやります。
西堂　五、六人で一つのことを語るみたいな感じですか？
野木　（そういうことは）ありますね。

西堂　俳優一人一人の違いを前提にしながら書き分けているってことですか？

野木　登場人物が五人だとしたら、その登場人物たちと実際に演じる役者五人が二重映しになるんですね。都合の良いことが頭の中で起きているんですけど、（それぞれを演じる役者と）似た口調で喋るよう（頭の中の登場人物たちに）頼むのが少し効いていると思います。（役者と登場人物が）交差するところを狙っているみたいな。何を言っているんでしょうね？テンポと口調（への意識）は絶対に頭の片隅にありますし、「ああ、この俳優さんサ行苦手なんだよな」とかそういうことも考えます。

他劇団への書き下ろし

西堂　最近、青年座とか新国立劇場とかＫＡＡＴ（神奈川芸術劇場）とかから書き下ろしを頼まれてやっていますね。その時の書き方と、パラドックス定数での書き方は違いますか？

野木　違いますね。青年座さんはもう何度かやらせていただいているので知っている俳優さんもいらっしゃるんですけど、外部に書く時は俳優さんの写真を並べてずっと見ています。

西堂　この前の横浜の芝居（『湊横濱荒狗挽歌〜新粧、三人吉三。』）の大久保鷹みたいに、劇作家が書いたことを平気で裏切るような役者がいるじゃないですか。そういう俳優に対して野木さんはどうするんですか？もうその人に任せちゃうんですか？

野木　鷹さん、裏切らなかったんです。

西堂　そうですか（笑）。いつも裏切っていると思っていました（笑）。

野木　そういう話は聞きました。

西堂　じゃあ意外に野木ファンだったんだ。

野木　私の頭の中のイメージとまったく同じではありませんが……。

西堂　意外にきちんと（野木さんの書いたものを）採用してくれたんですね。あと、新国立劇場の『骨と十字架』っていう作品は、まるで翻訳劇のような文体で書かれた記憶が僕の中にあるんですが、題材によって少しやり方を変えることもあるんですか？

野木　『骨と十字架』は、「翻訳劇みたいな文体にするぞ」とは思わなかったです。自然に（そうなった）。登場人物が全員カトリックの神父様なので、とても丁寧に喋るんですね。これは私の妄想なので、司祭、シスターの方がいたら申し訳ないんですけど、そういう方々については「丁寧な口調で喋ってるんだから文句言わないよね、あんた」とお互い牽制しあってるところあるんじゃないかなと思って。口調は丁寧なんですけど実はものすごくひどいことを話しているというのを書きました。

西堂　青年座でやられた『ズベズダ』は科学の話です。これも調べて調べて調べ抜いて書かれたんですか？

野木　そうですね。調べたなあ。「わからん」って泣きながら。

西堂　こういう題材でやってくれというオファーがあったんですか？

野木　違います。

西堂　あ、違う。

野木　また来た。

西堂　あ、UFOが来ちゃった？　でも、すごく理屈っぽい芝居でしたよ。（観客が）勉強させられちゃうみたいな。

野木　長かったでしょ？　でも台本の段階ではもっと長かったんですよ。私も削って、青年座さんも削ってくださって、削りに削っても三時間だったので、本当に必要なところだけ（しか上演できなかった）。だからそう（理屈っぽく）なってしまった……。

西堂　他劇団に書き下ろすときに書きすぎちゃうのは、（よく知っている人たちではないから）説明しておかないと、という思いが働くからですか？

野木　いや、題材に尽きると思います。

西堂　自分で演出するのであれば、現場で処理すればいいという知恵が働きますけど、やっぱり演出家に託すとなると、書き方が少し違ってきますか？

野木　自分の劇団に書くときは、余計な長ったらしいト書をたくさん書いてしまうんですよ。劇団員たちや客演さんには「小説だ、へへ」って笑われるんですけど。大量のト書きがあることを「嫌だな」って思われる演出家さんがいて。演出家の仕事を奪うとまではいかないんですけど、こっちのイメージを押しつけている。だから、それを極力やめて必要最低限のト書にしています。やはり自分の癖で長くなっちゃう。その話をしたら、「長く書いて！」って言う演出家もいたので、じゃあ戻してみるかと思って、横浜の芝居（『湊横濱荒狗挽歌〜新粧、三人吉三。』）と『ズベズダ』からト書解禁みたいになりました。

西堂　横浜の芝居の演出家はシライケイタですね。彼はト書を長く書いてくれ派ですか？

野木　（シライケイタは）何も言わなかったです。こっちが「ト書ガタガタ書きます！すみません」って言いました。

西堂　演出家との共同作業において、いろいろ綿密な打ち合わせは、あるんですか？

野木　どの時点でどの状態を綿密と言うかによりますが、私の基準だとそんなに綿密じゃない。でも濃度は高いみたいな感じです。

西堂　ト書の書き方も作家によって随分違っていて、ト書とは言えないような、小説の地の文みたいな文学的なト書を書く劇作家もいますしね。今日は野木さんの演劇人生と、創作の秘話をうかがってきました。最後に野木さんの今後の抱負を聞いて終わりたいと思います。

野木　前までは年間三本、かなりハイペースで上演していましたが、疲弊して、最近は本数が少なくなっています。しかし、やりますのでお待ちください。もし（私の名前を）見かけたら、「諦めずにやっているんだな」と思っていただければ幸いです。本当にありがとうございました。

西堂　本当に今日は貴重な話、ありがとうございました。野木萌葱さんの劇世界に触れるいい機会になりました。ますます野木さんの演劇は目が離せないと改めて思わされました。

（2022・5・29）

第７章

横山拓也
対話劇から見る今日の演劇性

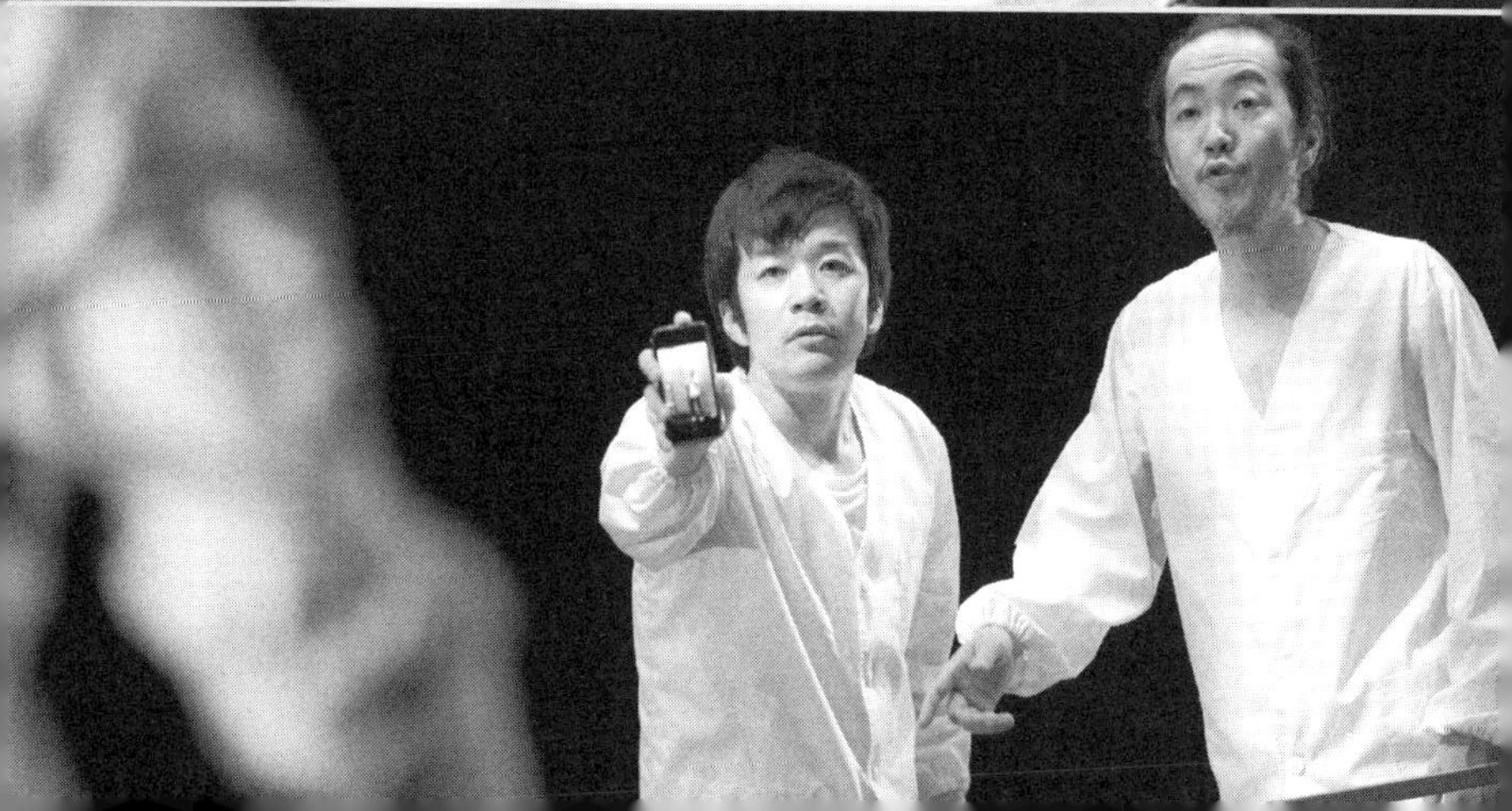

横山拓也（よこやま・たくや）
1977年、大阪府生まれ。劇作家、演出家。演劇ユニット iaku 代表。大阪芸術大学在学中に演劇活動を開始、2012年に演劇ユニット iaku を立ち上げる。緻密な会話が螺旋階段を上がるようにじっくりと層を重ね、いつの間にか登場人物たちの葛藤に立ち会っているような感覚に陥る対話中心の劇を発表している。
2022年に初の小説『わがままな選択』（河出書房新社）を上梓。
2023年に『あつい胸さわぎ』を原作とした同名映画（監督：まつむらしんご）公開。
《受賞歴》
第15回劇作家協会新人戯曲賞『エダニク』
第1回せんだい短編戯曲賞大賞『人の気も知らないで』
第72回文化庁芸術祭新人賞（関西）『ハイツブリが飛ぶのを』
第26回OMS戯曲賞佳作『逢いにいくの、雨だけど』
2018年度咲くやこの花賞（文芸その他部門）

［扉の写真］上：『粛々と運針』より／下：『エダニク』（2016年の再演）より（ともに撮影：堀川高志）

第1部 演劇人への転戦

西堂　これから横山拓也さんをお迎えして、「対話劇から見る今日の演劇性」というタイトルでトークをやりたいと思います。まず横山さんをご紹介いたします。

横山　劇作家で演出家の横山拓也です。大学を卒業してから十五年くらいずっと大阪で演劇活動をやってきて、その劇団をやめたあとに今やっている iaku◆ という演劇ユニットを立ち上げました。二〇一五年くらいに東京に住居を移してからは主に東京と大阪で演劇をやっています。よろしくお願いします。

西堂　それでは話を始めていきたいと思います。第1部と第2部で分けまして、第1部は現在までどんな演劇活動をしてこられたのかを中心に、とくに今二十歳前後ぐらいの学生たちに向けて指針になるような話をしていただければと思います。第2部は現在日本でもっとも活躍されている劇作家の一人である横山さんの脳味噌を少し拝見させていただこうかと思います。要するに、どんなことを考えて演劇に向かわれているのかということをお聞きしたいと思っています。

◆iaku　劇作家・横山拓也による演劇ユニット。緻密な会話が螺旋階段を上がるようにじっくりと層を重ね、いつの間にか登場人物たちの葛藤に立ち会っているような感覚に陥る対話中心の劇を発表している。間口の広いエンタテインメントを意識しながら、大人の鑑賞に耐えうる作品づくりを心掛け活動中。代表作『エダニク』(二〇〇九)、『人の気も知らないで』(二〇一三)、『逢いにいくの、雨だけど』(二〇一九) 等多数。

演劇とは無縁の青春時代

西堂　横山さんの生まれは大阪……。
横山　生まれは大阪です。
西堂　演劇を観るような環境に関してはどうだったんですか？
横山　高校三年生の時に友人に小劇場を教えてもらって観に行ったのが演劇の初体験ですね。それまで芸術鑑賞の授業等で学校に来る演劇には触れたことがありましたが、演劇は自分の青春時代からすごく遠いものでしたね。
西堂　小学生から高校生くらいまでで一番関心があったものは何でしたか？
横山　サッカー部に入っていました。すごく一般的な学生だったと思います。いろいろなサブカルチャーにものすごく興味があったわけでもないですが、ものを書くということだけは、中学時代から一人でコツコツとやっていました。
西堂　では体育会系と文化系が同居している感じですか？
横山　そうですね。学校にいるときは体育会系で、家に帰ったら文化系みたいな感じかもしれないです。
西堂　なかなか巧妙な人生ですね。周りに演劇関係の人はいなかったんですか？
横山　演劇に関しては本当に（無縁でしたね）。高校生の時も自分の学校に演劇部があることすら知らなかったですし。ただ、文化祭で劇をつくるときには同級生と一緒になって面白がってやっていた節はあります。当時の大阪では、心斎橋筋２丁目劇場というところで活躍していた吉本（興業）の若手芸人たちが中心となったテレビ番組が、関西のローカル（放送）でかかっていたのを深夜に結構見ていました。そこから、面白いものをやりたいとか面白いことって何だろうみたいなことに興味はありましたが、それは演劇に繋がるものでは全然なくて……。

西堂　それはお笑いですか？

横山　お笑いですね、娯楽としてですが。そういうものに憧れて、劇として文化祭でやることはありましたけれども、まさかそこから自分が劇作家の道に進んでいくとは当時はまったく思っていなかったですね。

西堂　関西というと宝塚（歌劇団）もあるけど、そちらの系統はどうでしたか？

横山　叔父が阪急電鉄に勤めていたので、宝塚のチケットは手に入れようと思えば手に入れられたし、実際いとこはよく行っていました。でも、ぼくは（演劇だけでなく）宝塚にも興味がなくて、今に至っても一回も観たことがないです。

西堂　関西だと吉本か宝塚か（という二択）だから、なかなか小劇場とか実験的で前衛的な演劇には触れないとよく言われていましたが、横山さんもそんな感じですか？

横山　はい、そうです。

西堂　そのあとに大阪芸術大学に入られますね。大阪芸術大学は八〇年代くらいから小劇場の立役者たちが続々と出てくる大学です。とくに舞台芸術学科には秋浜悟史さん（後に兵庫県立ピッコロ劇団の代表）という劇作家が赴任されてから、劇団☆新感線のいのうえひでのりさんとか（南河内万歳一座の）内藤裕敬さん、（劇団太陽族の）岩崎正裕さんらが次々と出てきます。しかし横山さんは彼らの舞台芸術学科とは違うところに入られたそうですね。

横山　演劇がそんなに近くにあったものではなかったので（舞台芸術学科には入りませんでした）。脚本とかシナリオまでのイメージはありませんでしたが、小説家とか何かものを書くことへの興味から、文芸学科に進みました。

エンターテインメント志向の劇団立ち上げ

西堂　そのあとに売込隊《うりこみたい》ビームという劇団をつくられますね。今から見ると少しノリの良いというか、ちょっとえげつない……（笑）。

横山　そうですね、ちょっと恥ずかしい……。言い訳をすると、その劇団名は僕ではなくて、高校三年生の時に僕に小劇場を勧めてくれた人物が付けました。彼は一緒に大阪芸大に進んで、僕とは違って舞台芸術学科に入りました。そこで彼から、劇団を立ち上げたいから脚本を書いてくれないかと誘われて、劇団名も彼が決めてそこから結局十五年くらい一緒に活動します。

西堂　その劇団はお笑いを目指すような傾向だったのですか？

横山　そうですね。エンターテインメントでした。高校三年生の時に勧めてもらった劇団も、惑星ピスタチオという神戸大学出身の劇団でした。腹筋善之介◆さんや、テレビでも活躍されている（現在KFactory所属の俳優の）佐々木蔵之介さんが当時所属されていました。僕はそれを阪神淡路大震災のまさに一日前に観たのですが、それは高校三年生だった僕にとってすごく衝撃的だったんですね。お笑いのセンスもすごかったのですが、身体だけを使って表現するという可能性に初めて触れて、多感な時期にすごく面白いものに出会ったなと思いました。

西堂　惑星ピスタチオの（舞台演出家・折り紙作家の）西田シャトナーさんは2・5次元の演出家としても相当活躍されていますね。

横山　『弱虫ペダル』とかで……。

西堂　その後、身体を使うフィジカルシアター系の劇団、ランニングシアターダッシュが関西から出てきて、そういうのが関西のもう一つの小劇場のムーブメントをつくったのではないかと。

横山　そうですね。大きく分けると、劇団☆新感線さんみたいなエンターテインメントの系譜と、太陽族の岩崎正裕さんの演劇の系譜があったような気がします。その中で惑星ピスタチオはまさにエンターテインメントのほうをバリバリやっていらっしゃった。

劇団員との方向性のズレ

西堂　では横山さんの売込隊ビームというのは、どの系列に分類されるのですか？

横山　僕が大学一年生の時に旗揚げして、エンターテインメントからスタートしましたが、大学四年生の時にはすでにアンバランスな劇団になっていました。僕の中で文学的なことへの興味のほうが強くなっていって……。俳優はみんな前へ前へ出ていきたい人たちが多かったので、僕が少し文学的な要素を持ち込むものですから、結構戸惑わせていたかもしれないです。僕が未熟だったこともあって、お客さんも、どう見たらいいのか、表層は笑えるようにできているけど、それ以外のことが書かれているような気がする、というような（困惑する）状況が十年ぐらい続きましたし、先輩たちにも「横山くんは一体何がやりたいの？」と言われ続けた時代ですね。

西堂　劇団員と横山さんの志向がずれてきたと？

横山　そう思います。代表も僕ではなく、劇団のカラーはやはり俳優がつくっていましたが、書いて演出する人物は僕だったので（その間に齟齬が生じました）。当時関西には、（将来的に）俳優が売れたりメディアに出ていったりするような可能性を感じさせるモデルケースがあったんですね。俳優たちは、（劇団そとばこまちの）生瀬勝久さん、（劇団☆新感線の）古田新太さん、そして佐々木蔵之介さんといった関西から全国に出ていった俳優さんたちを見ていた世代なので、やはりそういうところへの憧れも強かったです。そこに行くためにエンターテインメントでお客さんに喜んでもらえるものを（つくろう）という劇団のカラーでやっていく中で、僕は暗いものをつくったりとかしてブレーキをかけていたというか……。

西堂　（俳優たちの手法は）まさに商業的な売り込みですね。

◆**腹筋善之介**　一九六五年生まれ、大阪府出身。俳優、演出家。

横山　そうなんです。劇団名がそういう名前だったのもあって。

演劇祭で大賞受賞

西堂　その頃に僕、実は横山さんにお会いしているんですね。
横山　そうですよね。
西堂　どこでお会いしましたっけ？
横山　それがたぶん、近大フェスなんですよ。僕は一九九九年に大阪芸大を卒業して、二〇〇二年くらいに近畿大学の学生さん主催のフェスティバルに呼んでいただいて、短編を何か一本上演した記憶があります。
西堂　ちょうど僕が近畿大学に行ったのが一九九八年なんですが、その時の学生たちがちょうど横山さんと同世代で、その後かなり活躍した連中が多かったんです。当時学生演劇で一番か二番に人気があったデス電所っていう竹内佑◆くんのいる劇団とか、烏丸ストロークロックっていう京都の劇団の柳沼昭徳◆くん、あと名古屋にその後帰った、劇作家協会新人戯曲賞をとった刈馬カオス◆とか。それが僕の最初の卒論ゼミのメンバーなんです。
横山　すごい人たちを輩出していますね。僕もほぼ同世代ですが、みんな今も本当に活躍していて……。竹内くんはライトノベルとか小説のほうに行っていますけど、刈馬さんも柳沼さんも活躍していますね。
西堂　うん。とくに大阪の学生は市がバックアップしている大阪演劇祭 CAMPUS CUP があって、そこで賞をとるのが（将来的に演劇を続ける）きっかけになる。
横山　僕が大学四年生の時、つまり九九年から三年間くらい大阪市の主催で CAMPUS CUP があって。そこに僕らは大阪芸術大学の劇団として出て、他に同志社大学とか近畿大学とか、いくつかの大学の学生劇団たちが参加していました。扇町ミュージアムスクエア◆っていう今はなき関西小劇場のメッカに集まって公演をして、大賞を頂いたのが一九九九年です。

西堂　二〇〇〇年前後くらいの学生文化って今から思えば相当充実していたんじゃないかな？　そういうすごく活気のある時代に横山さんも卒業されたのかと思います。

横山　でも九九年以前には、実は学生演劇を応援するような企画はほとんどなくて。以前オレンジ演劇祭（第一回は一九八二年）っていうのがあったんですよ。僕も先輩たちに聞いた話なので詳細はわからないんですけど、たぶんオレンジ演劇祭とかがあった時代に、劇団☆新感線さんとか（マキノノゾミの）劇団M.O.P.さんとか、そういった先輩の劇団が表に出て行く機会を与えられて。そこからしばらくたって、CAMPUS CUPという形でオレンジ演劇祭を復活させようっていうのが、九九年から二〇〇二年ぐらいまであったんですよね。そこに居合わせることができたのは、たしかに幸運だったかもしれないです。

西堂　そのちょっと前に京都の劇作家の（マレビトの会の）松田正隆◆さんとか、（office白ヒ沼の）鈴江俊郎◆さんが同じ年に岸田國士戯曲賞を受賞して、京都で一つの新しいブームが起こり始めたのが九六年ぐらいかな。そこから大阪の演劇祭のほうに繋がっていて。そこを体験されたのが結構大きかったのかな？

横山　そうですね。でも学生で自分たちが楽しければいいと思ってやっていたので、そういう自覚はなかったんですよ。大阪の演劇界の動きみたいなことを、自覚も全然ないままやっていたので、あとで振り返ると「あ、そういう時代だったんだ」と思います。ただCAMPUS CUPに出ることで、芸大の先輩だった

◆**竹内佑**　一九七七年生まれ、愛知県出身。劇作家、演出家、小説家、俳優。
◆**柳沼昭徳**　一九七六年生まれ、京都市出身。劇作家、演出家。
◆**刈馬カオス**　愛知県出身。劇作家、演出家。「刈馬演劇設計社」代表。
◆**扇町ミュージアムスクエア**　かつて大阪市北区に存在した小劇場。二〇〇三年三月一六日に閉館。略称：OMS。
◆**松田正隆**　一九六二年生まれ、長崎県出身。劇作家、演出家、立教大学教授。
◆**鈴江俊郎**　一九六三年生まれ、大阪府出身。劇作家、演出家、俳優。「office白ヒ沼」代表。

太陽族の岩崎正裕さんと翌年に共同作業させてもらったりしたんですよね。大賞を取った劇団と先輩劇団が一緒に作品をつくるというような企画もあって。そこからようやく関西小劇場界というものを見られるようになってきたんです。それまではやっぱりサークル活動じゃないですけど、「学生のノリで楽しもう」という感じでやっていました。

幻想を持たせた時代

西堂　じゃあとくにプロになるとか、これで食べて行くとかっていう自覚を持ってやっていたわけではないんですか？

横山　そこがちょっと曖昧なんですよね。僕は実際に就職もしました。

西堂　あ、そうなんだ。

横山　はい。大学四年生の時に就職活動もして、普通に就職をしながら演劇を続けていた。ただ大阪芸大の文芸学科や舞台芸術学科に来るような学生たちはあまり将来のことを深く考えてないというか（笑）。実家が自営業とか、自分で選択ができる人たちが多かったのかもしれないです。うちはサラリーマン家庭だったので、何をおいても就職しろっていうのがすごくあって。僕以外の劇団員はみんな就職せずに、演劇で食っていくか食っていいかないかはわからないまま演劇を続けていき、いつかメディアに出て行く道を探ろうとしていたんだと思います。

西堂　生瀬勝久や古田新太といった役者たちがあの頃若くして出てきていますね。そういうのにちょっと憧れたというか……。

横山　本当に道があるんだと思っていました。実際は相当難しいんですけどね、これが（笑）。

西堂　でもそういう幻想を持たせられる時代でもあったということですね。

横山　これすごく重要だと思うんです。そういう先輩がいることで、憧れて始められた時代なんです。たぶん今の関西の演劇人たちは、そういうモデルケースが近くにない状況なので、そういう夢は持てないというか。もちろん演劇をどういう動機でやるかっていうことも変わってきているかもしれないですけど。当時目立ちたいと思っていた僕らの劇団のメンバーからすると、モデルがあったことはすごく良かったかもしれないですね。

西堂　もしかするとそれ東京だと十年前に来ていたかな？

横山　九〇年代の初頭ですか？

西堂　八〇年代末から九〇年代の初頭ぐらいに。鴻上尚史の第三舞台も、ある意味軽いノリで、「何かやれるんじゃないか？」っていう気持ちで旗揚げしていった。そういう気持ちを後押ししてくれる時代がたぶん九〇年前後、バブルのさなかにあって。バブルが終わると同時に萎んでいくんだけども、関西はあんまりそれ関係ないですよね。

横山　いや、なくもないと思いますよ。ただ、やっぱりこれがバブルの残り香だと気付かずにいたんだと思います。だから収束して行くことを予感できずに追いかけようとしていたんだと思いますね。でも（東京と関西では）ちょっとタイムラグがあるかもしれないですね。

西堂　それと食っていくことに対してもうちょっと関西のほうが大らかな感じがする。

横山　その当時、東京の演劇事情をまったく知らなかったんですが、その差があったと言われたらそうだったかもしれないですね。

iaku立ち上げ

西堂　それで近大フェスで横山さんとお会いして。僕はちょうど（教員として）大学に入って初めて出会ったのが大学二年とか三年ぐらいの人たちで。その後彼らがどういうふうに成長していくのかを長い付き合いを通して見ているので、横山さんのたどったプロセスも何となくわかるところがあるんですよ。売込隊ビームで、文学的なほうに少しずつシフトチェンジし始めてから、劇団を都合十五年間やられましたね。

横山　そうですね、十五年ほど。

西堂　そうすると解散は何年ぐらい？

横山　休止したのが二〇一一年の四月で、そこから一年間休んで、一二年には僕は抜けますと言って iaku を立ち上げました。

西堂　それは東日本大震災以降。

横山　そうです。僕が東日本大震災で苦しくなってしまって。その時三月、四月に東京と大阪で予定していた劇団公演を一回中止したいって言ったんですが、それはできないよって説得されて。じゃあこれはやるから、終わったらもう休ませてくれって言いました。やっぱり東日本大震災の影響はすごくあります。

西堂　まだその時は大阪に？

横山　はい、大阪でした。

西堂　もうその時結婚はされていたんですか？

横山　はい、結婚していました。

西堂　奥さんは東京の人？

横山　はい。東京の人で、劇団員でもあったんです。

西堂　ああ。大阪芸大でしたっけ？

横山　そうなんですよ。東京で育って、大学が大阪芸大で、俳優をやって、同じ劇団の中で結婚しました。

西堂　その後住居を東京に半分移されますよね。それは何年ぐらいですか？

横山　二〇一五年の四月から移しました。妻の両親が世田谷区の桜新町でずっと食堂をやっていまして、俳優活動もストップしていた妻がその食堂を手伝うって言い出して、僕の仕事はどこでやっても一緒だからついていこうかなと思って東京に移住しました。だから僕が東京で演劇やろうと思って東京に来たというよりは、奥さんの仕事が東京だから一緒に行こうかなぐらいの感じで来たんです。

西堂　iakuっていう劇団の名称は非常に不思議なんですけど、どういう意味があるんですか？

横山　アルファベットでiakuって書いていますけど、漢字でも書けまして……（「帷幄《いあく》」と黒板に書く）。

西堂　何か難しい字ですよね（笑）。

横山　そんなに難しくはないですけど、「帷幄《いあく》」っていう熟語がありまして。時代劇でよく見られると思いますが、戦国時代とかに武将が外で松明を焚いているその周りにめぐらせている布のことを帷幄って言って、作戦を練る場所という意味があります。これをローマ字表記してユニット名にしました。

西堂　これは個人のユニットですか？

横山　はい。僕個人のユニットです。

西堂　一人で作戦を練る場所という感じで、そこにいろいろな人を招きいれてこれからやっていくぞっていう。

横山　そうですね。九〇年代以前は王様みたいな作・演出家がいて、そこについていくっていう形の劇団が多かった中で、売込隊ビームは同級生でつくった劇団だったので合議制だったんです。だからこそ、アンバランスな作風でずっとやってきてしまったかなと思うんですけど。でも三十歳をすぎてから、昔タモリさんが「三十歳の時にやっていた仕事が一生やる仕事だ」って言っていたのを思い出して。僕はその時演劇だけでなく編集の仕事も大阪の小さな出版社でやっていたんです。今後どうしようかなと思っているときに、勤めていた出版社の社長が癌で亡くなってしまった。そこで会長とか周りの人たちから社長をやってくれないかって言われたんですよ。まさか出版社の社長という人生があるとは思ってもみなかった。その時三十一歳くらいだったと思うんですけど、小さい出版社の社長として生きていくか、演劇と出版社の編集部という二足の草鞋を履くのか、三十代の時にそういう選択を迫られました。それまで進路のことなんか考えたことがなかったんですけど、初めて親に相談してみたんです。そしたら、親としてはあなたが本当にやりたいことしか応援できない、って言われた。親が言った言葉で初めて（心に）響いたなと思いました。それで、出版社の道はお断りして、演劇一本にしていこうと思ったんです。

西堂　それはまだ売込隊ビームにいた時？

横山　そうですね、まだいた時です。

西堂　社長の道を蹴って演劇の道に行くって贅沢な進路選択ですよね。

横山　でも当時、出版業界もめちゃくちゃ厳しかったんです。今も厳しいですけど、全然明るい未来ではなくて。ただ、社長っていう肩書きに少し惹かれただけで。その時ちょうど劇作家の先輩である（MONOの）土田英生◆さんからも、「退路を断たないといけないよ。そのほうが覚悟を決められるよ」って言われたのもあって。その時、いわゆるサラリーマン的な職を持ちながら劇作家を続けることを考えさせられる機会をもらって、じゃあ今決めるしかないと思って、演劇のほうにしました。

西堂　すごく大きな人生の岐路ですね。

横山　はい。

西堂　そこで結局、売込隊ビームをやめて自分で始めると。

横山　そうなんです。結局自分がそうやってアンバランスな劇団の作風をよしとしてきたというか。本当はこういうのを書きたいけど劇団のカラーがこうなので、と言い訳してきたことにちょっと限界がきました。言い訳しないで済むような作品をつくらないとこれは一生の仕事にはなりえないと思いまして、メンバーと離れて自分の脳味噌と自分の動き方で（劇団を）動かしていく、っていう決断がようやくできたんだと思います。

劇作家としての基盤

西堂　その頃、劇作家として出ていくという時に、基盤になるものは何だったんですか？

横山　二〇〇九年に日本劇作家協会の新人戯曲賞をいただいたんです。それはまだ前の劇団に所属している時で。よその団体に書き下ろした作品が戯曲賞をいただいて、実はそこで出会ったメンバーがかなり大きな影響を与えてくれた。

西堂　何ていう作品？

横山　『エダニク』◆という作品です。

西堂　ああ、面白い作品だよね。

横山　屠畜場で働く三人の男性の芝居なんですけど。それを書けたことで、少し自分の書くものの可能性が広がったという感じです。そこで演出家だった（劇団スクエアの）上田一軒◆さんという方と出会って、この人に演出をしてもらいたいと思った。今、iakuでは自分で演出していますけど、大阪で制作していた初期の頃は上田さんに演出をお願いしていました。

西堂　そうすると、『エダニク』という作品は一つの出発点になったということ？

横山　そうですね。

西堂　三年前に（浅草）九劇で観ましたよ。

横山　あ、鄭義信◆さん演出のやつですか？

西堂　そうですね、大鶴佐助◆さんとか出ていて。面白い作品だなぁ、と思って観ていました。その初演が

◆**土田英生**　一九六七年生まれ、愛知県出身。劇作家、演出家、俳優。劇団「MONO」代表。

◆**『エダニク』**　二〇〇九年、「真夏の會」第一回公演で初演。二〇一九年、二〇二二年に再演。脚本、横山拓也。

◆**上田一軒**　一九七二年生まれ、兵庫県出身。日本の演出家、俳優。劇団スクエアの看板俳優、リーダー。

◆**鄭義信**　一九五七年生まれ、兵庫県出身。韓国籍。劇作家、脚本家、演出家。

◆**大鶴佐助**　一九九三年生まれ、東京都出身。俳優。舞台、映画テレビドラマなど多方面で活動。

二〇〇九年。いよいよ退路を断って出発ってどうだったんですか？

横山　出発……ええと、東日本大震災があって少し心が（痛んでいた）。阪神淡路大震災の時は若すぎて感じられなかったかもしれないんですけど、（東日本大震災の時は）他者の命との距離感みたいなものにものすごく敏感になった。二〇一一年に劇団を休んでからですけど、今は、ものを書くとしたらそこから始めないといけないなと思って。その後二〇一二年にiakuを動かし始める時に、よその劇団ユニットから新作を書いてくれませんかっていう依頼がきて。

西堂　それは何という作品ですか？

横山　『人の気も知らないで◆』っていう作品です。これは女性三人の物語です。

西堂　どこの劇団に書いたんですか？

横山　これは、Aripe◆っていう名前で活動していたチームから依頼を受けて書きました。それが『エダニク』以来、感触が良くて。それも、せんだい短編戯曲賞で大賞をいただいたんです。それを上演した時に自分の中でいいなと思ったので、それをそのまま同じ役者を起用してiakuの旗揚げ公演としてスタートさせたんです。それが二〇一二年です。

西堂　これは震災が出発の大きな動機になったんですね？

横山　そう思います。言い訳できない作品をつくるっていうのも、有限の命みたいなものに対して意識的になったりとか、本当に今自分がやらないといけないことって何だろうかと自問した時期でした。さっき言った通り、言い訳しない作品づくりができる環境が欲しかったんです。

西堂　自分で演出も始めていくようになったのもその後ぐらいですか？

横山　売込隊ビームの時も自分で演出していましたが、戯曲の時点で、『エダニク』を一緒につくった上田さんと一緒にディスカッションしながらつくっていく作業もかなり刺激的で。劇団時代にはやれなかったことを上田さんとやれたこともあって、彼と一緒に作品づくりをしていきたいっていうのがありました。

西堂　このあとにいわゆる「快進撃」が始まるわけですね？

横山　うーん……。まあ、iakuが二〇一二年にスタートしてから、二〇一五年に東京にきて、新劇の俳優座さんといったいろいろな出会いがあって。東京の演劇でも少し名前を出してもらえるようになって、ちょっと潮目が変わった感じがあったんですけど、まだ活躍してる感じっていうのは自分では何とも言えないです……。

西堂　その後のきっかけというか潮目になる作品って何だったんですか？

横山　二〇一五年以降は、二〇一七年に『粛々と運針』◆っていう作品をつくったんです。それが久しぶりにiakuで演出した作品でもあったんですけど、東京で稽古をするために東京の俳優を集めてやりました。それまでは作風として暗転を挟まずに一つの場所、一連の時間でいわゆるワンシチュエーションみたいな形をとって一幕で描き切る作品ばかりつくってきたんですけど、それってすごく筆力が必要。逃げられない場で、限られた人物で物事を進めていくこと自体を楽しんで戯曲を書いたんですけど、そもそもそれは演劇的な豊かさを放棄してるんじゃないかという疑問が立ち上がった。久しぶりに自分で演出もして、戯曲もそういった場所から解放して書いてみようと思って書いたのが『粛々と運針』です。それが思いのほか上手く書けました。眼科画廊っていう新宿の小さいギャラリーでやったんですけど、非常に感触が良くてそこから自分の作風が少し変わりました。その頃から注目してもらえるようになったのかな、という実感があります。

◆**『人の気も知らないで』**　二〇一二年、初演。二〇一三年、二〇一四年、二〇一五年、二〇一六年、二〇一八年、と上演を重ねる。

◆**Aripe**　大阪府の劇団ユニット。

◆**『粛々と運針』**　二〇一七年初演。二〇一八年、二〇二二年に再演された。作、横山拓也。

西堂　これは最近も再演されていますね？
横山　はい、そうです。二〇一八年に再演して、今年の春もパルコ・プロデュースでウォーリー木下◆さんの演出でやってもらいました。
西堂　これは小説化があるんですね（本を取り出す）。
横山　そうです、小説にもなりました。ありがとうございます。
西堂　『わがままな選択』というのは横山さんの最初のノベル？
横山　そうです、初小説ですね（笑）。大学時代の夢がようやく叶いました。これが『粛々と運針』の設定を原案にしていて。ちょっと結末や進行が違うんですけど、書かれているテーマは同じで、小劇場の作品を小説化した感じです。
西堂　じゃあ、これからは小説も書くんですか？
横山　機会があれば書きたいです。けど、小説を書くのってめちゃめちゃ時間がかかるんですよ。どうしても上演が決まってる戯曲を書く期間は、ストップしてしまうので、あいだあいだに書いてたのでなかなか進みが悪くて……。
西堂　小説と戯曲の両方を書く人、よくいますよね。小説は仕上がったら編集者に連絡して見せるとか、だから締切があってないような。
横山　そうなんです、あってないようなものなんです。
西堂　でも戯曲はもう上演が決まってるもんね。
横山　そうなんですよね、必ず仕上げなくてはならない。
西堂　まあ、「遅筆堂」をやっちゃうと、井上ひさし◆さんみたいに大赤字になっちゃうから。
横山　そうですね、大変ですね（笑）。
西堂　劇作家に小説を頼むと締切を守る、って編集者は言うよ。

横山　実は僕を担当してくれた編集者は、iaku をずっと見てくださっていて。その方が、営業部から編集部に移ったタイミングで声をかけてくださって、企画通してくれて。だから僕の演劇の活動のペースとかを知ったうえで許容してくれた感じはありました。

活動の転換と新劇

西堂　そのあとはいわゆる「新劇」にも頼まれて書くというか、文学座とか俳優座とかでやられてますけど。その後、iaku 以外での活動の転換みたいなものはありますか？

横山　二〇一八年に俳優座さんに『首のないカマキリ』◆っていう作品を書かせてもらったんですけど、それが東京に来てから最初の大きいお仕事だったと思います。女優の清水直子◆さんが、どこかのライブラリーで『人の気も知らないで』を見つけてくれて、読んで気に入ってくださって、何回か iaku の公演にも足を運んでくれた。それで声かけてくださって、企画立ち上げましょうということで俳優座さんとの企画が通りました。

西堂　この前の『猫、獅子になる』でも重要な役を演じているし、彼女はいろいろな小劇場に出ているんですね。

横山　はい、そう思います。ものすごくいい女優さんです。

◆**ウォーリー木下**　一九七一年生まれ、東京都出身。日本の演出家、脚本家。
◆**井上ひさし**　一九三四～二〇一〇。日本の小説家、劇作家、放送作家。筆が遅いため、自ら〝遅筆堂〟と名乗ることもあった。
◆**『首のないカマキリ』**　二〇一八年、俳優座劇場稽古場にて上演。脚本、横山拓也。演出、眞鍋卓嗣。
◆**清水直子**　一九七一年生まれ、三重県出身。劇団俳優座所属。

西堂　TRASHMASTERSの作品とかにも出ていたし、よく見る人だなぁ、と思って。『首のないカマキリ』も観ましたけれど、そこで演出家の眞鍋卓嗣◆さんとの出会いもあったんですか？

横山　そうです、眞鍋さんとは二〇一八年から三作、ご一緒させてもらったんですけれども。

西堂　それは二年おきぐらいに？

横山　そうですね、二年おきです。眞鍋さんとの出会いは大きかったと思います。

西堂　横山さん自身は小劇場から出発して、秋浜さん門下の先輩たちのものを見たり聞いたり、影響を受けてきたと思います。新劇と（もともと横山さんが書いていた戯曲は）毛色が違うと思うけど、関係性として違和感とかどうだったんですか？

横山　iakuを立ち上げて、iakuで書いてきた作品を客観的に見て、自分と新劇の相性がいいんじゃないかと思っていたんですよ。東京に来てからの一つの目標に、新劇さんに書き下ろすというのがあってやってきたので、俳優座さんから声をかけてもらったときはすごく嬉しかったですし、あまりそういう違和感はなかったですね。ただ最初、眞鍋さんと一緒にミーティングをしたときに、初対面で、「新劇に対してネガティブな感覚はありませんか」と聞かれて、「そんなことはまったくないですよ」ってところからスタートしたんですけど。

西堂　僕の感覚でいうと、眞鍋さんや（文学座の）松本祐子さんとかは、どちらかというと新劇にいながら小劇場寄りの人だと思います。だから、彼ら彼女らはだいたい小劇場系のものを観て育ったけど劇団としては新劇に入っているという感じがするので、むしろ新劇が小劇場化しているんじゃないかなって。

横山　それは言えると思います。本当に小劇場の作家が今（新劇に）起用されることが多いと思います。

西堂　新劇自体が内容的に変わってきているから、昔の大御所たちの時代の新劇のイメージとは、今の三十、四十代ぐらいの演出家は相当変わってきているんじゃないかなと思います。

横山　逆に僕も、大御所時代の新劇を生で見ていたわけではないですし、情報でしか知らなかったので、たしかにわれわれ世代から下はちょっと感覚が変わっていると思います。

西堂　お互いにアレルギーがなくなって、いい意味で出会えているという気もするし。これからどうなるのかわからないですけどね。

横山　そうですか（笑）。

西堂　これから新劇がどうなっていくか。つまり、新劇は戦前からあったわけですが、戦後になって創作劇を志向したにもかかわらず、いつからか劇作家を生み出せなくなった。それで小劇場からいろいろな作家を呼んできた。最初はつかこうへいや別役実から始まって、それが今に至っているから、新劇自体が変質してきている。横山さんはついに……。

横山　ついに（笑）。

西堂　手が上がってきた感じがしますけど（笑）。自分で演出していることと他人に任せることの差って何かありますか。

横山　まず、戯曲を書いている時点で違いますね。自分が演出する場合はある程度、演出のプランを考えながら書く部分があるんですけど、演出家が他で立っているときは、演出のことをまったく考えずに書くので、すごく自由に書きます。演出家さんにお任せしますというような書き方をするところもありますし、戯曲をつくる時点で大きく意識が変わるのはあります。演出家さんが他にいるほうが純粋に文学として戯曲を書けるような感覚はあると思います。上演を意識せずに書けるところはあります。

西堂　どうしても自分で演出をするとなると、上演台本として書くようになりますね。

横山　はい。例えば最近だと、舞台美術家にプランを先にもらって、舞台美術の中で人を動かすように書いたこともあります。もっと細かい話で言うと、部屋の中のシーンから外のシーンに移るときに、靴の処

◆**眞鍋卓嗣**　一九七五年生まれ、東京都出身。演出家、演出助手。劇団俳優座所属。

理をどうしようかなとかまで考えて書くんですけど、他の演出家に渡すときは、そんなことは考えずに書きます。
西堂　（自分で演出をするとなると、）ほとんど、演出家の目で戯曲を書く？
横山　そこまで言い切りたくない部分もあるんですけど。やはりそこは分離して書いている、書かなきゃいけないと自分で言い聞かせながら書いていますが、どうしても自然と合理的なことを選ぼうとするところはありますね。
西堂　例えば、ト書きの書き方とか違ってきませんか？ある意味自分でやるときはト書きが必要ないじゃないですか。
横山　稽古場で語ればいいですもんね。
西堂　でも他人がやるときは、例えば、舞台の設定を上手に窓があるとか前提をつくらなくちゃいけない。
横山　実はそんなに、上手のどこに出入り口があるとか指定しないことが多いです。それも全部演出家に任せることが多いです。実際書いているときの文体って書き分けられないものだと思うので、ト書きの詳細はそんなに意識せずにやっていますね。
西堂　近代劇の始まりの頃ってヘンリック・イプセンやバーナード・ショーとか演出家に任せるというよりは読者に向けて、やたらにト書きを細かく書いて、読者が頭の中で舞台を設計できるように書いているのかなって。
横山　そうかもしれないですね。
西堂　だから、ここの階段から出ると外側の道に繋がるとか、それが重要なことなんだけど、もっとセリフだけでどんどん投げかけちゃうっていう感じですか。
横山　もちろん、舞台に必要な要素は書き込みます。戯曲の中でこのルールでやってほしいとか。例えば、先日俳優座さんに書いた『猫、獅子になる』では、「この役がこの役と兼ねてください」とか、「美夜子という引きこもりの女性の衣装は中学時代のジャージである」というのはト書きに書き込んであります。ただ舞台装置のことは一切書き込んでいないです。

西堂　誰が誰を演じるかって、戯曲の肝ですよね。

横山　それはありますね。

地方公演とそのきっかけ

西堂　横山さんは関西で育って関西の方言、独特の言葉づかいをされてきたと思います。そこら辺に対する意識、眼差しはいかがですか。

横山　iaku を立ち上げて、とくに意識的に関西弁で戯曲をつくることをやってきています。大学時代に立ち上げた劇団は、俳優がさまざまな地域から来ているので、関西弁を話す人は限られていました。関西弁で書いた戯曲もあるんですけれど、基本的には標準語で書いてきました。でも自分が iaku を立ち上げてやっていくってなった時に、地域性を持たせようと思いました。iaku を立ち上げた当時は、小さい作品をつくってミニマムにツアーをして、三重や福岡などの地域を回ろうというようなイメージを持っていました。東京も一地域として見ていたので、東京を中心とした演劇界をアンチに考えて、すべての地域に大阪発の作品を持って行くという意識で、そのために関西弁を特色の一つとして持たせようとしていました。

西堂　大学って結局九州とかさまざまなところから集まって来ますもんね。

横山　はい。中国地方とか多かったです。

西堂　関西弁でやると、むしろ俳優が話せないなんて。

横山　そうですね（笑）。

西堂　意外とそういうことを意識的にやり始めたのが iaku になる？

横山　そうですね。

西堂　地域を回るという発想がすごく面白いと思うんですよ。東京も大阪から見れば一つの地域にすぎないわけです。もっと小さなところを回っていくという考え方がもともとおありだったんですか。

横山　それが、iakuを立ち上げて以降だったんですね。俳優とスタッフワークは演劇にとってものすごく重要なんですけれども、もっとミニマムに、俳優と戯曲と演出が強ければ（地方を）回れるようなお芝居をつくれないだろうかというのも一つテーマに掲げていました。実際、劇場でない場所、カフェやギャラリー、そういう場所で予算をかけずに回れる方法を、当初すごく知恵を使ってやろうと決めていました。

西堂　戯曲の文学性の追求と同時に、地方を回っていく機動力や運動性のようなものも考えられていたってことですか？

横山　そうですね。今となっては何にこだわっていたのか、はっきり思い出せないのですが、当時三重津から一駅の江戸橋の駅前にある、五〇人くらいしか入らない、津あけぼの座という小劇場がものすごく元気がありました。そこと三重県文化会館という少し大きい劇場が連動して、津から演劇を発信したり津に演劇を呼び込んだりしていました。二〇一〇年くらいが、（この事業を）ものすごく力を入れてスタートしてから少しした時期だったんですよ。そこでプロデューサーの方たちと出会いました。人口二〇万人くらいの都市で（演劇に）どのくらいの可能性があるのかをすごく真剣に考えていらっしゃっていて、「この考え面白いな」と賛同しました。津あけぼの座でもお世話になりました。そこからいろいろな地域、例えば札幌や福岡、大阪も含めて、都市部だけど東京のような演劇のムーブメントがないところでどんなふうに交流ができて、どんな演劇人がいるのかということにその当時ものすごく興味を持っていました。ただの思い出公演にならないようにその地域の演劇人と交流しながら、何年か続けて公演を打つなど、長い目で見るようなことを意識してスタートしました。どうして地域に意識がいったのかと言われると、人との出会いがしたかったとしか言いようがないです。

西堂　観客との出会いと創造ですね。観客を生み出したいっていうと大げさだけど。観客とともに、一つの拠点で何かを生み出せるんじゃないかな。もともと演劇はそういう共同体のものだと思います。都会で商業的な形で流通していくのも一つのあり方だけど、もっと地域にこだわりながら、アマチュアレベルなのかどうなのかはよくわからないですけど、地元の人たちと一緒につくっていける可能性も非常に重要な感じがします。

ちょうど一時間ほど経ちましたので、ひとまず第1部を終わります。どうもありがとうございました。

横山　ありがとうございました。

第2部
演劇は問いを提出する

最新作品と俳優

西堂　それではこれから第2部を始めたいと思います。2部では創作について言及していただきたいと思います。横山さんは最近ですと俳優座に『猫、獅子になる』という作品を書き下ろされています。それから今、新国立劇場では『夜明けの寄り鯨』が上演中です。

まずは最新作の一つである『猫、獅子になる』についてお話しいただこうと思います。この作品を書かれた動機というか、いきさつからお話しいただけますでしょうか。

横山　はい。俳優座さんと作品づくりをするのは、一回目が二〇一八年、二回目が二〇二〇年、今回の二〇二二年で三回目になるんですけど、毎回演出家さんと「どういうことに今興味がありますか？」というところから話はスタートします。実は「こういう問題で書いてみませんか?」と投げられることも結構多くて。今回は８０５０問題を扱っているんですけど、それも俳優座さんから投げてもらったものです。僕自身、劇作のために、つねにメモを取っているんですけども、その中で、引きこもっている中年世代の性別を見ると、実は女性のほうが多いという資料があって。何かそれを手がかりに書けそうだなっていうのがあったので、じゃあ８０５０問題を軸に据えて作品づくりしましょうっていうのが今回のスタートでした。

西堂　今回は岩崎加根子さんという俳優座の大女優が出ることが念頭にあってオファーがあったと思うんですけども。そこら辺は何か考慮されたりしましたか?

横山　実は二〇一八年の、(俳優座に書いた)一作目『首のないカマキリ』にも加根子さんには出ていただいています。今回、いわゆる八十代の親と五十代になった子供を８０５０という言葉で出していて、引きこもりの状態でずっと家に居る、社会と断絶してしまった子供世代が親の年金なんかを頼りに暮らしている、という家庭が抱えている問題ですけれども、その親世代を岩崎加根子さんに配役するという考えは、俳優座さんにもあったと思います。僕もそれを受けて、岩崎さんを念頭に親世代を描いていくというのはありました。

西堂　岩崎さんは本当に、新劇を代表する大女優さんで、『首のないカマキリ』のときもそうなんですが、ちょっと畏れのようなものはありませんでしたか。

横山　幸い、すごくフラットにお話できる方だということを『首のないカマキリ』のときに感じました。そのときも、作品に対しての女優の目線から、自分の役の存在意義みたいなことをお話しいただく機会があって。そこからヒントをもらって、ちょっと改稿させてもらった部分がありました。そういうふうに作品を介してやり取りできる女優さんなんだと思っていたので、そういう畏れはなく、ただ畏れるとしたら、この十月に(岩崎加根子さんが)九十歳になられたことですけども……。

西堂　おお……。

横山　直接加根子さんには聞けなかったですけど、演出家の方には「どのくらいのセリフ量が適切でしょうか?」ということは確認しました。

西堂　九十歳でも全然そう見えないところがすごいですね。

横山　そうなんですよ、矍鑠《かくしゃく》とされてて。舞台の中では足を骨折する役だったので、車椅子だったり、足を引きずって出てきてもらっていたんですけど、カーテンコールのあとの袖に去っていく姿はめちゃくちゃかっこよかったです。

西堂　最近、劇団民藝の芝居を見たときに、樫山文枝さんがヒロインをやられたていたんですよ。全然歳を感じさせない。たぶんもう八十歳を超えているだろうと。ほとんど九十歳近いかもしれないんです。でも本当にヒロインをやれてしまう。女優が年齢を超えてこういう役をやれるっていうのは、日本の演劇の伝統なんですけども（笑）。杉村春子さんは『女の一生』で（少女時代の）おさげのころから晩年まで演じたりする。そういう女優の在り方って何か考えることとありますか?

横山　僕は、自分の劇団なんかでは役の年齢に近いキャストを配役するので。もちろん俳優という職業がいろいろなものに化けられるという面白みは、演劇としてあると思います。岩崎さんで言うと、『首のないカマキリ』のときにおばあちゃんの役で出てもらったんですけど、「私こんなおばあちゃんの役なんて初めて」って言われたんですよ（笑）。本当かなって思ったんですけど（笑）。だからそうやって、女優としての実年齢みたいなものは自分自身が意識されていないんだなって思いました。

西堂　なるほど。若い劇団だと基本的に俳優も若いので、逆に言うと高齢者が描けないっていうのもありますね。

横山　ただ僕の場合はその都度キャストを呼ぶので、六十代の役が必要なら、六十代のキャストにお声がけします。

西堂　ある新劇団では、養老院の芝居をやるときに、女優さんたちが結構生き生きとして「私の出番！」みたいな感じでやるって話を聞いたことがあります。今もう、新劇の女優さんたちもだいぶ高齢化しているので、高齢化社会を描く作品も増えているんじゃないかと。若い劇団だとそういうのは描けないんだけど、新劇の劇団に書き下ろすときは、ある意味で自分の作風を広げられるチャンスかもしれないなって。

横山　それはありますね。もちろんどういう現場でも、キャストのことをあんまり考えないで年齢設定はできるんですけど、とくに新劇さんは十代からそれこそ百歳まで書いたとしても、誰かが演じてくれるっていう安心感はありますね。

西堂　今回は引きこもり問題というか、８０５０問題……。９０５０問題ですか。

横山　設定では、岩崎さんの年齢を七十八歳くらいにしているんです（笑）。

西堂　していますよね。ちょっとサバ読んでる（笑）。

横山　はい（笑）。

複数の視点で描く

西堂　ただそういう問題を発端にしながら、例えば引きこもりのお姉さんがいるために、放っておかれた妹の問題も出てきますよね。発端は８０５０問題だけど、家族の問題っていろいろなものが出てくるのに、すごく巧みに書かれているなと思う。

横山　いわゆる社会問題みたいなことを軸に据えたとしても、「こういう問題がありますよ」と舞台でわざわざお伝えすることが演劇の価値と思っていなくて。もちろん知らない方が「そんな問題あるんだ」と思うことも重要なんですけれども、やっぱり自分が問題を持ち込んだときは、そこに関わらざるをえなくなった人たちの振舞いだったり、振舞えなさだったり、そうやって右往左往する人間を描くことによって問題そのものを問いかけていく、というやり方を選ぶことが多いです。なので、その引きこもっている姉がいる妹の人生みたいなものにも着目したいですし、その旦那さんだったり娘だったり。やっぱり家族って、どうしても相関図的に描きやすいので、僕の場合家庭劇を書くことがすごく多いんですけど、その問題からの距離だったり見え方だったりがいろいろな視点で描ける面白みは、いつもあるなと思って書いています。

西堂　だからある劇評が指摘するような「８０５０問題の提示」というよりも、その裏にあるもっと錯綜した家族の問題とか、本当に得も言われぬような複雑な人間関係とか……。横山さんの独特な対話劇の筆致で、その見えない関係が非常に鮮やかに浮かび上がってくる。そこの書き方の秘訣は何かあるんですか？

横山　たくさんの視点を持つというか、ある一つの議論が起きそうな問題を、複数の視点から見つめるところからスタートしています。どんな芝居を書く時にでも、例えばあるニュースやある犯罪に何か興味を持ったとしても、被害者側の視点と加害者側の視点とその家族の視点とか……。皆さんたぶんニュースとかに触れるたびにこんな事件を起こした子供を持つお母さん大変だろうなという意識を持つと思うんです。それを戯曲を書くときに自然に登場人物たちの視点に当てはめてやっているっていうのが最初のスタートです。

西堂　相互の関係性を描くということですね。例えば『逢いにいくの、雨だけど』◆という秀作がありますが、あれも加害者と被害者の問題という非常に微妙な関係を描いている。しかもその家族が出てくるシーンでは、観客は当事者として身につまされながら観ているような気がするんですよ。そこら辺のえぐり方を言葉の中に落とし込めているので、一方の視点から見るだけじゃなくて他方からも見ているっていう眼差しの深さをすごく感じました。

横山　どんな問題に関しても、自分の正義とか、正当性とか、正しさを持ってるんですね。どんなことで

◆**『逢いにいくの、雨だけど』**　二〇一八年初演。作・演出、横山拓也。

もあると思うんです。このコロナ禍だったらマスクの問題とか、ワクチンの問題とかもそれに当たります。（対話というのは）自分の正しいと思っていることのぶつけ合いじゃないですが。そういう議論や対話は、ある種のエンターテインメントになりうると僕は思っています。もっと下世話に言うと、例えば居酒屋とかファミリーレストランで、隣のテーブルでちょっと言い合いが始まったら、そこに聞き耳を立ててしまう。これ自体がある種のエンターテインメントだという感覚があって、それをセリフに起こしていくとなると、やっぱりどうしても言葉を自覚的に変えていかざるをえないんです。そういうちょっとした諍いを発端に、それぞれの見つめ方を描いていくっていうのは、意識して書いているところですね。

西堂　つまり、どっちの正義にも軍配を上げない？

横山　そうですね。これは答えを出せない問題だ、もうほとんどのことが現在の視点から捉えがたい現実と言いますか。でも自分自身の現在の視点で書き留めなきゃいけないことってたくさんあって、それに答えを出すことが正解ではないとは思うんですよ。

演劇の問いと答え

西堂　演劇っていうと、何か答えを出すとか、解決を見せるというような考え方も一つあって、それはその正しさの押し付けになりかねない。それに対して問題を投げ出していく。観客に委ねていく。下手すると中途半端って言われるかもしれないですが（笑）。そこら辺の絶妙な塩梅の中で、観客に問いを提出していくっていうことなんですね。

横山　言葉にしたらそういうことになると思います。その問いを抱えて、日常の中でふとした瞬間に思い返したりするっていうことが実は観客にとって重要だと思います。例えば、劇の中である答えを提示されて、その答えを思い返すよりも、問いを思い返すほうが、実は体験としては豊かなんじゃないかなと思います。

西堂　要するに、観客が家に観劇体験を持ち帰って、自分の中で問いをもう一回立ててみるってことですね。それは非常に的確というか深いです。

横山　ネットで探せばいろいろなところで答えは出ていて、どれを自分で拾うかっていうのは演劇じゃなくてもできると思うんです。演劇で何ができるかっていうと、さまざまな視点をいっぺんに提示して、そんなの答えようがないじゃないかっていう思考を舞台上で、まるで自分が立ち会っているような感覚で深く体験するっていうことだと思います。なので、何が演劇に向いているかというと、その問いを問いのまま提示する。物語は何らかの完結を迎えられると思うんですけど、問いの答えを出すことがエンドじゃなくていいのかなと思います。

西堂　物語は終わっても問いは残る。

横山　たぶん皆さんの人生、まさにその通りだと思うんです。

西堂　お芝居って終わらなくちゃいけない。でも実は終わってから、モヤモヤとした問いが観客のしこりとして残る。

横山　それがモヤモヤしている観客もいれば、一歩進めたような感覚を持って帰られる方もいます。たしかに、問題への眼差しは人それぞれなので、持ち帰るものもそれぞれ異なるものになるかもしれないです。

西堂　観客ってものすごく多様な顔を持っているわけで、一つのことから自分にフィードバックしていろいろな受け止め方をしますね。だから、この引きこもりの問題にしても、引きこもった条件とか要因って本当に多様で、一律の答えを出せない。今回の作品でも一応解決はあるんですが、それも他に適用できるかっていうと適用できないような、非常に複雑なつくりになっている。

横山　そうですね。ある一つのケースを立ち上げてみたっていうことだと思います。登場人物が解決を見るというよりは、本当に長い螺旋階段をようやく一段上がった状態で終わるぐらい。長い話だったけど上がったのはこのぐらいの一段だったね、でもこの一段って重要だよね、っていうようなところが提示できたら面白いのかなと思います。

織り込んだ宮沢賢治

西堂　『猫、獅子になる』の中で宮沢賢治が引用されていて、それが非常に重要な仕掛けになり、差別や外国人留学生の問題が浮き彫りになっていく。その中で美夜子という女性は、自分の正義っていうものに非常に強い確信があって、それを押しつけてしまう。そこから悲劇が始まって、それが裏切られて最終的にはどうなるんだっていうふうに、まさに問いを残して結末を迎えている。ここら辺はどういう思考回路であったんですか。非常に上手く宮沢賢治の作品が、劇中劇的に織り込まれていますが。

横山　作品づくりするときの要素の並べ方って、すごく複合的で、何か順番に見つかっていくものではないんですよ。ザーッと集めたものが「あ、ここが結ばれていくな」っていうふうにつくっていったので、どういう順序で宮沢賢治の『猫の事務所』が入ってきたのかっていうのが、ちょっと時系列で言いにくいところはあるんです。ただ宮沢賢治って、弱者の視点とかを大事にした作品がたくさんあります。ちょうど『猫の事務所』に絞りかけているときに如月小春さんが、学生向けに『猫の事務所』を台本化しているものに出会ったんです。図書館で見つけて、それを取り寄せて読んでみたら、それ自体はシンプルに『猫の事務所』を台詞にして一時間ぐらいで学生が上演できるものにしてあったんです。こうやって戯曲化されたものがあるのか、と。それが一つのヒントになって、中学の演劇部が演じるものとしてそれを登場させるというふうに設定を一つ決めたんです。もうちょっと『猫の事務所』をいろいろと調べていく中で、出版されたバージョンと、下書きのように書かれた初期型のバージョンがあることを知って、それを読んでいく中で、どういう違いがここにあるのかを探ったんですよ。その中で、初期型を台本化した美夜子という人物のこだわりみたいなところに、何かヒントが見えて描き出していったという……。うまく説明できていないいんですけれども。

西堂　非常に複合的な要素を、ある意味パズルのように組み合わせながら、作品が組み上がっていくっていう、横山さんの作品づくりの肝みたいなものを見せていただけたかなって、今思いました。

横山　今回のように、既存の名作を組み合わせてつくることはあまりないですね。やっぱり、人がどう振舞っていくのかっていうことを並べていくように描くので、もちろんシーンの構成はプロット段階で慎重にはなりますけど。でもやっぱり書き上げて場面を入れ替えたりとか、足したり引いたりとかします。だから、書き上がってエンドマークがついても、これがストーリーとしてちゃんと運ばれているのか、自分では実はよくわからないことが多いんです。今回もそうだったんですけど、お客さんが間違いなく過去と今を行ったり来たりしながら、ちゃんとこの美夜子の長い螺旋階段を一緒に登ってくれるのかどうかっていうのは、すごく不安をもって劇団さんにお渡ししました。

西堂　一応あれは出口が見えたっていう希望で終わった芝居なんですか？

横山　美夜子が中学校の指定ジャージを着たまま五十歳までずっといるんですけれども、着替えて外に出たっていう彼女の小さな成長というか、一歩の変化みたいなものは最後示そうとは思いました。

自分の劇団と他の劇団

西堂　iaku の芝居と俳優座で書かれた芝居って、テイストが微妙に違うような気がするんです。というのは、たぶん iaku でやるときって、解決を見せないというか、希望をあまり見せない気がするんです。新劇っていう劇団ではやっぱり希望を見せることが大原則になっている。見せないと終わらないというか、終われないっていうのが、新劇の演劇に対する本質的な考えがある。

横山　でも僕はそれを意識して書いたわけではないんです。もしかしたら、演出的にそういうふうに考えられたかもしれないんですが、戯曲の時点では、iaku に書く作品も、よそに書く作品も、あまり意図的にラストのイメージを変えようとは思っていないんです。

西堂　iakuの芝居を観たあと、何か傷口に塩を擦り込まれて……

横山　そうですか（笑）。

西堂　でもその痛みは、かえって感動的なんですけれども。どちらかというと、悪意というか、救いを見せない、そういう感じがするんです。

横山　実はそんなことはあまりしないんです。むしろすべて小さな希望を込めているつもりでいます。団体さんに合わせて書くことはあまりしないんです。

西堂　それは僕の課題とします。

横山　はい（笑）。

『夜明けの寄り鯨』

西堂　もう一つ今上演されている『夜明けの寄り鯨』という作品を観た方もいると思うんですが、あれは大学二年生の夏休みの話なので、まさにここにいる人たち（大学一・二年生）の時代なんです。

横山　年齢で言うとそうですね。

西堂　それが二十五年後に振り返るわけだけど、あれを観てやっぱり二十歳前後のときって人間の一番原型的な出会いとか事件とかありますね。それがなかなか解決できずに引きずりながら二十年、三十年と生きている。そういう青春のドラマとして観ました。関西の小劇場の主題ってわりとそういう傾向があるのではないか。例えばさっき名前が挙がった土田英生さんとか、マキノノゾミさんとかに共通するものがあるのかな、なんて思って。

横山　先輩たちもされているかもしれないですけど、自分の青春時代から作劇しようという強い意図はあまり持ってはいないんです。

西堂　青春って、自分の原点みたいな、何度でも立ち帰って行くというか……

横山　どうでしょうね。関西の色合いなのかどうかに関してはわからないですけど、そう言われるとそういう作品も多いと言えるかもしれないですね。

西堂　僕は結構こういう作風が好きなんで、目についてしまうのかもしれないね。でも、過去の自分と今の自分で、時間を、空間を超えて対話していく。当然学生だった頃の人たちもどんどん大人になって、いろいろな人生歩んでいく。そういう体験の深さというか、多様さ、広がりみたいなものをすごく作品でも感じたんです。同時に、物語のモデルである和歌山っていう土地の中における捕鯨の問題とか、そういう社会問題が出てきますけど。これはどこからモチーフとして手を付けられた？

横山　最初に新国立劇場のプロデューサーから大澤遊◆さんという演出家をマッチングしてもらって。まったくお互いのことを知らなかったんですけれども、じゃあ二人でつくっていきましょうとなってから、メールで何回かやり取りをしました。で、大澤さんから「今どんなことに興味がありますか」という質問をもらって、「座礁クジラ」って答えました。タイトルにもなってますけど、寄り鯨ですね。イルカとかの場合もありますが、浅瀬にクジラが乗り上げてしまうストランディングという現象なんですけど、テレビニュースで年に何回かは見かけるかと思うんです。クジラが打ち上がってしまって、戻れないまま息絶えてしまったというあの現象そのものにすごくミステリアスなものを感じて、そのニュースに触れるたびにメモしたり、記事の写真を撮ったりしていました。その座礁クジラに今興味がありますっていうところからスタートしたんです。今は調べているからわかってるんですけど、ただ興味を持ってた頃は原因がよくわからないものとして扱われてたので、このミステリアスさはモチーフになりうるなと思いました。提案して面白いですねっていうところから、複雑な問題を抱える捕鯨のこととか、日本のクジラの食文化のことと

◆**大澤遊**　一九八〇年生まれ。日本大学芸術学部演劇学科卒。演出家。演劇ユニット「空っぽ人間〈EMPTY PERSONS〉」主宰。

かに引っ張られていきました。日本が一九五一年から加盟していた国際捕鯨委員会（ＩＷＣ）を、二〇一九年に脱退しているんですよ。舞台の中で描く九〇年代後半から二十五年の時間の中で、ＩＷＣに日本が加盟していた期間にクジラの食肉文化というのが、地域によっては違うんですけど、だいぶ一般的ではなくなってしまったんです。それに加えてＬＧＢＴＱの問題とかいろいろな問題もどんどんアップデートされていった過渡期の中にいると、自分自身が二十五年前、大学生だった頃、マイノリティを「お笑い」の対象として扱ってもいいという（間違った）価値観が、いまだに自分たちに戸惑いとか葛藤とかをもたらしている。そのことを無自覚に笑ってた時代に生きていた多感な時期と今とを見つめながら照射していく。今の現代を生きる中年の主人公の贖罪みたいなものを描けないかなっていうふうにつくった作品です。

西堂　多くの価値観がアップデートされ、二十五年の間でこうも変わってくる。その差を見せたい、ということですね。

横山　そうですね。今挙げた例というのは作品の中の一部であって、もうちょっと大きいテーマもあります。寄り鯨のこともそうだし、捕鯨のこともそうだし、自分が答えを出しにくいものに対して、どう振舞っていくか、もしくはそれをどう自分が捉えていくかみたいなことを大きく描きたかったんです。

西堂　じゃあ、そういう価値観のアップデートを提示してわからせるということではなく、自分自身への問いみたいに、この問題をどう捉えたらいいんだろうと考えさせるということですか？

横山　これも本当に問いだと思っていて、当時そういった二十五年前の風潮の中で、たぶん自分が無自覚に発した言葉で傷つけた人とかもたくさんいて、自分自身も傷つけられたこともあったりしました。その傷って時間とともに自然消滅させてるんですけども、そこが引っかかって次に進めていない人も世の中にはいる。そういう人を舞台にあげることで、一緒に見つめましょうっていう提案だったと思います。

西堂　非常によくわかりました。寄り鯨っていう中で、いなくなってしまった人とか、昔だったら「神隠しに遭った」というふうに言われたことが、実は拉致されてるっていうことが明るみになったりしたのが、日本の中の二十五年とか三十年の歴史だったと思います。昔はそれこそ心霊的なレベルで扱われたことが、もっと科学的に解明しなくてはいけないというふうに、われわれ自身も変わってきた。表現の領域も同様で、もっと科学的に明らかにしなくてはいけない。だから、時代がすごく変わってきたことをどう読み込んで作品化していくのかっていうのが、横山さんの中にすごく明晰にあるんですね。

過渡期を生きる世代

横山　僕ら世代って過渡期にいるんですよ。いろいろなことが変化していくのを見てきて、昔の価値観でつくった自分の戯曲なんかを読み返すと、やっぱり顔から火が出る思いをするというか、その場で書き直したくなりますし。でもそういう時代があったことは事実で、それを今自分たちが作品として、見つめ直しやすい世代でもあると思うんですよ。上の世代、五十代、六十代世代も同じだと思うんですけど、とくに自分たちが現役で作品をつくっている以上、価値観のアップデートは必須だし、過去の自分も否定できないわけじゃないですけど、どう過去を見つめるかっていうこともつねに隣り合わせに置いとかなきゃいけないと思っています。それは今回の作品だけではないんですけども、とくに『夜明けの寄り鯨』は如実に描かれたかなと思います。

西堂　「過渡期を生きている」という自覚がおありなんですか？

横山　はい。

西堂　そこがすごく面白いことだなと思った。つまり、大きく価値観が揺らいだ時代の真っ只中に生きてきたっていうことですよね？

横山　そうです。例えば、うちの息子は中学一年生なんですけど、小学校のときの同級生だった女の子が中学の入学式でスラックス履いてたんですよ。家で「あの子、スラックス履いてたね」って息子に言ったら、そんなことをわざわざ言うことじゃないんだよって注意された。もう彼らにはそういうジェンダーの問題がアップデートされたあとというか、その常識で生きてる彼らとそこに着目してしまう自分の過去の価値観が生活の中でつねに問われていて、それはすごく自分の作劇に返ってくる感覚があります。

西堂　彼らはもう受け容れているわけなんだね。

横山　そうなんです。そこに言及していくことは、選んではいけないとか、自然と選んでないんだってことを感じます。

西堂　「当たり前さ」というか「自然さ」みたいなことに対して違和感を持ってしまっているっていうことで、もうすでに古い価値観の中にいるんですね。

横山　その時代を長く生きてきたせいなんですけど、ここをどう見つめるかっていうのはすごく問われているなと思っています。

西堂　非常に小さなディテールなんだけども、そのディテールこそが重要なんですね。

横山　はい、そう思います。

西堂　ディテールの組み合わせ。さっき複合的な要素を組み合わせていくって言われましたけれど、やっぱりそういうディテールの中から大きな全体が見えてくる？

横山　大きく頷いていいのかわからないんですけど、そうだと思います。

同時代の演劇について

西堂　横山さんが演劇を活動されてきた二〇〇〇年代って、そういうことよりも、むしろ楽しさとかエンターテインメント性とか、現実を忘れようよみたいな風潮がどっちかと言うとあった気がするのですが、そういう時代に横山さんは同世代とか同時代の演劇を観て、違和感を感じたりされてました？そもそも、観られてました？

横山　観てましたよ。ただ、関西にいたっていうのが大きいかもしれないですけど、関西はどうしてもエンターテインメントの土壌もありますし。一方ですごく文学的なというか、社会的な問題を扱った作品も同時にあったんですけど、東京より圧倒的に演劇の数が少ないので、統計的にあまり観られなかった部分があるんです。でも、表現されているものを自然と楽しむようにしてきてました。だから、他の劇団や作家がつくるものに対して疑問を持ったりはしてなかったです。

西堂　3・11以降に出てきた人たちは、二〇〇〇年代の時苦しかったたっていう発言が多いんです。

横山　それは自分の価値観と周りのつくった作品とが合わない？

西堂　どうやって自分の作風なりの立ち位置を決めるかっていうことで、結構悩まれていた。その意味で二十代は非常に苦しくて、三十代の半ばぐらいになってようやく自分なりの出口が見えてくる。横山さんのそこらへんはどうなんですか？

横山　それは違うかもしれない。僕は世の中に対する不満とか怒りとかを動機に劇を書いていないんです。普段からすごく中庸にいるというか。フラットな視点を意識していて、さっきも作劇のことを言いましたけど、いろいろな視点を見たいんですよ。もちろん自分の意見はあるんですけど、そこには自分と同様にたくさんの意見があるということはつねに意識していました。だから自分の主張だったり正義だったりを振りかざすようにものをつくろうとはあまりしてこなかったんです。

西堂　そういう意味でニュートラルに素材を提供していくということですね。

横山　そうですね。

西堂　だからこそ、外国人労働者の問題とか、被害者、加害者の問題とか、そういう今の素材を非常に客観的に提供できているのかなと。

横山　例えば８０５０問題を書いてくださいって言われると、非常に書きやすいっていうのはありますね。自分からこの問題で書きますっていうほうが、何かやっぱり強い意見を持ってしまいがちなので。

西堂　態度表明を求められている？

横山　そうなんです。だから問題をニュートラルに見つめていくことからスタートするのがいいのかなと思うんです。

西堂　そうすると、これとこれの具材でどう鍋をつくるのか、みたいな？

横山　そうそう、そういうのは得意かもしれないです（笑）。

西堂　そういう個性がつくられてきた背景っていうのはご自分でどう思われますか？

横山　第1部でも話したと思うんですけど、やっぱり劇団時代が十五年あって、そこで俳優たちの目指す劇団のカラーと僕が書きたい作品のアンバランスさみたいなところのバランスをとりながら一本の作品に仕上げてきたっていうトレーニングの時代が長くて、劇団時代にある程度培われたものは大きいと思ってはいます。

西堂　つまり、自分がこういうものやるから俺についてこいっていう、まあ小劇団にありがちな座長タイプとは違って、むしろみんなのバランサーとして作品を書いているという……。

横山　そうですね。お客さんが満足しそうなこととか、俳優のそれぞれの見せ場があるとか、そういうことばかり考えてやってた時代が、今となっては苦しかったんですけど、ああやってある種の技術を磨いてきたような気もしますし。

西堂　この前『あつい胸さわぎ』が再演されましたが、乳がんの結構ぐさっとくるようなテーマで書かれていますけど、あれは自分の中に問題意識としておありになったんですか。

横山　若年性がん、そのAYA世代（Adolescent and Young Adult）って言われる十代から三十五歳くらいまでの若い世代のがんの、いわゆる専門の病院っていうのが日本には少なくて。そのことを知ったのは俳優座さんの一回目の作品、『首のないカマキリ』の執筆中でした。舞台には登場しない人物なんですけど、若い子が白血病になる話を書いて、その頃からちょっと若年性のがんを抱えてしまった世代、若い人物の未来みたいなこととか、抱えてしまったことで起こりうる周りとの関係のこととかを描こうと思って書いた作品なんです。この題材はいくつかのメモの中から選んだとしか言いようがないんですが、そこから何かドラマがきちんとあると思って、スタートを切りました。

対話する時間

西堂　母と娘の問題とか、『猫、獅子になる』でも姉と妹の葛藤とか、妹の母親との関係とか、いわく言いがたいものがそこから立ち上ってきますね。一つの発端が若年性がんにしても、そこから出てくる人間関係の問題、母娘の家族問題に収斂させていく。

横山　『あつい胸さわぎ』では、シングルマザーの母と娘で性的なことを母娘間で話すなんてことをしてこなかったし、重要な話もしないまま娘が大学生になる時点で大きな病気を抱えてしまった。それが乳がんなんですけど、胸というものに対して母娘できちんと話すだけの土壌をつくってこられなかった歴史をどう見つめるか、そんなことを描いてみたかったです。

西堂　『猫、獅子になる』でもそうなんですけど、結局その親子間の対話のなさ、欠如っていうことが疑心暗鬼を生んで、最終的に破局に至ってしまう。そういう問題を考えてみると対話っていうのがすごく重要なんじゃないか。それで今回の対談は『対話劇から見る今日の演劇性』っていうタイトルにしたんですけど。今のウクライナの問題にしても結局、対話がないまま、外交が成立しないってことですよね。そういう問題を一番根源に引き受けている対話（の不在）っていうのが、おそらく家族の中においても国家のレベルにおいても同様なんじゃないか。そこが今の問題、今回の話を聞いてみても、すごくえぐられるところなんじゃないかな。なぜこんなに対話を回避してきてしまったんだろう。

横山　そうですね。

西堂　これは家族のレベルから国家のレベルまで等しいわけですよ。

横山　今、例えばテレビのバラエティーでもひろゆき氏が……。

西堂　論破王の？

横山　論破王（笑）。ある議題に対して、どっちかの立場に立って議論するエンターテインメントがテレビで放送されていますけど、実はあれはあまり良いものではないなと僕は思っている。結局、二元論になって会話をするのは対話としてあまり良くないんじゃないかなと思っているんです。さっき言った、いくつかの視点があって正解を出しきれない。でも対話する時間というものがすごく意味があって、答えを出すということは実はあまり幸せなことではない場合も多いと思うんです。対話をするっていうのは何て言うか、態度を交換し合ったり、声や目線とかいろいろなことを交換する行為だと思うんですけれども、実はその人間同士のやり取りが一番重要で、その対話をする中で答えを出すことは結果でしかない。その結果は実は良いことにならない場合もあるので、対話をした時間というものが重要なんだと思います。

西堂　ああいうディベートのゲームは結局勝ち負けをつける。だからまさに勝ち負けがなく、結論もなく、お互いにネゴシエーション（交渉）というか、融和しながら一つのより高次元な関係の構築に向かっていけるかというのが本来の対話のはずなんです。だけど、それをディベートという遊びにすることによって決闘みたいな間違った方向に向かってるなあと思う。

横山　そうなんですよ。あれは対話としては、あまり僕は好きじゃないですね。さっき言った居酒屋の隣の席で諍いが始まって楽しむっていうレベルのものだったらいいんですけど、無理矢理論破するっていう感じが、自分が描こうとしているものからは遠くて、むしろもっと人間味溢れるやり取りのほうが魅力的で。対話というか議論している中にも、すごく個人的なことが垣間見えたり、もっと言うと脱線してしまって思わず笑ってしまったりとか、そんなことも含めて対話の豊かさじゃないかと思うんです。

西堂　対話っていうものの相互交流は、言葉でやり取りしているんだけど、もっと地下水脈でいろいろなコミュニケーションが行なわれていて、それが表層的には言葉ではあるけれど、もっと底流では言葉にならないサブテクスト的な交流があるという、そういう会話のあり方ですね。

横山　そうですね。演劇はまさにそれを舞台上でやらなきゃいけないものなので、言葉って情報ですけども、それ以上に体がたくさんのシグナルを出しているというか、お互いに対面している者同士がたぶん、拾いあうものはたくさんあって、観客は役者を観ながら言葉以上にたくさんの情報を得ると思うんです、そういう対話じゃないとあまり意味がないのかなと思います。

西堂　なるほど。今一方通行的な、それこそオンラインみたいなものが始まることによって、身体を介在させない一方的なやり取りが、わりと支配的になっています。便利は便利だけど、何かもっと不合理な身体を介した不合理な対話の豊かさを、実は演劇って根源的に持っている。だから情報のやり取りだけで対話が成り立っているっていうふうにされないようにしないといけない、演劇が持っている生の空間での交流の仕方というものを取り戻していかないと言葉も豊かになっていかないし、環境も豊かになっていかない。

横山　そうなんですよ。本当にそうだと思います。環境を豊かにしていくっていうことが重要で、オンラインはその良さは置いておくとして、zoomだと顔も隠せますけど。何かそのやり取りだけでは得られないものがやっぱり対面にはあって、演劇のアナログな形っていうのは、それを思い出させてくれると思います。僕自身も配信みたいなことをできるだけ避けていて、生で観てもらうことをまず前提に考えて上演しますし、いわゆる映像とか配信っていうのは生で観た人の記憶を補完するためのものであればいいと思います。DVDを販売しているくせにそんなこと言うのもあれなんですけど(笑)。でもやっぱりまず体験を劇場でする、そして俳優たちの体から感じる情報をたくさん観て、感じてもらうことで、演劇を観たことにようやくなるのかなと、対話したことになるのかなと思うんです。

西堂　やっぱり俳優が目の前に生で出てくるって、ものすごい情報量を発しているんですよね。

横山　そうですね。

西堂　単に台詞に集約されていなくて、台詞に対する抗いが体の中に存在するとか、そういうことも含めて観る技術というか、そういうものを観客側が鍛えていかなくちゃいけない。

横山　たしかにそうですね。

西堂　そのためには空間の共有ってことが大前提だと思うんです。

横山　『猫、獅子になる』の中でも「演劇は台詞覚えて言うだけじゃないでしょ」っていう台詞を書いたんですけど本当にその通りで、台詞の情報だけを伝えていく演劇なんて全然面白いものではないんですよ。コミュニケーションはすごく大事なんですけど、皆コミュニケーションのミスをするんです。台詞って自分が書くときに必要な言葉だけ並べていく。その人物がたまたま発した言葉にしていかなくてはならない。本当に氷山の一角でたまたま選んだ言葉の連続でどこにたどり着くかっていうことだと思っているんです。だけど、皆何らかのミスをして、コミュニケーションをしているはずなんですよ。そのミスも含めて認めたり、時には指摘したり、でもそのミスを強情に通そうとしたりする人もいたりだとか、この人は今自分が間違っていることがわかっているのに強がってるなとかいうことも含めて、対面していると、情報がたくさんあると思うんです。僕、自分が演劇で台詞書くときに、そういうことも含めてちゃんと舞台に上がるような選択をして、言葉を選んでいるつもりなんです。そうしたらやっと、人間が目の前で演じている意味もすごく出てくるし、共感するというか、自分もそういうことあるなということになりうるんじゃないかなと思ってますね。

西堂　対話から演劇の豊かさ、本来対面が持っている情報の豊かさっていうことで、本当の意味でのコミュニケーションが劇場の中で執り行なわれているっていう話にどうやらたどり着いたような気がします。この対話っていう問題、今後もすごく重要な問題になってくると思うし、演劇を考えていく時に、もう一回対話っていうものが持っている可能性、にもかかわらず対話が退けられてきた局面もあると思うんですけど、横山さんの筆致で新しい対話劇を切り開いていただければと切に願います。今日はこういう形で横山さんにお話しいただきました。人生の退路の絶ち方、演劇の構想と問いの提出の仕方、演劇に内在する諸問題、対話の構造等、参考になる話が多々あったと思います。ということで、今日はどうもありがとうございました。

横山　ありがとうございました。

（２０２２・12・９）

[初出一覧]

第1章　シライケイタ

●第1部、『BIRTH × SCRAP』論創社、2019年

●第2部、『テアトロ』2019年4月号

第2章　古川健

●第1部、『言語文化』37号、明治学院大学言語文化研究所、2020年

●第2部、『テアトロ』2019年12月号

第3章　瀬戸山美咲

●第1部、『明治学院大学芸術学研究』30号、明治学院大学藝術学会、2020年

●第2部、『テアトロ』2020年5月号

第4章　長田育恵

●第1部・第2部、『テアトロ』2021年5月号

第5章　中津留章仁

●第1部、『テアトロ』2022年4月号

●第2部、『テアトロ』2022年5月号

第6章　野木萌葱

●第1部・第2部、Webマガジン『シアターアーツ』2022年8月1日付（http://theatrearts.aict-iatc.jp/202208/7295/）

第7章、横山拓也

●第1部・第2部、本書が初出

[編集協力]

対談のテープ起こしなどの編集作業を、明治学院大学文学部演劇学科の学生の皆さんに協力をしていただいた。ここに記して感謝したい。

（18期生）梅津光、土屋優海、冨岡仁湖、富田汐里、西結衣、益村梨紗、山田梨奈、吉持あゆみ

（19期生）飯川菜弥、石渡るり、山口愛美

（20期生）扇美月、小澤実織、椙彩那、坂本みのり、本橋沙樹、山本美月

（21期生）青田千穂、清水楓、千々和晴光、堀口あおい、山崎陽菜、勝又萌衣、種田れな、布施萌子、伊藤ひな子、

（22期生）井上優子、川真田菜々、堀込美桜

［著者紹介］

西堂行人（にしどう・こうじん）

演劇評論家。明治学院大学文学部芸術学科教授（2017〜2023年）。近畿大学文芸学部舞台芸術専攻教授（1998-2016年）。国際演劇評論家協会（AICT）日本センター前会長（2006-2012年）。日韓演劇交流センター副会長（2003〜2023年）。演劇批評誌『シアターアーツ』前編集長（-2012年）。日本演劇学会会員・元理事。

1954年10月、東京生まれ。早稲田大学文学部（演劇専修）卒。同大学院中退。1978年から劇評活動を開始。一貫して劇現場の側に立ちながら批評活動を行ない、60年代以降の現代演劇を中心テーマに、アングラ・小劇場ムーブメントを理論化する。80年代末から世界演劇にも視野を広げ、韓国演劇及びドイツの劇作家ハイナー・ミュラーの研究プロジェクト（HMP；同代表）を展開。

読売演劇大賞、朝日舞台芸術賞、京都賞、日本文化振興基金、メセナ協議会などの審査員を務める。

90年代以降は大学で教育に関わる。早稲田大学文学部、日大芸術学部、明治学院大学など大学および大学院の非常勤講師を経て現職。

近畿大学国際人文科学研究所主催の「世界演劇講座」を2006年から開講。2014年より伊丹アイホールにて継続する。

これまで、2002年、2003年に「ハイナー・ミュラー／ザ・ワールド」の実行委員長。

2010年、アジアの演劇批評家による国際会議「国際共同制作と批評家の役割」、および2012年、日本演劇学会の全国大会「現代演劇と批判的想像力」の実行委員長を務める。

ほかに海外発表（ドイツ、クロアチア、アメリカ、フランス、カナダ、エジプト、イギリス、ポーランドなど）、韓国ではシンポジウム、講演など多数行なう。

また国内では、劇評家講座、世界演劇講座〜シアターカフェなど、講座・シンポジウムなど多数開催。

主な著書に、『［証言］日本のアングラ――演劇革命の旗手たち』『蜷川幸雄×松本雄吉――二人の演出家の死と現代演劇』『ゆっくりの美学――太田省吾の劇宇宙』（以上、作品社）、『唐十郎 特別講義――演劇・芸術・文学クロストーク』（唐十郎との共著、国書刊行会）、『日本演劇思想史講義』『演劇思想の冒険』『ハイナー・ミュラーと世界演劇』『劇的クロニクル』（以上、論創社）、『見ることの冒険』『小劇場は死滅したか』『ドラマティストの肖像』（以上、れんが書房新社）、『韓国演劇への旅』『現代演劇の条件』『演劇は可能か』（以上、晩成書房）ほか。

編著に、『演出家の仕事――60年代・アングラ・演劇革命』『八〇年代・小劇場演劇の展開』（以上、れんが書房新社）、『如月小春は広場だった』（新宿書房）、『「轟音の残響」から――震災・原発と演劇』（晩成書房）、『近大はマグロだけじゃない！』（論創社）ほか。

新時代を生きる劇作家たち
――2010年代以降の新旗手

2023年 3 月 1 日 第 1 刷印刷
2023年 3 月11日 第 1 刷発行

著　者――西堂行人

発行者――青木誠也
発行所――株式会社作品社
102-0072 東京都千代田区飯田橋 2-7-4
Tel 03-3262-9753　Fax 03-3262-9757
振替口座 00160-3-27183
https://www.sakuhinsha.com

編集担当――内田眞人
装丁――小川惟久
本文組版――ことふね企画
印刷・製本―シナノ印刷(株)

ISBN978-4-86182-967-3 C0074